UNE AVENTURE DE VICKI NELSON - 5

Dette de sang

Du même auteur
aux Éditions J'ai lu

1. LE PRIX DU SANG

N° 8236

2. PISTE SANGLANTE

N° 8350

3. FRONTIÈRE SANGLANTE

N° 8417

4. PACTE SANGLANT

N° 8502

Tanya Huff

UNE AVENTURE DE VICKI NELSON - 5

Dette de sang

Traduit de l'américain par Patricia Lavigne

J'AI LU

Titre original
BLOOD DEBT
Published by Daw Books, Inc., New York

À Sean « Sebastian » Smith,
qui a su donner vie à la ville en plus
d'en dresser le plan.

1

— Comment vous sentez-vous ?

Il faillit hausser les épaules, mais y renonça, trop fatigué pour effectuer le moindre geste.

— Ça va, répondit-il en jetant un regard anxieux au médecin.

La zone d'incision l'élançait et il était trop faible pour aller pisser sans que le géant qui lui tenait lieu d'infirmier lui tienne la queue. Mais bien sûr, il n'allait pas entrer dans ce genre de détails, surtout avec une femme. De toute façon, une seule chose comptait maintenant qu'il avait l'argent : sortir d'ici au plus vite pour le dépenser.

— Je pourrai y aller quand ?

— Y aller ?

— Partir, grogna-t-il.

— Je suis justement venue vous le dire, répondit le médecin, le visage dénué d'expression. Vous sortirez cet après-midi.

— À quelle heure ?

— Bientôt, assura-t-elle.

Sur quoi, elle se détourna et quitta la pièce sans un mot.

Une fois seul, il repoussa les couvertures et posa un pied après l'autre sur le sol. Puis il lâcha la barre du lit et avança d'un pas. Aussitôt, la chambre se mit à tourner autour de lui. Si une main puissante ne l'avait pas retenu, il se serait effondré au sol.

— C'est dingue ce que t'es silencieux, mec, dit-il en se tournant face au garçon de salle. Tu m'as presque foutu la trou...

La douleur, subite, l'empêcha de terminer sa phrase.

— Eh, mec ! tu me fais mal !

La poigne se resserra autour de son bras.

— Je sais.

Une lueur brilla au fond du regard brun – une lueur habituellement dissimulée derrière un masque de docilité placide.

Les rayons du couchant incendièrent la baie, inondèrent d'or deux joggeurs dans Sunset Beach Park, relièrent de sillons d'ambre les rives de False Creek, traversèrent les vitres teintées du quatorzième étage d'un luxueux building de Pacific Place, pour finalement s'échouer dans les prunelles du jeune homme debout derrière la baie vitrée. Celui-ci poussa un long soupir. Entre mer et montagnes, les couchers de soleil de Vancouver faisaient partie des plus beaux du monde. Son soupir cependant n'avait aucun rapport avec la magnificence du spectacle.

S'abritant les yeux d'une main, Tony Foster contempla le disque étincelant et compta les secondes. À 19 h 22, l'alarme de sa montre résonna. Son regard bleu pâle toujours fixé sur l'horizon, il coupa la sonnerie, puis tourna la tête vers le salon à l'écoute des bruits annonciateurs du début de la nuit.

Allongé dans des ténèbres trop obscures pour être naturelles, Henry Fitzroy s'extirpa des chaînes du soleil. Le léger froissement du drap à chacune de ses inspirations lui assura qu'il avait survécu à une autre journée. Puis le son régulier s'effaça derrière le battement du cœur dans la pièce voisine et, plus loin, au-delà des murs de son sanctuaire, le fracas de la ville.

Il détestait ces réveils, haïssait cette vulnérabilité qui accompagnait son lent retour au monde. Chaque soir, il tentait d'écourter le temps où il restait allongé sans défense et à demi inconscient. Le résultat était peu concluant, mais au moins ses efforts lui donnaient-ils l'illusion d'agir.

Il sentait le contact du drap sur sa peau, l'immobilité totale de l'air…

Soudain, un souffle froid le fit frissonner.

Ce qui était impossible.

Il avait débranché la climatisation de la chambre, calfaté la plaque de contreplaqué devant la fenêtre avec de l'étoupe, posé des doubles rideaux et isolé la porte par des joints de caoutchouc. Certes, il passait toujours un filet d'air par les interstices, mais pas assez pour expliquer une chute de température aussi rapide.

Ce fut alors qu'il se rendit compte qu'il n'était pas seul.

Quelqu'un d'autre se trouvait dans la pièce. Quelqu'un qui n'avait pas d'odeur, pas de pouls, pas de chair. Ni de sang.

Un démon ? Peut-être. Ce n'aurait pas été la première fois qu'il se serait trouvé face à un de ces habitants de l'Enfer.

Il tendit péniblement le bras vers la lampe de chevet.

Les paupières mi-closes pour se protéger de la brusque luminosité – même les ampoules de 40 watts l'aveuglaient –, il eut le temps d'apercevoir un jeune homme debout au pied du lit. Puis la silhouette translucide s'évanouit.

Une jambe sur l'accoudoir du canapé en cuir vert, Tony secoua la tête.

— Un fantôme ? Tu te moques de moi, c'est ça ?

— Absolument pas.

— Génial ! Je me demande ce qu'il te veut.

Comme Henry haussait un sourcil surpris, Tony reprit :

— Ils apparaissent toujours pour une bonne raison, non ? Tout le monde sait ça.

— Ah bon ?

— Arrête, Henry. Ne me dis pas qu'en quatre cent cinquante ans tu n'as jamais croisé de revenant ou autre truc dans le genre.

Une main posée sur la vitre froide, Henry Fitzroy, fils bâtard d'Henry VIII, ancien duc de Richmond et du Somerset, repensa à cette nuit où, vers la fin du XIXe siècle, le spectre d'une jeune reine terrifiée avait traversé le couloir devant lui en hurlant pour implorer une nouvelle fois le pardon de son roi. Deux cents ans plus tôt, Katherine Howard avait assisté à son mariage avec sa cousine Mary. Lui n'était pas allé au sien : il était censé être mort depuis quatre ans déjà quand son père l'avait épousée, la faisant reine en juin 1540, avant d'ordonner sa décapitation dix-neuf mois plus tard, en février 1542.

Elle était jeune, écervelée, et probablement coupable de l'adultère dont on l'accusait, néanmoins, elle ne méritait pas de revivre pour l'éternité l'instant terrible où elle avait compris qu'elle allait mourir.

— Henry ?

Ramené au présent par la voix de Tony, Henry répondit sans se retourner :

— Quoi qu'il veuille, je doute de pouvoir le lui donner. Je n'ai pas le pouvoir de transformer le passé.

Tony frissonna. Les siècles traversés par son compagnon formaient un nuage invisible et pourtant palpable autour de lui.

— Henry, tu me fiches la frousse.

— Vraiment ?

S'obligeant à sortir de sa brusque mélancolie, Henry pivota dans sa direction.

— Désolé, s'excusa-t-il avec une pointe d'ironie, mais tu ne m'as pas paru particulièrement troublé à l'idée d'être poursuivi par un fantôme.

— C'est toi qui es poursuivi, pas moi, rappela Tony. Et puis, entre ma vie avec toi et les cinglés au boulot, j'ai appris à ne plus m'étonner de rien.

— Ah bon ? répliqua Henry, contrarié d'être comparé aux énergumènes de la boutique de vidéo où travaillait Tony.

Il sourit, révélant des canines acérées. Tony sentit son pouls s'accélérer. Sans doute, Henry le perçut-il, car il traversa la pièce pour lui presser l'épaule.

— Ainsi, j'aurais perdu le pouvoir de te surprendre ?

— Je n'ai pas dit ça, se défendit Tony, la gorge sèche.

Henry lui caressa la joue.

— Pas en ces termes, mais…

— Euh, Henry…

— Oui ?

Tony secoua la tête. Savoir qu'Henry s'arrêterait s'il le lui demandait lui suffisait. D'autant qu'il n'avait aucune envie qu'il le fasse.

— Laisse tomber. C'est pas important.

Peu de temps après, les canines s'enfonçaient dans une veine de son poignet. Le désir des morts s'effaça derrière celui des vivants.

La douce sensation de la brise nocturne sur son visage, l'agent Phyllis Roberts descendait Commissionner Street en chantonnant le dernier air de Céline Dion. Bien que les nouveaux véhicules de service de la police portuaire canadienne fussent équipés de la clim, elle ne s'en servait jamais : rouler toutes vitres fermées la rendait claustrophobe.

Phyllis se sentait d'excellente humeur. Cela faisait trois heures qu'elle avait pris son service, et il n'y avait pas eu le moindre problème.

En tournant dans Vanterm, elle distingua trois silhouettes minuscules devant l'énorme masse d'un porte-conteneurs battant drapeau singapourien. Elle se dirigea vers elles, et malgré la pénombre, reconnut bientôt l'un des hommes.

Laissant son chapeau dans la voiture, elle s'empara de la torche, posa la main sur sa matraque – plus par habitude que par réelle inquiétude – et s'engagea sur la jetée de bois.

— On charge en pleine nuit, Ted ?

Ted Polich, le plus petit des trois dockers, leva sa tête chauve vers le portique de la grue planant au-dessus du terminal tel un oiseau de proie.

— Les contrôles se sont durcis et ce putain de rafiot tire à gauche. On essaie de trouver ce qui gêne histoire de pas bloquer le chargement demain matin.

— Vaudrait mieux pas, en effet, marmonna Phyllis.

Le moindre retard sur un cargo entraînerait un ralentissement du trafic à l'intérieur du port qui avait déjà du mal à faire face à l'affluence liée au développement commercial côté Pacifique.

— Où est-ce que ça gêne ?

— Vers la proue. À première vue, ça ressemble à un macchabée qui serait coincé entre le quai et le bateau. On pensait même que c'était la Criminelle qu'arrivait, expliqua Ted en lui emboîtant le pas vers l'avant du porte-conteneurs, les mains dans les poches de son bleu.

— Désolée. Il faudra vous contenter de moi jusqu'à ce que nous sachions ce qu'il en est vraiment.

— Vous croyez qu'on raconte des histoires ? s'indigna l'un des deux autres hommes.

L'agent Phyllis Roberts secoua la tête en soupirant.

— Ça serait trop beau.

De fait, les dockers ne s'étaient pas trompés : ballotté dans l'angle étroit formé par la proue du bateau et le quai, flottait le corps d'un homme nu.

— Merde.

Polich opina du chef.

— Exactement ce que j'ai dit. À votre avis, il s'est balancé à la flotte tout seul ?

— Ça m'étonnerait.

Même s'il arrivait régulièrement que des gens au bout du rouleau sautent du Lion's Gate Bridge, aucun ne prenait généralement la peine de se déshabiller au préalable. Phyllis braqua sa torche sur le corps. Plusieurs ecchymoses formaient des taches violettes plus ou moins larges sur la peau blême. À première vue, il s'agissait d'un homme jeune dont la noyade ne remontait pas à plus de quelques heures.

— Bizarre qu'y en ait qui coulent et d'autres pas, commenta platement Polich à côté d'elle. La carcasse de ce pauvre type aurait dû couler à p… Nom de Dieu ! Vous avez vu ça ?

Les deux autres dockers se penchèrent pour regarder.

Poussée en avant, l'agent Phyllis Roberts vacilla au bord du quai ; elle échappa de justesse à un plongeon en eaux froides grâce à un bras puissant projeté devant elle.

Le souffle court, elle remercia Polich et cria aux deux autres de faire attention.

Tandis qu'ils se redressaient, trop captivés par le cadavre pour se sentir vraiment contrits, l'un d'eux murmura :

— Bon Dieu, qu'est-ce qu'ils ont fait de ses mains ?

Le soir suivant, le ciel était si plombé que personne n'aurait remarqué la disparition du soleil si le jour n'avait fini par s'évanouir à son tour. À 7 h 23, Tony coupa l'alarme de sa montre et le son d'une émission stupide supposée combler le vide dû au retard du match des Mariners pour cause de pluie. Quel amateur de base-ball était censé s'intéresser au sort des insuffisants rénaux en attendant le début d'une des rencontres les plus importantes de la saison ? se demanda-t-il en tournant la tête vers le couloir. Enfoncé dans son fauteuil, il tendit l'oreille en priant pour ne pas entendre le raclement de chaînes spectrales.

Quand la nuit le rendit enfin à la conscience, Henry ignora les sensations familières du réveil pour se concentrer uniquement sur le souffle glacé contre sa joue. À contrecœur, il tendit le bras vers la lampe de chevet.

Le fantôme se tenait au même endroit que la veille. C'était un jeune homme banal en jean et tee-shirt, auquel une coupe de cheveux et un bon rasage n'auraient pas nui. Il y avait une inscription sur le tee-shirt, mais soit parce que les lettres n'étaient pas totalement matérialisées, soit parce que la chaise derrière le torse translucide du revenant l'en empêchait, Henry ne parvint pas à la déchiffrer. En tout cas, il était à peu près certain de ne jamais avoir rencontré le spectre de son vivant.

Il s'assit dans le lit, s'attendant à voir celui-ci s'évaporer comme la fois précédente, mais ce dernier resta face à lui. *Il veut quelque chose.*

— D'accord, soupira Henry en s'adossant à son oreiller. Qu'attends-tu de moi ?

Lentement, le fantôme leva les bras et disparut.

Henry resta un moment les yeux fixés sur l'endroit où il venait de s'évanouir, se demandant ce qui avait bien pu arriver aux mains de son macabre visiteur.

— Il n'avait plus de mains ? Du tout ?

Comme Henry opinait, Tony réfléchit en se mordillant la lèvre.

— Elles avaient été coupées ? Arrachées ? Écrasées ?

— Non. Elles n'étaient pas là, c'est tout.

Henry sortit une bouteille d'eau du réfrigérateur et la vida d'un trait. La banalisation de l'eau minérale était une véritable bénédiction pour lui, car si le sang suffisait à le nourrir, il avait besoin d'eau pour survivre. Or, les purifiants utilisés dans les stations d'épuration de la plupart des villes le rendaient malade. Son organisme, qui ignorait les bactéries, se rebellait contre le chlore. Après avoir jeté la bouteille en plastique dans la poubelle destinée au recyclage, il s'adossa au comptoir de la cuisine en contemplant ses mains.

— Elles étaient juste absentes, reprit-il dans un murmure.

— Dans ce cas, il doit vouloir que tu le venges. Ils veulent toujours se venger.

— Ah bon ? Et je peux savoir d'où te vient cette connaissance approfondie des fantômes, railla Henry.

— Tu n'as jamais regardé de films fantastiques ? C'est sûr, il attend de toi que tu retrouves le type qui lui a pris ses mains et que tu le dégommes.

— Et comment suis-je censé procéder ?

— Bon sang, Henry, comment veux-tu que je le sache ? Tu as travaillé avec Victory, non ? Elle t'a rien appris ?

Victory Nelson, détective privée, ancienne inspectrice de la police de Toronto, ancienne maîtresse, vampire... Oui, Henry avait travaillé un an auprès d'elle avant que le destin les rapproche autant qu'il était possible de l'être pour ceux de son espèce. Afin de lui sauver la vie, il l'avait rendue semblable à lui, puis s'était séparé d'elle peu de temps après pour les protéger mutuellement de leurs instincts. Incapables de partager leur territoire, les vampires étaient en effet des chasseurs solitaires. Alors, Vicki était rentrée à Toronto, auprès de son amant mortel. Quant à lui, il s'était construit une nouvelle vie sur la côte Ouest.

Lui avait-elle appris quelque chose ?

Oui.

L'une de ces choses avait-elle un rapport avec des fantômes sans mains ?

Non.

Après avoir fait part de ses réflexions à Tony, il ajouta :

— En tout cas, elle m'a permis de me rendre compte que je ne suis pas et ne serai jamais détective. Je suis romancier et si tu veux bien m'excuser, je vais aller écrire de ce pas.

Sans vraiment comprendre pourquoi l'évocation de Vicki Nelson le rendait toujours aussi agressif, Henry se dirigea vers son ordinateur, désignant la télé muette au passage.

— On dirait que le match a commencé.

Une heure et demie plus tard, étonné de ne pas percevoir le cliquetis familier du clavier, Tony poussa la porte du bureau de son compagnon. Depuis le seuil, il aperçut l'écran totalement vide à l'exception d'un numéro de chapitre.

— Ce fantôme a réussi à te fiche la trouille, pas vrai ?

— Pourquoi dis-tu ça ? interrogea Henry sans se retourner.

— Tu restes assis là sans rien faire à contempler tes mains.

— Je suis peut-être en pleine réflexion.

— Henry, tu écris des romans d'amour. Une heure et demie de réflexion, c'est pas un peu beaucoup ?

Duc royal pendant dix-sept ans, vampire depuis quatre cent cinquante, Henry avait fini par acquérir un certain sens de l'humour. À une certaine époque, Tony aurait risqué gros avec une plaisanterie de ce genre, mais cette nuit, Henry se contenta de soupirer avant de répondre :

— Je n'arrête pas de me demander pourquoi moi. Ce qui semble un peu égocentrique si l'on pense que le fantôme ne m'apparaît que quelques secondes et que ce n'est pas moi qui ai été assassiné et mutilé, ajouta-t-il en se moquant de lui-même.

Bondissant soudain hors de son fauteuil ergonomique, il déclara :

— J'ai besoin de sortir. Il faut que je me change les idées. Tu m'accompagnes ?

— Avec plaisir, s'exclama Tony. Ils jouent le *Dracula* de Bram Stoker à minuit au Caprice.

— Pourquoi pas ?

Ravi de l'expression de surprise de son compagnon, Henry le poussa gentiment vers la porte.

— On m'a dit que Gary Oldman était sensationnel.

— On t'a dit ? s'indigna Tony en sortant dans le couloir. C'est moi qui te l'ai dit ! Tu m'as même répondu que tu n'irais jamais voir un film de vampires.

— Eh bien, j'ai changé d'avis.

Incapable de résister, Henry ajouta :

— On pourrait peut-être manger un petit morceau une fois dans le centre.

Les ascenseurs de Pacific Place étaient aussi rapides et silencieux que le permettaient les revenus confortables de leurs occupants. Une main posée sur la paroi en acier brossé, Henry inclina la tête en souriant.

— On dirait que Lisa vient encore de s'en prendre à un chauffeur de taxi.

Tony fit la grimace.

— Je suis soulagé qu'elle nous aime bien tous les deux.

En entendant la sonnette annonçant l'arrivée de la cabine, ils s'écartèrent des portes.

— Salut, les garçons.

Une main gantée sur le bras de sa dame de compagnie, Lisa Evans les gratifia d'un sourire étincelant. Ses dents parfaites – qui lui avaient coûté une fortune – et le carmin de ses lèvres soulignaient encore l'effet morbide de l'âge quand celui-ci finissait par avoir raison des efforts des chirurgiens plasticiens.

— Vous allez à une soirée ?

— Juste au cinéma, répondit Henry tandis que Tony empêchait les portes de se refermer.

Saisissant la main libre de Lisa, il la porta à ses lèvres.

— Et vous ? Encore sortie briser des cœurs ?

— À mon âge ? Ne dites pas de bêtises, répliqua-t-elle en lui donnant une petite tape sur la joue. Qu'est-ce qui vous amuse, Munro ? lança-t-elle à l'adresse de sa compagne.

Sans se démonter, Mme Munro continua à sourire à son employeuse.

— Je pensais à M. Swanson.

— Swanson s'intéresse à mon argent, pas à mes vieux os, répliqua Lisa.

Ce qui ne l'empêcha pas de lisser d'un air satisfait l'étole de vison sur son tailleur en soie. Ancienne maîtresse d'un magnat du bois de Vancouver, elle avait réalisé plusieurs investissements juteux grâce auxquels elle avait accumulé un capital confortable.

— D'ailleurs, il ne me plaît pas, poursuivit-elle. Les hommes bien n'existent plus de nos jours ; ils sont tous morts. Ou gays, ajouta-t-elle avec un clin d'œil à l'adresse d'Henry.

— Mademoiselle Evans !

— Calmez-vous, Munro. Je ne leur apprends rien qu'ils ne sachent déjà.

Sa dame de compagnie remise à sa place, elle se tourna vers Henry et Tony pour expliquer :

— Nous rentrons d'une de ces soirées barbantes auxquelles on est censés participer dès qu'on a de l'argent. Un truc en faveur des dons d'organes, si j'ai bien compris.

— Des dons d'organes ? répéta Henry, conscient que Lisa adorait ce genre de « soirées barbantes » où son carnet de chèques lui valait les sourires et les flatteries de tous.

Il la soupçonnait également d'avoir suivi la présentation avec beaucoup plus d'intérêt qu'elle n'aimait à le laisser croire : personne n'amassait une telle fortune sans connaître la destination exacte de chaque dollar dépensé.

— Concert ou conférence ?

— Conférence.

Plissant ses paupières fardées, elle demanda d'un ton qui avait dû faire courir aux abris plus d'un directeur général :

— Avez-vous votre carte de donneur ?

— Malheureusement, je crois que mes organes n'intéresseraient personne.

À cette réponse, l'expression de Lisa se radoucit.

— Oh. Je suis désolée. Mais tant qu'il y a de la vie, il y a de l'espoir. La médecine fait des merveilles de nos jours. N'en suis-je pas la preuve vivante ? ajouta-t-elle en souriant.

Sur quoi, tirant sa compagne dans le couloir à la manière d'un remorqueur manœuvrant un tanker, elle lança gaiement par-dessus son épaule :

— Soyez aussi sages que moi !

— Voilà qui nous laisse de la marge, commenta Henry à voix basse tandis que les portes métalliques se refermaient sur les protestations choquées de Mme Munro.

Tony s'adossa à la paroi, les mains dans les poches.

— Avant de rencontrer Mlle Evans, je pensais que toutes les petites vieilles étaient gâteuses et sentaient mauvais. Tu devrais peut-être lui envoyer ton revenant.

— Pourquoi ?

— Puisque tous les hommes bien sont morts…

— Ou gays, rappela Henry. Imagine qu'il soit l'un et l'autre. Je n'ai aucune envie de me mettre Lisa à dos.

À cette idée, Tony grimaça.

— À ce propos, dit-il, il y a un bout de temps que je voulais te poser la question : comment se fait-il que tu sois aussi amical avec les habitants de l'immeuble ? Ce ne serait pas plus prudent de garder tes distances ?

— Au contraire. Les gens ont peur de ce qui leur échappe. En me parlant, ils ont l'impression de me connaître, expliqua Henry en sortant dans le parking. Si jamais il devait y avoir des rumeurs à mon sujet, ils auraient plus de mal à y croire.

— En gros, ta convivialité te sert de camouflage.

Sourcils froncés, Henry regarda Tony contourner la BMW vers le siège passager.

— Ça dépend des fois.
— Mais ça arrive ?
— Oui.
Comme s'il se sentait rassuré par la présence de la voiture entre eux, Tony plongea son regard dans le sien pour demander :
— Et moi ?
— Quoi toi ?
— Je suis quoi pour toi ? Un camouflage ?
— Tony...
Face à l'expression de son compagnon, Henry comprit que c'était sérieux.
— Tony, j'ai une confiance totale en toi, assura-t-il. Tu fais partie des trois seules personnes au monde de qui je peux dire ça. Et encore, l'une d'elles ne compte pas vraiment.
— Parce que Vicki est vampire ?
— Non. Parce que Michael Celluci n'admettrait pour rien au monde connaître un auteur de romans d'amour.
Comme prévu, Tony s'esclaffa. Mais quelque chose dans son rire sonnait faux.

Elle avait découvert l'article trop tard et l'obligation d'attendre le lendemain matin pour agir avait encore accru sa contrariété.
— Richard Sullivan est de garde ?
Intimidée par le ton coupant de la question, l'infirmière perdit ses moyens et dut consulter le registre pour répondre :
— Oui, docteur. Il...
— Envoyez-le-moi. Tout de suite.
— Oui, docteur.
Inutile de l'informer qu'il était en train de nettoyer une chambre après un malheureux accident de bassin hygiénique. Tout de suite signifiait immédiatement, pas dans une minute. Tout en le bipant, l'infirmière espéra que, quoi qu'il ait fait, Sullivan ne serait pas remercié sur-le-champ. Les garçons de salle qui acceptaient de nettoyer la merde sans renâcler ni se plaindre ne couraient pas

les rues. Et puis il l'attendrissait ce grand gaillard avec son regard de chien battu.

— Cette histoire vous dit quelque chose ?

Sullivan parcourut l'article et releva les yeux vers le médecin. Il ne chercha même pas à nier, certain qu'elle avait lu la réponse sur ses traits.

— Il vient de chez nous ?

Il opina du chef.

— Mes instructions n'étaient pas claires ou vous avez décidé de faire du zèle ?

— C'est que...

— À moins que votre travail ici ne vous plaise pas ? Cela ne correspond pas à ce que je vous ai promis ?

— Si. Tout à fait. C'est juste que...

— Vous n'êtes pas censé faire preuve d'initiative, monsieur Sullivan.

Vu sa taille, il était difficile de l'imaginer se recroqueviller devant elle. Ce qu'il fit pourtant.

Le fantôme portait un tee-shirt à l'effigie des Cult and Jackyl, un groupe de rock de Vancouver. Henry fut presque surpris que ce ne soit pas à celle des Grateful Dead : l'univers, avait-il eu l'occasion de constater au cours de sa longue existence, possédait un sens de l'humour plutôt macabre et, somme toute, assez basique. Les bras, comme la fois précédente, s'arrêtaient au niveau du poignet. Et aujourd'hui encore, le spectre avait l'air d'attendre quelque chose.

Une vengeance d'après Tony.

Une hypothèse aussi valable qu'une autre, songea-t-il en soupirant.

— Tu veux te venger de la personne qui t'a coupé les mains ?

Quelque chose proche de l'impatience conféra un semblant de personnalité au visage translucide de son interlocuteur. L'instant d'après, celui-ci s'évanouissait dans les airs.

Henry poussa un nouveau soupir.

— Je suppose que ça veut dire oui.

L'appartement était désert, constata-t-il, un peu surpris, en sortant de sa chambre.

Puis il se souvint qu'on était samedi et que Tony travaillait tard.

— Ce qui est sans doute aussi bien, murmura-t-il face aux lumières de la ville.

Il se demanda si le revenant attendait de lui qu'il retrouve de la chair et des os ou juste deux mains éthérées hantant un autre que lui.

Lorsque Tony rentra à minuit passé, Henry était à son bureau, porte close, plongé dans des questions de politique à la cour royale en 1813. Il n'avait toujours pas décidé si Wellington nommerait ou non le fiancé de l'héroïne colonel quand l'annonce de l'aube l'obligea à se réfugier dans le sanctuaire de sa chambre, l'esprit trop occupé pour repenser à son visiteur spectral.

— Ça commence à devenir agaçant. Sais-tu au moins où sont tes mains ?

Le fantôme rejeta la tête en arrière et hurla. Aucun son ne sortit du trou noir de sa bouche, mais Henry sentit ses cheveux se dresser sur son crâne et une poigne glacée lui enserrer le cœur. Il lui semblait qu'une multitude d'esprits criaient, se lamentant à l'unisson sur l'injustice de leurs morts. Ses lèvres se retroussèrent sur ses dents dans un grognement involontaire.

— Henry ? Henry ! Que se passe-t-il ?

Le visage déformé du spectre disparut.

— Henry !

Il lui fallut un moment pour se rendre compte que le battement sourd à ses oreilles ne venait pas de son cœur, mais de celui de Tony, en train de tambouriner à la porte. S'obligeant à recouvrer son sang-froid, il traversa la pièce pour ouvrir, conscient du contact froid et humide de la moquette sous ses pieds nus.

— Tout va bien, déclara-t-il en tirant les verrous.

Tony lui tomba presque dans les bras.

Les yeux écarquillés, haletant comme s'il venait de courir un marathon, il recula juste assez pour vérifier qu'il disait vrai.

— J'ai entendu… non, j'ai senti… c'était…

Il lui agrippa le bras.

— Que s'est-il passé ? C'était le fantôme ?

— Ce n'est qu'une supposition, mais, à mon avis, c'était une réponse négative à la question que je lui ai posée.

— Une réponse négative ? s'étrangla Tony. Ça pour être négatif, ça l'était. Au-dessous de zéro, au fond de l'Enfer. Une annihilation totale…

— N'exagère pas. Ce n'était pas à ce point.

— Pour toi, peut-être, mais pour moi, si !

Soudain inquiet, Henry l'examina.

— Tu te sens bien ?

Tony prit une profonde inspiration, expira lentement et hocha la tête.

— Ouais, ça a l'air d'aller. Mais je vais attendre ici que tu sois prêt. Je préfère pas rester seul.

Il s'adossa au mur, trop effrayé pour essayer de paraître fort ou indépendant.

— Tu veux savoir ce qui s'est passé ?

Tony n'eut pas besoin de répondre, son expression le fit à sa place. Aussi, tout en s'habillant, Henry lui décrivit-il la réaction du revenant lorsqu'il avait cherché à en apprendre plus sur lui.

— En gros, t'as le droit qu'à une question. Si la réponse est oui, il disparaît tranquillement, si c'est non, il t'exprime sa déception.

— Pas seulement la sienne. Dans son cri, j'ai senti la présence d'une multitude de morts.

— Ah ouais. Et y a combien de morts dans une multitude, d'après toi ?

— Ce n'est pas drôle, Tony.

— Tant mieux, parce que j'ai aucune envie de rire, rétorqua Tony en lui emboîtant le pas en direction du salon.

Il se laissa tomber sur le canapé.

— Ça te dérange si j'allume ? Après ce truc, je me sens mal dans le noir.

Henry opinant, Tony tendit le bras vers l'interrupteur au-dessus de lui et s'installa au centre du cercle lumineux.

— Au moins, nous avons appris deux choses. Un, il veut effectivement se venger ; deux, il ignore où sont passées ses mains.

— Et les autres ?

— Un fantôme à la fois, veux-tu ? Ce n'est pas la peine de cumuler les problèmes.

Rencogné dans un coin d'ombre, Henry poussa un soupir avant de reprendre :

— N'empêche, j'aimerais bien savoir pourquoi moi ?

— Parce que vous vous ressemblez.

— On quoi ?! s'exclama Henry.

Sourcils froncés, il se pencha en avant, le visage en pleine lumière.

— Tu es un vampire, non ? répondit Tony en frottant inconsciemment la minuscule coupure sur son poignet gauche. Même si tout ce que tu es n'est pas biologiquement différent de...

— Tout ce que je suis ?

— Henry !

Henry lui fit signe de poursuivre, continuant néanmoins à montrer les dents.

— Écoute, il y a des tas de mythes autour de toi. Enfin, pas toi en particulier, mais ceux de ton espèce. Tout ça flotte autour de toi... C'est comme une aura surnaturelle, un brouillard métaphysique. Je parie que c'est ça qui a attiré le revenant.

— Un brouillard métaphysique, répéta Henry.

Il recula dans son fauteuil en secouant la tête.

— Tu parlais déjà comme ça à Toronto ?

— Arrête de prendre ton air supérieur, se défendit Tony en le menaçant de l'index. Ma théorie se tient parfaitement. T'as mieux à proposer ?

Surpris par la véhémence de son compagnon, Henry admit que non. Pourtant, quand Tony voulut reprendre, il lui intima le silence.

— Écoute. Il se passe quelque chose dans le couloir.

Tony fronça les sourcils.

— Je n'entends rien... Merde !

Inutile de continuer : Henry était déjà à la porte.

Au moment où il ouvrit, deux infirmiers urgentistes poussaient un brancard hors de l'appartement 1404. La femme minuscule étendue à sa surface ne bougeait pas ; sa main droite pendait, inerte, sur le côté. Bien que l'un des hommes essayât encore de la ranimer, Henry comprit immédiatement que Lisa Evans était morte.

Il dut faire appel à tout son sang-froid pour ne pas bondir en arrière en grognant quand Mme Munro lui saisit le bras.

Quelques instants plus tard, il l'aidait à monter à l'arrière de la BMW et s'élançait à toute allure derrière l'ambulance tandis que Tony passait mouchoir sur mouchoir à la brave femme éplorée.

Il fallut peu de temps aux médecins pour arriver à la même conclusion. Comme lui, ils côtoyaient suffisamment la mort pour la reconnaître au premier coup d'œil.

— Elle était très âgée, déclara doucement le Dr Zvane.

— Il y en a des tas qui vivent plus longtemps que ça ! protesta Mme Munro.

Tony lui tendit un autre mouchoir.

— C'est vrai, reconnut le médecin avec un haussement d'épaules résigné. Tout ce que je peux dire, c'est que c'était le moment. Nous avons fait tout ce que nous pouvions, mais elle était déjà loin et n'a pas voulu revenir.

Écrasant les doigts d'Henry dans les siens, Mme Munro renifla.

— C'est bien elle, ça. Trop têtue pour changer d'idée une fois qu'elle a décidé quelque chose.

Lorsqu'ils regagnèrent la BMW, elle avait cessé de pleurer. Henry lui proposa de la déposer où elle le souhaitait, mais elle préféra rentrer chez son ex-employeuse.

— Il faut que je récupère mes affaires. Ma belle-fille viendra me chercher là-bas, expliqua-t-elle avant d'enchaîner d'un ton incrédule : On était en train de regarder *La roue de la fortune*. C'était la finale. Mlle Evans venait juste de crier: « Qui est le capitaine Kirk ? » quand, tout à coup, elle s'est bouché les oreilles en gémissant. On aurait cru qu'un son horrible lui perçait les tympans, sauf qu'il n'y avait aucun bruit. Et puis... elle est morte.

Henry jeta un coup d'œil à Tony dans le rétroviseur. Manifestement, ils pensaient la même chose.

— Je ne crois pas qu'il fasse ça volontairement.

— Peu importe. Il est responsable de la mort de Lisa Evans et je vais lui dire qu'il peut aller chercher ses mains en enfer.

De nouveau assis dans le cercle de lumière au-dessus du canapé, Tony frissonna. Henry se changeait dans la chambre, or, malgré la distance, sa voix était puissante, empreinte d'une détermination froide. Quand il réapparut, son visage et ses cheveux semblaient presque luminescents au-dessus de ses vêtements noirs. Bien qu'il connût la réponse, Tony ne put s'empêcher de demander:

— Où tu vas ?

— Chasser.

C'était presque impossible de ne pas répondre à l'impatience du fantôme.

— Tu peux rester là autant qu'il te plaira, grogna Henry, je ne t'aiderai pas.

Le spectre rejeta la tête en arrière et cria.

Un chœur invisible de morts hurla avec lui.

— Je croyais que tu ne voulais plus lui poser de questions.

— Je ne lui en ai pas posé.

Henry contempla la ville en contrebas, les doigts crispés sur la vitre, l'oreille tendue vers une éventuelle sirène d'ambulance.

— Je lui ai annoncé que je ne l'aiderais pas.

— Ça lui a pas plu, on dirait.

— En effet.

Ils demeurèrent tous deux silencieux dans l'attente des sons annonciateurs d'une nouvelle mort.

Finalement, Tony se laissa tomber sur le canapé en soupirant.

— Apparemment, on a de la chance : il n'y a plus personne d'assez vieux pour mourir dans les environs. Demain, tu devrais essayer de te taire.

Il attendit, encore et encore. Quand Henry voulut sortir de la chambre, le spectre hurla.

Ils regardèrent l'ambulance approcher. Le bébé des Franklin était mort dans son sommeil, apprirent-ils.

— Un bébé. Merde...

Deux ans plus tôt, Tony avait vu un sorcier d'Égypte ancienne absorber la force vitale d'un nourrisson. Les parents avaient continué à marcher sans s'apercevoir que leur enfant était mort. Il en avait encore des cauchemars.

— C'est du chantage.

— Oui. Et ça me rend fou de rage.

Le combiné en plastique émit un craquement de protestation quand Henry décrocha le téléphone.

Malgré sa nervosité – la colère de Henry pouvait être aussi effrayante que des hurlements muets de revenants –, Tony parvint à plaisanter.

— Tu appelles les Ghostbusters ?

— Presque. J'ai décidé que ce n'était pas un travail pour un écrivain de romans à l'eau de rose.

— Tu as probablement raison, mais...

Tony s'arrêta au milieu de sa phrase quand Henry mit le haut-parleur. Deux sonneries, le déclenchement d'un répondeur et...

— Victory Nelson, détective privée. Il m'est impossible de prendre votre appel pour l'instant, mais laissez un message après le bip...

2

L'inspecteur Michael Celluci ferma la lourde porte métallique derrière lui et pénétra sans bruit dans l'appartement. La lumière en provenance du bureau se dissipait dans les cinq mètres de hauteur du loft qui restait constamment plongé dans une semi-pénombre. Ancienne usine de verre désaffectée lors de la récession, le bâtiment offrait, depuis le renouveau citadin, des espaces à peine fonctionnels qui faisaient la joie des marginaux branchés de Toronto. La majorité de ses habitants s'habillait exclusivement en noir et avait un rapport plus ou moins lointain avec le monde artistique.

Foulant l'étroit tapis montrant le chemin à suivre, Celluci se dirigea vers la source lumineuse.

— Et c'est qui le type de ton apparition ? Une sorte de représentant syndical ?

Il y eut un silence, le temps que l'interlocuteur de Vicki réponde.

— Si, je prends ça au sérieux, dit-elle, je t'assure. Pose-lui des questions sans danger jusqu'à mon arrivée. Des choses évidentes auxquelles tu es sûr qu'il dira oui.

La vieille chaise de bureau en bois émit un craquement inquiétant lorsqu'elle se balança sur les pieds arrière. Celluci tendit le bras pour l'empêcher de tomber. Sans cesser de téléphoner, elle lui saisit la main.

— Je ne vois pas ce qu'il y a de difficile là-dedans. Je ne sais pas, moi. Est-ce qu'il était un homme avant ? Est-ce qu'il est mort ? Est-ce qu'il était vivant ?

— Est-ce qu'il était vivant ? répéta à voix basse Celluci, perplexe.

Elle lui fit contourner la chaise et le repoussa contre le bord du bureau encombré. Puis lui signifiant d'un hochement de tête impatient qu'il avait bien compris, elle poursuivit :

— On s'en fout que ce soit des questions stupides tant que la réponse est oui. Je viens le plus vite possible. Je…

Avec un soupir, elle remit la chaise sur ses quatre pieds. Celluci reconnut immédiatement l'expression sur ses traits : à l'autre bout du fil, quelqu'un était assez fou pour oser donner un conseil à Vicki Nelson.

Vicki avait toujours eu horreur de ça, que ce soit à l'époque où elle faisait équipe avec lui dans la police, à celle où une rétinite pigmentaire l'avait obligée à quitter un boulot qu'elle adorait pour devenir détective, ou plus tard, après sa transformation.

Si je ne le savais pas, songea-t-il en la voyant passer de l'agacement à l'irritation, je ne devinerais jamais ce qu'elle est.

Hormis sa pâleur et quelques kilos en moins, elle n'avait guère changé physiquement. Quant à son caractère, il avait toujours été dominateur, arrogant et opiniâtre.

Évidemment, avant, elle ne buvait pas de sang…

— Ça suffit !

L'irritation s'était muée en colère et, à en juger par le ton employé, elle venait de couper la parole à son interlocuteur.

— Je serai là le plus rapidement possible, et si tu n'es pas chez toi à mon arrivée, je rentre illico à Toronto.

Elle avait raccroché avant même d'avoir terminé la dernière syllabe. Elle se tourna vers lui.

— Henry veut que je le débarrasse d'un fantôme.

Celluci eut l'impression qu'un doigt glacé lui caressait la nuque.

— Henry Fitzroy ?

— Lui-même.

— Il a quitté Vancouver ?

Elle plissa ses yeux gris.

— Non.

— Et tu viens de t'engager à traverser le pays pour l'aider à ficher dehors ce...

Malgré tout ce qu'ils avaient vu, malgré les démons, les loups-garous, les momies, les morts-vivants et les vampires, il grimaça en prononçant :

— ... fantôme.

— En effet.

— Vu que tu me le présentes comme un fait accompli, j'imagine que ce que je pourrai dire n'a aucune importance.

Elle haussa les sourcils.

— Ce spectre fait mourir les gens de peur, Mike, au sens littéral. Et il continuera jusqu'à ce que quelqu'un trouve pourquoi. Henry ignore comment mener ce genre d'enquête.

Comme il ouvrait la bouche pour répliquer, elle leva une main.

— Ne me dis pas que moi non plus. Revenant ou non, je mettrai fin aux agissements de cet assassin.

Non, il ne le lui dirait pas. D'ailleurs, il le savait, ce n'était pas le spectre qui le mettait dans cet état. Bondissant sur ses pieds, il passa devant elle et se dirigea vers la pièce principale, la seule assez grande pour y faire les cent pas.

— Tu sais combien de kilomètres il y a d'ici à Vancouver ?

— Environ quatre mille cinq cents.

Il revint sur le seuil.

— Et la nuit ? Tu sais combien de temps elle dure à cette période de l'année ?

— Moins de neuf heures, répondit-elle avec une grimace indiquant que ce fait la contrariait elle aussi.

— Et tu te souviens de ce qui se passe si tu restes dehors au lever du soleil.

— Je brûle.

Les mains écartées, il pivota pour lui faire face.

— Donc, tu as l'intention de parcourir quatre mille cinq cents kilomètres avec seulement neuf heures de nuit et sans abri sûr pour te cacher du soleil ? Tu te rends compte que c'est de la folie ?

— Je pourrais acheter un van d'occasion et l'aménager pour l'occasion.

— L'aménager pour l'occasion ? répéta-t-il, incrédule. Et que comptes-tu faire la journée ? Te garer sur un parking en attendant que le moindre incident te transforme en grillade ?

— Tu n'as qu'à m'accompagner.

— Que je t'accompagne ? Pour les beaux yeux d'Henry Fitzroy ?

Elle se leva lentement et plongea son regard dans le sien.

— C'est ça le problème, pas vrai ? Tu ne supportes pas que Henry m'ait recontactée.

— Pas du tout, mentit-il. Je trouve juste ridicule – et inconscient – que tu te mettes en danger pour rien. Ils n'ont pas de détectives privés en Colombie-Britannique ?

— Aucun capable de s'occuper d'une affaire de ce genre, et surtout aucun auquel Henry puisse faire confiance.

Lui posant une main sur le torse, elle ajouta avec un sourire d'autodérision :

— Je n'ai pas envie de finir en grillade. Ton aide pourrait m'être utile, Mike.

Il en resta bouche bée. La Vicki d'avant ne lui aurait jamais demandé de l'aide. En mêlant son sang au sien, Henry Fitzroy l'avait transformée de plus d'une manière. Ce qui le rendait d'autant plus détestable.

— Réfléchissons calmement, murmura-t-il. Je vais faire du café.

Vicki l'écouta s'affairer dans la cuisine en ouvrant et fermant les placards avec force. Elle inspira profondément pour mieux savourer les effluves de son corps. Il avait toujours eu une odeur merveilleuse, un parfum viril qui l'excitait à chaque fois qu'elle le sentait. Et qui, désormais, lui ouvrait l'appétit.

— Tu ne descends jamais ta poubelle ? grommela-t-il.

— Pour quoi faire ? Je ne produis pas d'ordures.

Il n'avait pas eu besoin d'élever la voix. Elle l'aurait entendu même s'il avait murmuré. Comme elle entendait le sang qui pulsait dans ses veines. Ou à certains moments, lui semblait-il, ses pensées. En cet instant, par exemple, il devait se demander comment l'accompagner à Vancouver – car il ne la laisserait jamais voyager seule jusque là-bas – sans rendre service à Henry.

Vicki n'était pas vraiment étonnée par cette histoire de fantôme. En fait, plus rien ne la surprenait vraiment. « Il y a plus de choses dans le ciel et sur la terre... » Elle aurait dû inscrire cette citation de Shakespeare sur sa carte de visite.

Pourtant, qu'Henry l'appelle pour lui demander de résoudre une affaire, voilà qui l'avait déconcertée. Il avait paru tellement sûr de lui, le jour de leur séparation, en affirmant qu'ils ne se reverraient jamais.

Comme s'il avait lu dans ses pensées, Celluci choisit ce moment pour revenir dans le bureau et aboyer :

— Je croyais que les vampires ne pouvaient pas partager le même territoire.

Vicki redressa le menton.

— Je refuse de me laisser contrôler par mes instincts.

— Ouais, c'est ça. Va dire ça au vampire qui vivait ici avant.

— J'étais d'accord pour négocier, protesta-t-elle en se rendant compte qu'elle montrait les dents en un rictus menaçant.

La vampire en question avait tué l'un de ses amis dans le seul but de s'en prendre à elle. Folle de rage, Vicki avait décidé de s'en débarrasser d'une manière définitive. Elle n'avait jamais éprouvé de regret, pas la moindre culpabilité, et n'avait pas trouvé utile de donner des détails à l'inspecteur Michael Celluci. À cause de ce qu'il était – un humain – mais aussi de qui il était. Il n'aurait pas compris, et elle n'était pas sûre de pouvoir supporter qu'il la regarde comme il regardait Henry.

Elle s'était donc contentée de l'informer qu'elle avait gagné.

Transformant son rictus en sourire, elle reprit :

— Henry et moi trouverons un moyen de nous supporter.

Celluci dissimula son propre sourire derrière sa tasse en se demandant si Henry se doutait du peu de choix qui lui serait laissé en la matière. Bien qu'il n'eût aucune envie de laisser Vicki se rendre à Vancouver, il n'avait pas les moyens de l'en empêcher, à moins d'être suicidaire. Dans ce cas, le mieux qu'il pût faire était de l'accompagner. Sans compter qu'il prendrait un certain plaisir à voir ce royal bâtard suceur de sang obligé de se soumettre à la volonté de la jeune femme.

— D'accord, tu as gagné. Je viens avec toi.

— ... sont plutôt calmes en ce moment, et j'ai des congés d'avance.

L'inspecteur en chef Cantree fronça les sourcils.

— Vous avez toujours des congés d'avance, inspecteur. Je suis juste surpris que vous souhaitiez les prendre.

Celluci haussa les épaules.

— Un ami de Vicki, à l'ouest du pays, rencontre quelques problèmes.

— Un ami de Vicki ? Ah.

L'inspecteur en chef contempla la mousse grise audessus de son café ; la grosse tasse en grès semblait presque délicate entre ses doigts énormes.

— Comment se porte « Victory » Nelson en ce moment ? J'ai entendu dire qu'elle s'occupait d'affaires un peu étranges depuis son retour à Toronto.

Nouveau haussement d'épaules.

— Quelqu'un doit bien le faire. Au moins, tant qu'ils s'adressent à elle, ils ne nous appellent pas.

— Exact, reconnut Cantree en le dévisageant d'un air dubitatif. C'est drôle, elle ne me paraissait pas du genre à s'intéresser à ces conneries paranormales.

Celluci se retint de hausser les épaules une troisième fois.

— Ça ne représente qu'une petite partie de son boulot. L'essentiel reste les maris infidèles et les fraudes à l'assurance.

— L'essentiel, répéta Cantree.

Puisqu'il ne s'agissait pas vraiment d'une question, Celluci s'abstint de répondre.

Quelques années plus tôt, l'inspecteur Cantree avait failli devenir malgré lui le factotum d'un ancien dieu égyptien. Toutes les autres victimes ensorcelées par la divinité avaient élaboré leur propre explication rationnelle à leur mésaventure, mais lui avait insisté pour connaître la vérité. Comme il n'en avait jamais reparlé depuis, Celucci ignorait jusqu'à quel point il y avait cru.

Ce souvenir flotta au-dessus d'eux quelques instants, puis Cantree le balaya d'un geste de la main signifiant : « Avec quarante-sept meurtres depuis le début de l'année, j'ai suffisamment à faire sans me soucier de ce genre de trucs. »

— Prenez vos vacances, inspecteur, mais je compte sur vous dans deux semaines maximum. Et vous avez intérêt à péter la forme.

— Vicki, on n'atteindra jamais Vancouver avec ça.

— Je reconnais qu'il ne paie pas de mine...

Les mains sur les hanches, Vicki contempla le van bleu crasseux. Il était encore pire en plein jour, songea-t-elle. Elle garda néanmoins la remarque pour elle, estimant que la camionnette faisait déjà suffisamment mauvais effet à la lumière de la torche de Celluci.

— ... mais la mécanique est bonne.

— Parce que tu t'y connais en mécanique maintenant ?

— Non, mais plus personne ne peut me mentir, répondit-elle en laissant un peu de son pouvoir s'exprimer.

Conçue pour les livraisons, la fourgonnette ne possédait aucune vitre à l'arrière. Vicki avait étanchéifié la séparation derrière les sièges et les portes arrière à l'aide de joints en caoutchouc épais.

— Tu as fait ça rapidement, dis donc.

Celluci ôta un peu de sciure de bois à la base de la séparation ; il grimaça en découvrant les verrous destinés à éviter toute intrusion de l'extérieur.

— Que fait-on si on a un accident et que je dois te sortir de là-dedans ?

— Attends le coucher du soleil : je me débrouillerai toute seule.

— Il n'y a pas de ventilation. Il va faire une chaleur d'enfer.

Elle haussa les épaules.

— Ça m'étonnerait que je m'en aperçoive.

— Ça t'étonnerait ?

Conscient que sa voix était montée dans les aigus, Celluci s'obligea à se calmer pour poursuivre :

— Tu veux dire que tu n'en es pas sûre ?

— Je suis certaine que ça ne me dérangera pas, pour le reste…

Elle avait encore beaucoup à découvrir concernant sa nouvelle nature de vampire. Henry lui avait appris à survivre sans tuer ni blesser, à modifier les souvenirs de ceux dont elle se nourrissait et à se mêler aux mortels sans éveiller l'attention, mais il ne lui avait jamais dit, par exemple, que la densité de ses os la ferait couler si elle essayait de nager – ce qui avait valu la frayeur de sa vie au maître-nageur qui avait plongé pour la récupérer – ni ce qui se passerait si elle voyageait de plein jour à l'arrière d'une camionnette.

— La SPV conseille de ne pas se garer en plein soleil.

Celluci la dévisagea sans comprendre.

— La quoi ?

— La Société Protectrice des Vampires. C'était une blague.

Elle lui tapota le bras.

— Laisse tomber. Comment trouves-tu le lit ?

Il jeta un coup d'œil derrière elle. Le lit en question était bordé de planches molletonnées de plusieurs centimètres de haut.

— Ça ressemble à un cercueil sans couvercle. Personnellement, je m'en passerai.

— Comme tu veux, mais n'oublie pas qui sera au volant la nuit pendant que tu dormiras, dit-elle en faisant semblant de prendre un virage sur deux roues.

À ce rappel, Celluci frémit. S'il avait dû personnaliser le style de conduite de Vicki, il aurait hésité entre un kamikaze et un chauffeur de taxi de Montréal. Il consulta sa montre. S'ils voulaient partir avant l'aube, il n'avait pas le temps de décider ce qui l'effrayait le plus : dormir dans ce cercueil roulant ou laisser conduire Vicki. Une chose était sûre, cependant : s'il devait choisir la deuxième solution, il n'allait pas se battre pour ôter le molleton du lit.

— Faut y aller, annonça-t-il. Il est 4 h 12. Dans moins de trois quarts d'heure, le jour se lève.

Devant l'air surpris de Vicki, il sortit un livret de sa poche arrière.

— L'almanach agricole. Il donne les heures de lever et de coucher du soleil pour toute l'année. J'ai pensé que ça nous serait utile.

— Pour quoi faire ? lança-t-elle d'un ton de défi.

Il reconnut immédiatement son expression. Elle annonçait une dispute sur un thème qu'ils avaient abordé des centaines de fois – et cela bien avant sa transformation.

— Qu'est-ce que tu crois, Mike ? Que je ne suis pas assez grande pour m'occuper de moi toute seule ?

— Pas entre le coucher et le lever du soleil, répliqua-t-il d'une voix douce et ferme à la fois.

Vicki pinça les lèvres. Qu'elle le veuille ou non, Mike avait malheureusement raison. Sa réponse ne laissait aucune place à l'argumentation.

Ce qu'il savait, bien sûr. Et qui le ravissait. C'était à peine s'il arrivait à dissimuler un sourire en rangeant son fichu bouquin dans sa poche.

Elle se rapprocha de lui et lui repoussa une mèche sur le front.

— Dès la nuit tombée, en revanche, personne ne se frotte à moi, rappela-t-elle dans un murmure.

Allongée dans son lit-cercueil vibrant au rythme des six cylindres, Vicki sentit le soleil poindre au-delà des ténèbres qui l'enveloppaient tel un drap noir. Les muscles de son dos se crispèrent. Deux ans qu'elle était un vampire et elle ne s'était toujours pas habituée à l'approche du jour.

« C'est comme lorsque tu te rends compte que quelqu'un va te frapper par-derrière, quand tu sais que ça va arriver, mais tu ne peux déjà plus rien faire pour l'empêcher. Sauf que ça dure plus longtemps… »

Celluci n'avait pas semblé impressionné par cette image, et elle ne pouvait l'en blâmer – elle-même ne l'était guère. Pendant tout le temps où il avait inspecté la fourgonnette avec sa torche à la recherche du moindre trou d'épingle dans la carrosserie, elle s'était efforcée de rester stoïque malgré une envie folle de remonter dans le sanctuaire de sa chambre et de s'y enfermer à double tour. Il n'avait rien voulu entendre lorsqu'elle lui avait assuré avoir déjà tout vérifié. Mais ne lui reprochait-il pas depuis toujours de prendre des risques inutiles ?

Certes, elle prenait des risques.

Mais jamais inutilement.

Ou alors de manière exceptionnelle…

Elle se léchait les lèvres au souvenir du goût de Mike quand les premiers rayons du soleil lui dérobèrent sa conscience.

À cette heure matinale, Celluci n'eut aucun problème pour sortir de Toronto. Vicki n'avait pas menti : côté mécanique, le van semblait en parfait état. Malgré tout, il prit soin de rouler cinq kilomètres au-dessous de la vitesse autorisée, conscient qu'il aurait du mal à expliquer la présence d'un corps sans vie à l'arrière si par malheur un flic l'arrêtait.

— C'est ça, fais-toi flasher, marmonna-t-il, agacé, à l'intention de la vieille guimbarde rouillée qui le doublait.

Après une halte à Barrie pour petit-déjeuner et se dégourdir les jambes, il se retrouva bloqué près d'une heure à la sortie de Waubaushene par un accident. Lorsqu'il s'arrêta de nouveau pour déjeuner dans un fast-food de Bigwood, il avait entendu *I Got you Babe* de Sonny and Cher sur trois stations de radio différentes et se demanda pourquoi il s'infligeait une telle torture.

— J'aurais dû insister pour la faire changer d'avis, marmonna-t-il en retirant le cure-dent à pompon décorant son club sandwich.

Henry Fitzroy ne faisait pas confiance aux privés de la côte Ouest ? Et alors ?

— Comment espère-t-il se faire de nouveaux amis s'il refuse de parler aux inconnus ?

— Il y a un problème ?

Celluci adressa un sourire forcé à la serveuse adolescente.

— Non, tout est très bien.

En la voyant lui jeter un regard suspicieux tandis qu'elle regagnait la cuisine, il soupira.

Génial. Il ne manquait plus que je me mette à parler tout seul.

Dans les enceintes saturées, Sonny Bonno affirma une fois encore son amour à la face du monde.

— Pourquoi Wawa ?

Mains sur les hanches, Vicki fit rouler ses épaules.

— Tu aurais pu t'arrêter ailleurs ?

— Pourquoi pas Wawa ? répliqua Celluci en suivant ses mouvements. Je me suis dit que tu aurais peut-être envie de voir l'oie.

— L'oie ?

Elle pivota vers la sculpture d'acier de neuf mètres de haut qui se détachait contre le ciel gris strié d'orange.

— OK, je l'ai vue. J'espère que je ne partage pas là le plus grand moment de ta journée.

— Presque. Comment te sens-tu ?

— Comme quelqu'un qui vient de passer quatorze heures bringuebalée dans une boîte. À part ça, pas trop mal.

— Est-ce que tu as… ?

Une voiture s'arrêta sur le petit parking ; deux gamins en sortirent à toute allure, avant de s'élancer vers les toilettes.

Celluci se tut, gêné.

— Faim ? termina Vicki en souriant. Mike, tu peux prononcer le mot « faim » devant des enfants, ils ne vont pas se choquer. Je me ferais bien un Big Mac, ou plutôt Ronald McDonald.

— C'est écœurant.

— Sans rire, tout ça m'a ouvert l'appétit, dit-elle en s'approchant de lui.

Il lui saisit le bras pour l'arrêter.

— N'y pense même pas, Vicki. J'ai passé l'âge de tirer un coup vite fait à l'arrière d'une camionnette.

Mais ses protestations faiblirent rapidement et les gosses à peine remontés en voiture et emportés au loin, il se laissa convaincre sans grande difficulté.

Vingt minutes plus tard, alors qu'ils s'installaient tous deux à l'avant, Vicki attrapa au vol un moustique prêt à se poser sur lui.

— Trop tard, petite sœur, dit-elle en écrasant l'insecte entre le pouce et l'index. L'opération don du sang est terminée.

— On a passé Portage la Prairie, fit remarquer Celluci en levant les yeux de la carte du Manitoba.

Il avait mal dormi et le café immonde que Vicki lui avait tendu à son réveil n'avait rien fait pour améliorer son humeur. Il l'avait néanmoins avalé – après quinze ans de distributeurs automatiques du poste de police, il était capable de boire n'importe quoi – avant de consulter la carte et de se rendre compte que Vicki avait largement dépassé la ville où il était censé la relayer.

— Tu as au moins fait du cent trente !

— Et alors ?

— Alors, la vitesse est limitée à cent, rappela-t-il. C'est la loi et il est conseillé de la respecter.

Malgré son envie de l'envoyer au diable, Vicki se contenta de hausser les épaules. Après tout, Celluci ne l'avait pas accusée d'être imprudente, juste de ne pas avoir respecté la loi. Un fait indiscutable.

Adossée contre la fourgonnette, elle contempla la campagne alentour. Hormis celles des étoiles et de la torche, il n'y avait aucune lumière à des kilomètres à la ronde. Traverser ces vastes étendues inhabitées lui donnait depuis des heures la désagréable impression que Celluci et elle étaient seuls au monde. Même la ville de Winnipeg, quand elle s'y était arrêtée à 3 heures du matin, avait paru déserte. Elle n'y avait croisé personne à part un pompiste à moitié endormi et deux automobilistes assoupis dans leur voiture sur une aire de repos. Couper par Portage la Prairie au lieu de prendre la Trans-Canada lui permettrait peut-être de rencontrer âme qui vive, avait-elle pensé, sauf qu'à 3 heures du matin, les gens étaient encore dans les bras de Morphée.

Habituée à vivre, et chasser, parmi trois millions de personnes, dont au moins un million semblait ne jamais se coucher, elle se sentait vulnérable dans cette espèce de grand désert silencieux.

— Passe-moi ça, dit-elle en arrachant la carte à demi repliée des mains de Mike. Il suffit de suivre les plis, ce n'est pourtant pas difficile !

Vulnérable et d'une humeur de chien.

Face au regard médusé de son compagnon, elle esquissa un sourire gêné.

— Toute cette nature me tape sur le système, expliqua-t-elle.

Parce qu'il est quasiment impossible de rester en deçà de cent sur une route parfaitement plate et rectiligne, les autorités ont porté la limitation de vitesse à cent dix kilomètres heure sur tout le territoire du Saskatchewan. La plupart des automobilistes en profitent pour rouler à cent vingt. Étant donné sa cargaison, Celluci opta pour une cote mal taillée en faisant du cent quinze.

À 7 h 17, après avoir traversé des hectares et des hectares de champs de blé, il arrêta le van à la sortie de Bassano, Alberta, et coupa la radio, agacé. S'il entendait Sonny and Cher entonner *I Got You Babe* une fois de plus, il allait faire un malheur ! Après s'être garé sur le parking de manière que Vicki descende discrètement au moment voulu, il se dirigea vers le restaurant. Le coucher de soleil était prévu à 20 h 30 ; ça lui laissait une bonne heure pour dîner.

La soupe du jour était un potage à l'orge et au bœuf. En contemplant le contenu de son bol, il songea à tous les repas partagés et à tous les cafés et sandwichs avalés à la va-vite avec Vicki. À l'idée que plus jamais ils ne sortiraient manger de dim sum ni ne dévoreraient de pizzas en suivant La Nuit du Hockey à la télé, il sentit un accès de tristesse l'envahir.

— La soupe ne vous plaît pas ?

La femme en tablier blanc derrière le comptoir le dévisageait d'un air soucieux.

— Euh, non, non, elle est très bonne.

— Je préfère ça. C'est de la soupe maison, vous savez. Préparée par mes soins.

Comme il ne trouvait rien à répondre, elle secoua la tête en soupirant.

— Allez, ne faites pas cette tête-là. On croirait que vous venez de perdre votre meilleur ami.

Celluci se rembrunit. Non, il ne l'avait pas perdue : hormis le fait de ne plus pouvoir manger ensemble, Vicki et lui avaient toujours les mêmes rapports qu'avant. Sauf que dans l'immédiat cette restriction le chagrinait. Je croyais pourtant en avoir fait mon deuil...

Il remarqua à peine la serveuse quand elle débarrassa son bol et lui apporta un steak frites.

Vampire, Chasseur de la nuit, Nosferatu – Vicki n'était plus humaine. Pourtant, sa transformation avait eu un point positif puisque, depuis, elle s'était engagée dans leur relation comme jamais auparavant. Mais que représentent quelques années de vie pour une immortelle... ?

La tarte à la rhubarbe avait un goût de cendres ; il en laissa la moitié dans l'assiette.

Le dos voûté et les mains enfouies dans les poches, il regagna la fourgonnette, conscient de s'apitoyer sur son propre sort, et néanmoins incapable de s'arracher à la mélancolie.

Le grondement de moteur le prit totalement au dépourvu. À environ un mètre du van, il distingua le visage d'un jeune type derrière le pare-brise. Ce n'est que lorsque celui-ci passa la première, l'évita d'un coup de volant et s'éloigna dans un crissement de pneus qu'il comprit ce qui venait de se passer.

Quelqu'un venait de voler la camionnette.

Sans réfléchir, il s'élança à sa poursuite, avant de s'arrêter brusquement au milieu du parking, et de consulter sa montre. 20 h 27.

Dans trois minutes, Vicki se réveillerait.

Elle devinerait tout de suite que quelque chose clochait. Alors, elle ferait coulisser la séparation derrière les sièges… et le jeune voyou serait bon pour la peur de sa vie.

Les yeux fixés sur le van qui disparaissait dans les dernières lueurs du couchant, Celluci éclata de rire. Son seul regret était de ne pas pouvoir être présent au moment où Vicki découvrirait le voleur. Il s'esclaffait toujours quand la serveuse le rejoignit devant la porte du restaurant.

— C'était votre camionnette ? demanda-t-elle, l'air désolé.

Il se tourna vers elle, la mine réjouie.

— Oui

— Vous voulez appeler la police ?

— Non, merci. En revanche, je reprendrai bien une part de cette délicieuse tarte à la rhubarbe.

Sidérée, la femme le suivit à l'intérieur et, les yeux écarquillés, le regarda s'installer au bar. Elle secoua la tête en le voyant jeter un coup d'œil à sa montre en ricanant. Ce type lui avait fait bonne impression, pourtant, mais visiblement, il avait une case en moins.

— Et… votre van ?

Celluci saisit sa fourchette avec entrain.

— Il va revenir, assura-t-il, confiant.

Quelque chose clochait.

Allongée dans le noir, Vicki se laissa pénétrer par les sons, les odeurs et les sensations.

Pour des raisons de sécurité, Celluci avait exigé qu'ils s'arrêtent au moins une demi-heure avant chaque lever et coucher de soleil, et vu comme il l'avait rabrouée quand elle avait tenté de l'en dissuader, il y avait peu de chances qu'il ait changé d'idée de son propre chef. Donc, il n'y avait que trois possibilités : ou Mike avait perdu son éphéméride, ou il s'était retrouvé coincé sur l'autoroute, ou… ce n'était pas lui au volant.

Les effluves de CO_2, d'essence et de métal chaud mêlés au parfum de Celluci sur le molleton du lit l'empêchaient de percevoir d'autres odeurs.

À genoux derrière la séparation, elle tendit l'oreille, et entendit battre un cœur inconnu.

Elle réprima un grognement. Résistant à l'envie de donner un coup de poing dans la planche en contreplaqué pour égorger l'intrus – ce n'était pas en s'abandonnant à la colère qu'elle obtiendrait des réponses –, Vicki tira sans bruit les verrous. D'abord, découvrir ce qui est arrivé à Mike, ensuite…

Le jeune homme tressaillit en voyant une femme assise sur le siège à côté de lui. L'instant d'avant, il n'y avait personne, et soudain, elle était là, qui lui souriait.

— Arrête-toi, ordonna-t-elle avec une douceur terrifiante.

Tremblant de tous ses membres, il obéit et se gara sur le bas-côté. Quand il tira le frein à main, son cœur battait si violemment qu'il pouvait à peine respirer.

— Coupe le moteur.

Il tourna la clé de contact en gémissant. Il ignorait pourquoi, mais il était incapable de s'empêcher de geindre. Et continua de plus belle en sentant les doigts glacés se refermer sur son menton pour l'obliger à tourner la tête.

— Où est passé l'homme qui conduisait ce véhicule ?

Elle avait un regard argenté dans la lumière du crépuscule. Un regard d'une couleur impossible, inhumaine.

— Il… Il est au restaurant. Chez Ruby. À en… environ dix kilomètres.

— Il est blessé ?

Bien qu'il manquât d'imagination, il n'eut aucun mal à deviner ce qui se passerait s'il devait répondre par l'affirmative. Son estomac se noua, un goût de bile lui remonta dans la gorge.

— Si tu dégueules, je te fais bouffer ton vomi, prévint-elle. Maintenant, réponds à ma question.

— I… Il va bien. Franchement.

Comme elle semblait attendre autre chose, il ajouta :

— Je l'ai vu dans le rétroviseur en partant. Il… il riait.

— Il riait ?

— Oui.

Vicki lâcha la mâchoire du jeune homme, perplexe. Qu'est-ce qui pouvait bien avoir provoqué l'hilarité de Celluci ? Ce n'était pas vraiment son genre de prendre un vol de voiture à la légère. Surtout avec elle endormie à l'arrière. Et soudain, face aux lueurs rosées à l'horizon, elle comprit.

Si le restaurant n'était qu'à une dizaine de kilomètres, cela signifiait que ce crétin de voleur avait filé avec un vampire assoupi dans son dos quelques minutes avant le coucher du soleil.

En le voyant tenter de saisir la poignée de la portière, elle lui enserra le bras.

— Pas si vite, murmura-t-elle. Comment t'appelles-tu ?

— K… Kyle.

Il n'était pas mal dans le genre voyou mal rasé. Mince mais joliment musclé. Avec de beaux yeux bleus. Elle fixa sa carotide.

— Quel âge as-tu, Kyle ?

— V… Vingt-deux.

Parfait. Elle laissa la Faim monter en elle.

Kyle vit le sourire de la jeune femme se transformer. Il comprit presque ce qui se passait. Elle était si pâle, avec des dents si blanches…

— Je crois que le jeune Kyle a décidé de se retirer des voitures.

— Vraiment ?

Le sourire aux lèvres, Celluci contempla le profil de Vicki dans la lueur verdâtre du tableau de bord.

— Qu'est-ce qui te fait penser ça ?

— Eh bien, je crois qu'il a pris cette décision quand je lui ai fait remarquer à quel point il était chanceux.

— Chanceux ?

— Oui. En volant le van, il est juste tombé sur moi.

Elle se tourna pour lui faire face sans se préoccuper de la camionnette qui filait à toute allure sur l'autoroute. Son regard brillait ; sa voix était rauque.

— Je lui ai simplement rappelé que, s'il continuait, il pourrait un jour tomber sur quelque chose de... dangereux.

Le lendemain, le soleil se levait à 4 h 56. À 4 h 30, Vicki se gara sur une aire déserte et coupa le moteur. En allant vers l'ouest, elle avait encore gagné une heure de nuit, ce qui en faisait trois depuis le départ – et trois au total puisqu'ils ne changeraient plus de fuseau horaire avant d'atteindre Vancouver.

Elle se tourna pour scruter l'ombre de son sanctuaire derrière elle. Celluci refusait de dormir avec la séparation, et bien qu'elle ne pût l'en blâmer, elle avait du mal à ne pas se laisser distraire par le chant de son sang à ses oreilles. Une chance qu'elle eût rencontré le jeune Kyle en chemin, songea-t-elle, autrement elle n'aurait jamais réussi à se concentrer sur la route – ce qui, avec deux parcs nationaux et une chaîne montagneuse à franchir, aurait pu s'avérer fâcheux.

Le sommeil effaçait les marques déposées par quinze ans de police sur les traits de Mike, le faisant paraître plus jeune que ses trente-huit ans.

Trente-huit ans...

Quelques cheveux gris commençaient à argenter sa tempe droite.

Combien d'années leur restait-il ? s'interrogea-t-elle. Cinquante ? Quarante ? Que ferait-elle du restant de l'éternité sans lui ? Devenue immortelle, elle se retrouvait face à la certitude de devoir lui survivre. Certes, Henry l'avait mise en garde contre ce genre de désespoir fataliste, mais comment s'en protéger quand elle entendait la vie de Mike s'écouler au rythme de son cœur de mortel ?

Pour l'amour du Ciel, Vicki, reprends-toi ! Saisissant Celluci par l'épaule, elle le secoua.

— Qu'est-ce... ?

— Lever de soleil dans vingt minutes, Mike. Je sors, le temps de te laisser émerger.

Dehors, elle contempla la silhouette majestueuse des Rocheuses. Elles étaient si imposantes dans la grisaille précédant l'aube qu'on aurait cru un décor de cinéma. Voilà la vraie éternité, songea-t-elle. Comparée à ces blocs de pierre, mon existence est à peine plus longue que celle d'un simple mortel.

Elle entendit Mike sortir de la fourgonnette derrière elle.

— J'ai laissé un message sur le répondeur d'Henry pendant que je faisais le plein, annonça-t-elle sans se retourner. Je l'ai prévenu de notre arrivée ce soir.

— Ah oui ? Et il sera là ?

Sourcils froncés, elle pivota sur les talons.

— Pourquoi cette question ?

— Je ne sais pas. Peut-être qu'il connaît ses limites.

Après trois nuits de voyage, Celluci se sentait trop fatigué et endolori pour s'extasier devant la splendeur du paysage. Du moins, pas avant d'avoir pissé et avalé un café.

— Il sera là.

— Comment en es-tu aussi sûre ?

— Je lui ai dit de nous attendre.

J'aurais dû me douter de la réponse, pensa-t-il en la suivant à l'intérieur du van. Comme elle s'apprêtait à se masser la nuque, il lui saisit la main.

— Il ne t'est jamais venu à l'idée qu'Henry Fitzroy savait mieux que toi ce que signifiait vraiment être un vampire ?

— C'est possible. Mais Henry Fitzroy ne sait pas ce que ça signifie d'être moi. Or, je ne crois pas à ses conneries de rivalité territoriale. Je suis certaine qu'on peut surmonter ça.

La lueur de doute que Celluci perçut dans le regard de sa compagne le dissuada d'insister. Après tout, ils découvriraient la vérité bien assez tôt.

En entendant Vicki tirer les verrous et abaisser la séparation, Celluci jeta le reste de son sandwich à une mouette sur le parking et remonta sa vitre. Même si à première vue il n'y avait personne, il préférait ne pas courir de risque.

Le regard argenté de Vicki passa sur lui sans s'arrêter.

— On est où ? s'enquit-elle.

— Cariboo Street, à l'est de la ville. J'ai pensé que tu préférerais arriver déjà réveillée.

À travers le pare-brise, Vicki contempla l'océan, puis Vancouver, là où vivait Henry Fitzroy. Enfin, elle le regarda lui. Intensément.

Il eut l'étrange sensation que personne n'avait jamais plongé aussi profondément en lui ; la sueur perla à son front. Et juste quand il s'estimait incapable de supporter ce regard une seconde de plus, elle sourit et lui repoussa une mèche sur le front.

— Merci. Cela atteste d'une perspicacité surprenante de la part d'un fan d'*Alerte à Malibu*.

3

Les yeux plissés, Henry contempla le fantôme sans mains au pied du lit. Avec des mouvements d'une précision rigide, il repoussa le drap et s'assit. S'il laissait échapper un tant soit peu la colère qui bouillonnait en lui, le fantôme hurlerait sa réprobation, causant ainsi la mort d'un nouvel innocent.

Il attendit en silence dans l'espoir que le spectre soit las de ses questions stupides. Quand il devint évident que ce n'était pas le cas, au moment où la créature ouvrait la bouche pour crier, Henry lança :

— Ta mère était-elle une femme ?

Bien qu'il parût contrarié, l'être translucide respecta néanmoins la règle et disparut en silence.

— Putain, c'était trop flippant.

La main sur la poignée de la porte de la salle de bains, Henry s'arrêta et tourna la tête vers Tony.

— Tu l'as senti ?

— Si je l'ai senti ? rétorqua celui-ci, adossé au mur du couloir. Il y avait tellement de tension venant de ta chambre qu'un moment j'ai cru que la porte allait exploser. Je… Tout va bien pour toi ?

— Pas de problème. Ça ne m'affecte pas vraiment, tu sais.

— Ah oui ? Alors, pourquoi es-tu en train d'écrabouiller la poignée ?

Henry contempla le morceau de métal tordu entre ses doigts.

— D'accord, je suis un peu contrarié, reconnut-il. Je me sentirai mieux après une bonne douche.

Il posa un pied sur le carrelage et s'arrêta brusquement, l'air surpris.

— Tu ne travailles pas le samedi soir d'habitude ?

— J'ai fait un échange, expliqua Tony, mal à l'aise. Je voulais être là pour l'arrivée de Vicki.

Henry écarquilla les yeux, incrédule.

— Pour la protéger de moi ?!

— Pourquoi pas ? répliqua Tony, vexé. Si j'en crois ce que tu m'as dit, vous aurez bien besoin de quelqu'un qui ne perde pas les pédales entre vous, non ?

Henry poussa un soupir, regrettant de l'avoir blessé.

— C'est gentil de ta part, Tony, dit-il, vraiment. Mais pour ta propre sécurité, je te conseille de ne pas t'interposer entre nous. Jamais. Quoi qu'il arrive. Je ne te ferai jamais de mal de mon plein gré, tu le sais, malheureusement, je ne suis pas sûr de pouvoir me contrôler dans ce genre de situation.

— Dans ce cas, pourquoi restes-tu ? Tu as prévu de quitter Vancouver, pas vrai ? Alors pourquoi ne pas partir avant qu'elle arrive ?

— Parce que, si je le fais, Vicki continuera à penser que je dramatise et qu'il est possible de maîtriser les pulsions inhérentes à notre nature. Elle refusera toujours d'accepter la réalité, à savoir que deux vampires sur un même territoire finissent forcément par s'entretuer. En demeurant ici un moment avec elle, ajouta-t-il sombrement, je lui prouverai que j'ai raison.

Tony hocha la tête.

— Tu l'attends juste pour ça, alors ? Tu n'as pas envie de la revoir ?

— Une fois le lien parent/enfant rompu, les vampires n'éprouvent plus aucun sentiment l'un pour l'autre, rappela Henry d'un ton définitif.

Sur quoi, il pénétra dans la salle de bains et ferma derrière lui, indiquant que la discussion était terminée.

La poignée de la porte tomba au sol, en bouillie.

Tony la ramassa et plaça ses propres doigts dans les marques laissées par ceux de son compagnon. « Je te conseille de ne pas t'interposer entre nous. » La bonne blague ! Comme si j'étais assez dingue pour faire un truc pareil. Empêcher Alien et Terminator de s'étriper...

Michael Celluci regarda Vicki aller et venir dans l'ascenseur – trois pas en avant, trois en arrière – sans un mot. S'il avait osé, il lui aurait demandé si elle avait envisagé un seul instant qu'Henry pût avoir raison. Ce qui n'aurait servi à rien, d'ailleurs : il suffisait de la voir pour se rendre compte qu'elle ne pensait qu'à ça.

— Son odeur est imprégnée dans tout l'immeuble, marmonna-t-elle en humant l'air.

— Il n'a quand même pas marqué son territoire en pissant sur les murs.

— Bien sûr que non, aboya-t-elle en montrant les dents.

— Je plaisantais...

Elle fit volte-face vers lui, les yeux étincelants.

— Histoire de détendre un peu l'atmosphère, ajouta-t-il rapidement en écartant les mains.

— Oh.

Une sonnerie indiqua qu'ils arrivaient au quatorzième étage. Vicki se tourna en direction des portes.

Celluci la suivit dans le couloir en secouant la tête.

— Pas la peine de me remercier.

Leurs noms étant inscrits sur la liste du concierge, ils avaient pu monter directement sans être annoncés. Du coup, ils n'avaient aucune idée de ce qui les attendait. À en juger par les premières réactions de Vicki, la nuit risquait d'être explosive, estima-t-il. Peut-être aurait-il dû se munir de son arme... même s'il ne savait pas très bien sur qui il aurait tiré.

— La voilà ! prévint Henry se tournant vers l'entrée.

Il ressemblait à un chat prêt à bondir au moindre mouvement.

L'instant d'après, trois coups répétés brisaient le silence.

— Va ouvrir, ordonna-t-il en s'éloignant vers le fond du salon. Je préfère garder mes distances.

Retenant son souffle, Tony obéit et se retrouva face à Celluci, qui levait la main pour frapper une quatrième fois. Vicki se tenait à ses côtés, le dos tourné.

Quand elle pivota, Tony tressaillit. S'il n'avait pas passé ces deux dernières années auprès d'un vampire, il aurait pris ses jambes à son cou en hurlant. Au lieu de quoi, il déglutit, puis, s'efforçant de calmer le tremblement de ses jambes, lança d'un ton faussement enjoué :

— Salut, Victory. T'as l'air en forme.

Vicki perçut instantanément la peur du jeune homme. Il y avait un bon nombre de gens qu'elle prenait plaisir à effrayer, mais Tony n'en faisait pas partie. Raison de plus pour ne pas donner raison à Henry, pensa-t-elle en se ressaisissant. Je ne me laisserai pas dominer par mes instincts !

Comme elle restait silencieuse, Tony échangea un regard inquiet avec Celluci. Mais avant que l'un d'eux eût pu ouvrir la bouche, Vicki avait retrouvé sa voix :

— Après quatre jours de route, ça m'étonnerait. Mais merci pour le mensonge.

La tête inclinée, elle l'examina longuement avant de poursuivre :

— Toi, en revanche, tu as réellement bonne mine. Et tu t'es remplumé. En revanche, tes cheveux sont trop courts.

— C'est la mode, se défendit-il aussitôt en caressant la brosse sur son crâne.

Vicki sourit.

— T'inquiète, Keanu Reeves non plus ça ne lui va pas. Sinon, on peut entrer ou tu comptes nous laisser poireauter toute la nuit dans le couloir ?

Rougissant jusqu'aux oreilles, Tony s'effaça.

— Pardon.

— C'est autant ma faute que la tienne, déclara-t-elle pour le mettre à l'aise.

Après avoir jeté un coup d'œil appréciateur à l'entrée – Henry avait acheté l'appartement après qu'elle eut regagné Toronto –, elle désigna l'arcade bordée de colonnades sur sa droite.

— Le salon est par là ?

— Oui, mais...

En la voyant s'y engouffrer, Tony n'acheva pas sa phrase et se tourna vers Michael Celluci. À l'époque où il vivait dans la rue, ses rapports avec l'inspecteur manquaient singulièrement de chaleur, néanmoins, à en juger par l'expression de ce dernier, le présent venait de balayer d'un coup le passé.

— Il est là ?

Tony soupira.

— Ouais.

— Pourquoi ? Je croyais qu'il pensait que deux vampires ne pouvaient pas rester sur le même territoire.

— Justement. Il veut le lui prouver.

Comme lui, Celluci fut sensible à l'argument.

— Ça se comprend. Espérons juste qu'on y survivra.

Ils pénétrèrent dans la pièce, priant tous les deux pour que le silence qui y régnait soit bon signe.

Henry se tenait dos à la baie vitrée ; les premières lumières de Granville brillaient dans le crépuscule derrière lui. Tête droite, bras croisés, il portait une chemise en soie bleue, un jean délavé et une paire de baskets blanches. Son regard bleu était presque noir, ses lèvres pincées.

Face à lui, Vicki avait les doigts crispés autour du plateau de la table en verre. Elle était vêtue d'une chemise en soie bleue, d'un jean délavé et d'une paire de baskets blanches. Sa main libre s'ouvrait et se fermait nerveusement. Sa bouche légèrement entrouverte laissait apparaître des dents acérées.

Sur le seuil, Tony sentit la tension monter. Dans un moment, sans qu'un mot eût été échangé, ils atteindraient le point de non-retour. Il n'avait aucune idée de ce qu'il faudrait faire alors pour empêcher l'explosion. Et même si par hasard il le découvrait, il n'était pas certain de trouver le courage d'agir. De quelle manière allaient-ils se battre ? Y aurait-il un bain de sang ? Les vampires ne refusaient-ils pas instinctivement de gaspiller une ressource si précieuse ?

À côté de lui, Celluci considéra la scène d'un air sarcastique, puis ricana.

— Je constate que vous avez mis votre uniforme. C'est quoi la suite ? Une casquette et un tee-shirt avec votre numéro dans le dos ?

Tony lui jeta un regard effaré, et recula juste assez pour s'abriter derrière lui.

Henry s'avançait déjà en grondant quand Vicki, percevant soudain le ridicule de la situation, s'esclaffa à son tour.

— Mon Dieu ! s'écria-t-elle. C'est vraiment n'importe quoi.

Les narines dilatées, Henry s'arrêta pour lui faire face. Il n'en fallut pas plus pour mettre fin à son hilarité.

— N'approche pas ! aboya-t-elle.

Bien qu'elle n'eût aucune envie de l'attaquer, elle doutait de pouvoir résister s'il venait vers elle. Dans un suprême effort de volonté, elle s'obligea à dominer ses instincts, à percevoir au-delà du rival l'amant, l'ami, le mentor qui lui avait appris comment survivre dans sa nouvelle existence. Hélas, le souvenir de ce qu'ils avaient été l'un pour l'autre semblait de peu de poids face à leur nouvelle relation.

Henry s'avança, gracieux, dangereux.

— C'est mon territoire, Vicki, pas le tien. Ne me dis pas ce que je dois faire sur mon territoire.

— Au moins, ils parlent, marmonna Celluci pour lui-même. C'est déjà ça.

Les vampires l'ignorèrent. Tony pria pour qu'il la ferme.

Un muscle tressaillit sur la joue de Vicki.

— C'est toi qui m'as fait venir !

— Tu me soutenais qu'on pouvait travailler ensemble, rappela Henry, acerbe.

— On le pourrait si tu arrêtais de jouer au prince des Ténèbres et acceptais de reculer.

— Je ne joue pas, Vicki. Je suis plus vieux, plus fort que toi. Je représente forcément une menace pour toi.

— Et moi, qu'est-ce que je représente pour toi ? gronda-t-elle.

Que sous-entendait-il ? Qu'il ne la voyait pas comme une menace ?

— Une mouche à écraser, répondit-il d'un ton hautain. Je n'ai pas envie qu'une enfant inexpérimentée saccage mon terrain de chasse.

Vicki bondit par-dessus la table sans même l'avoir décidé. Elle voulut le saisir à la gorge, mais n'attrapa que de l'air et se retrouva instantanément rejetée contre le mur opposé. Sans lui laisser le temps de toucher le sol, Henry lui enserra le cou.

Tony s'élança sans réfléchir, avant d'être stoppé net par une poigne de fer.

— Non, dit doucement Celluci. Qu'ils se débrouillent.

Tony le dévisagea, effaré. L'inspecteur Michael Celluci avait-il vraiment l'intention de les laisser s'étriper sans intervenir ?

Il hésitait encore entre obéir ou se débattre, quand Vicki, d'un simple regard, signifia à Henry qu'il avait gagné.

Alors, sans la quitter des yeux, celui-ci la lâcha et déclara d'un ton las :

— Puisqu'on ne peut pas travailler ensemble et que tu dois rester ici pour enquêter, c'est moi qui vais m'en aller. J'ai loué un bungalow sur Grouse Mountain. Je pars ce soir et rentrerai dès que l'affaire sera résolue.

— Tu as prouvé que tu avais raison, fit remarquer Vicki en s'appuyant au mur pour se relever. Tu es content ?

Il eut un sourire triste.

— Non.

— Attends ici, ordonna Celluci à l'adresse de Tony. Garde un œil sur elle, mais ne t'approche pas tant qu'elle ne sera pas calmée.

— Vous me prenez pour un crétin ou quoi ? Qu'est-ce que vous comptez faire ?

— Parler à Fitzroy.

— À quel sujet ?

Tony suivit le regard de Celluci en direction de Vicki. Paupières closes, le souffle court, elle avait enfoncé son poing gauche dans le cuir du canapé jusqu'aux jointures.

— Je vois, fit Tony.

Quand Henry sortit de sa chambre, un grand sac de toile noir sur l'épaule, Celluci l'attendait devant la porte d'entrée. Il s'arrêta à l'autre bout du couloir. Plus près, il aurait été obligé de lever la tête pour le regarder dans les yeux.

— Vous avez une remarque, inspecteur ?

— Vous l'avez fait exprès.

— Pardon ?

— Cette bagarre, vous l'avez provoquée intentionnellement. Vous saviez que Vicki ne vous croirait que si elle vous attaquait malgré elle.

— Vous êtes très perspicace, inspecteur.

Henry scruta les traits de son interlocuteur, incertain de ce qu'il y lisait.

— Vous comptez le lui dire ? interrogea-t-il.

— Je ne sais pas. Mais j'aimerais vous poser une question : avez-vous jamais pensé que vous pourriez avoir tort ?

Henry fronça les sourcils.

— Tort ?

— D'après ce qu'on m'a raconté, ce qui vous arrive est une première dans l'histoire de… des…

— Vampires ?

— Des vampires, c'est ça, acquiesça Celluci en s'empourprant. C'est la première fois que deux d'entre vous se retrouvent face à face autrement que pour se combattre, n'est-ce pas ? Car Vicki n'est pas ici pour s'approprier votre territoire, vous vous en souvenez ? Si ça se trouve, vous auriez pu changer le cours des choses, ajouta-t-il en s'effaçant pour le laisser passer. Maintenant, il est trop tard pour le savoir.

« Maintenant, il est trop tard pour le savoir. »

La phrase de Celluci tournait dans la tête d'Henry pendant qu'il descendait au parking. L'odeur de Vicki était partout, dans l'ascenseur, au sous-sol. C'était celle d'un autre prédateur, mais aussi de la femme qu'il avait aimée.

Hélas, son instinct avait décidé qu'il ne s'agissait pas de la même personne.

Il se glissa sur le siège de la BMW et appuya le front sur le volant. La différence entre l'odeur présente et celle de son souvenir lui rappelait tout ce qu'il avait perdu.

Il dut faire appel à toute sa volonté pour démarrer et sortir de l'immeuble en abandonnant son territoire à un autre vampire. En abandonnant... Vicki.

Après leur avoir fait rapidement visiter l'appartement, Tony sortit ses rollers et son casque du placard de l'entrée.

— Il se fait tard, et je... enfin, faut que j'y aille.

Quand Celluci haussa un sourcil surpris, il ajouta, mal à l'aise :

— Je dors chez des amis. D'après Henry, c'est plus sûr parce que Vicki n'a pas l'habitude de se réveiller avec une odeur de sang dans la pièce d'à côté.

— Ah oui ? Et moi, je ne suis pas là peut-être ?

— C'est vrai. Mais il a dû penser que vous étiez assez grand pour vous débrouiller tout seul.

— Il a tout prévu, pas vrai ? lança Celluci.

Il regarda Tony observer Vicki qui contemplait la ville derrière la baie vitrée. C'était l'une des activités préférées d'Henry autrefois et à en juger par l'expression du jeune homme, cela l'était probablement resté. Sans doute un truc de vampire, songea-t-il, amer, une manière de surveiller son terrain de chasse. Bon sang, il avait horreur de ça, quand Vicki lui rappelait ainsi Henry !

— Henry a l'habitude de tout diriger, répondit Tony, le sortant de ses pensées.

Au moment où Celluci s'apprêtait à répliquer, Vicki se détourna brusquement de la vue pour demander :

— Tu seras là demain soir ?

À la fois surpris et flatté par la question, Tony hocha la tête.

— Si ça te fait plaisir.

— La dernière que j'étais à Vancouver, je n'ai pas vraiment fait attention à la ville.

Ni à quoi que ce soit d'autre à part la Faim qui me tenaillait, ajouta-t-elle en son for intérieur. En fait, elle n'avait quasiment aucun souvenir de cette période hormis le sang de ses victimes.

— Si on veut venir à bout de ce fantôme, il va nous falloir quelqu'un qui connaît bien les lieux.

— Il y a un guide et plusieurs plans de Vancouver sur la table du sal…

— Un plan se contente d'indiquer les rues, coupa Vicki, il ne dit rien sur ce qui s'y passe. À moins qu'ils t'aient donné des œillères et des boules Quiès avec ton nouveau diplôme, ajouta-t-elle en s'adossant à la baie vitrée, ça m'étonnerait que tu n'aies pas une petite idée de ce qui se trame dans les différents quartiers. Tu étais mon meilleur informateur à l'époque, Tony.

Tout en paraissant flatté, Tony secoua la tête d'un air désolé.

— Je ne zone plus.

— Ça ne t'empêche pas d'avoir des yeux et des oreilles. Et tu as toujours eu un don pour relier les choses.

— Qu'est-ce que tu veux dire ?

— Que même dans un bordel sans nom, tu arrives à voir les éléments qui vont ensemble et à trouver un certain ordre.

— Vraiment ?

— Vraiment.

Les joues cramoisies, Tony tenta de dissimuler le plaisir que lui procurait ce compliment en haussant les épaules.

— Tu veux mettre de l'ordre dans un bordel sans nom ? répliqua-t-il avec un détachement feint. Passe un samedi après-midi à la boutique quand tout le monde rapporte les vidéos du vendredi soir. Écoute, faut vraiment que j'y aille, enchaîna-t-il, mais je serai là demain à ton réveil. Tu trouveras la liste de toutes les questions stupides qu'Henry a posées au fantôme sur la table à côté des plans. Son numéro et celui de mon boulot sont inscrits sur le carnet près du téléphone. C'est cool de te revoir, Victory.

Il sourit et, l'espace d'un instant, son ancienne effronterie de gamin de la rue réapparut sur ses traits.

— Vous aussi, inspecteur.

Sur le seuil, il s'arrêta, les rollers dans une main, le casque dans l'autre, pour préciser :

— Henry n'aime pas trop conserver de la bouffe à la maison, mais il reste quelques trucs dans le congélateur. Sinon, il y a un magasin ouvert jusqu'à minuit au niveau du parking.

— Des trucs congelés ? interrogea Vicki, incrédule.

— Pas pour toi, évidemment, ricana-t-il. Pour Celluci.

Après le départ de Tony, Vicki revint se poster face à la ville. Au territoire d'Henry.

— Alors, attaqua Celluci, une fesse perchée sur le dossier du canapé, tu comptes m'expliquer tous ces salamalecs ?

— De quoi parles-tu ?

— Vicki, c'est moi, Celluci. Arrête ton cinéma.

Elle haussa les épaules sans se retourner.

— On a besoin de lui. Tony connaît la ville. Mieux que nous, en tout cas.

— Et ?

— Et peut-être que je n'ai pas envie de le perdre lui aussi. Henry est...

— Différent ?

— Non, lui n'a pas changé, mais moi, si. J'ai beau me souvenir de mes sentiments pour lui, les sentir encore tout proches, je n'arrive plus à les atteindre. Ami, amant... tout ça n'a plus de sens. Face à lui ce ne sont que des mots. Il avait raison, Mike. Et comme tu le sais, ajouta-t-elle plus légèrement, je déteste avoir tort.

Caressant les trous creusés un peu plus tôt par Vicki dans le cuir du canapé, Celluci décida de garder pour lui son dernier échange avec Henry.

Les yeux irrités par la lumière des phares, Henry quitta la route principale avec soulagement. Une fois seul sur le chemin de terre, il jeta ses lunettes de soleil sur le siège passager et se détendit un peu. Il ralentit une première fois au sortir d'un virage en entendant le réservoir racler contre une pierre, puis une seconde lorsqu'un raton laveur indifférent aux tonnes de métal fondant sur lui traversa tranquillement la chaussée devant la BMW. C'était presque étonnant de croiser un de ces rongeurs ici, en pleine campagne, songea-t-il. Il avait tellement l'habitude de les voir à l'intérieur des villes, que ce soit à Vancouver, où ils viennent réclamer de la nourriture aux promeneurs de Stanley Park, ou à Toronto où l'un d'eux avait même élu domicile dans le grenier de Vicki.

Vicki...

Il aurait dû se douter que, d'une manière ou d'une autre, ses pensées le ramèneraient à elle.

« Avez-vous jamais pensé que vous pouviez avoir tort ? »

« Maintenant, il est trop tard pour le savoir. »

C'est mieux ainsi, décida-t-il en faisant craquer le volant sous sa poigne. Si j'étais resté, je l'aurais peut-être tuée.

Ou elle t'aurait peut-être tué, murmura une voix insidieuse dans sa tête, lui rappelant que Vicki avait déjà éliminé une de ses semblables pour défendre son territoire.

Face à une adversaire plus âgée et expérimentée, c'est elle qui, logiquement, aurait dû perdre le combat. Mais Vicki ne se moquait-elle pas autant de la logique que des conventions ?

Depuis le jour où il s'était transformé, Henry avait toujours entendu dire que les liens parent/enfant ne perduraient pas chez ceux de son espèce ; qu'une fois la métamorphose achevée, l'un et l'autre devaient se séparer pour toujours. Non seulement il l'avait cru, mais il avait vécu selon cette croyance. Grâce à la technologie moderne, Vicki avait balayé plus de quatre cent cinquante ans de certitudes : elle lui téléphonait, lui envoyait des fax et de longs monologues sarcastiques par mails, gardant le contact sans se préoccuper de savoir ce qui se faisait ou non chez les vampires.

En dépit de tout, parce qu'elle l'avait voulu, ils étaient demeurés amis.

— À distance, ajouta-t-il à voix haute en garant la BMW dans une allée défoncée. La proximité physique est une autre histoire.

Tu as réussi à te maîtriser, reprit la petite voix. Tu étais furieux, mais pas au point de lui sauter dessus. Si tu ne l'avais pas provoquée, peut-être qu'elle aussi serait parvenue à garder son sang-froid malgré sa jeunesse. En tout cas, elle le souhaitait, ce qui, chez Vicki, suffit généralement.

Maintenant, il est trop tard pour le savoir.

— La ferme !

D'un geste sec, Henry coupa le moteur et contempla le petit bungalow dans la lumière des phares. Les deux fenêtres sous l'avant-toit semblaient le fixer d'un air moqueur.

— Ce qui est fait est fait, murmura-t-il en ouvrant la portière.

Il resterait là jusqu'à ce qu'elle ait résolu l'affaire, décréta-t-il. De toute façon, même s'ils ne s'étaient pas battus, leur présence simultanée sur le même territoire l'aurait déconcentrée.

Celluci sortit de la douche et s'enroula dans la serviette que lui tendait Vicki avec un soupir satisfait.

— J'en avais besoin.

— Sûr, acquiesça-t-elle en lui lançant une goutte d'eau au visage. Tu commençais à sentir le faisandé.

— Je croyais que tu aimais mon odeur.

— Ce n'est pas parce qu'on aime le cuir qu'on se balade avec une peau de vache sous le nez. Je t'assure, susurra-t-elle en dessinant des cercles humides dans la toison de son torse, que tu es bien plus appétissant maintenant.

Il voulut lui saisir le poignet, mais elle fut plus rapide.

— Vicki, j'ai besoin d'une bonne nuit de sommeil dans un vrai lit.

— Ça signifie que je dois arrêter ?

Il retint un petit cri quand elle descendit la main sur son bas-ventre.

— Je n'ai pas dit ça.

L'instant d'après, il la suivait le long du couloir en murmurant :

— Pas dans la chambre de Fitzroy.

Tandis que le lit de Tony gémissait sous leur poids, il lui prit le visage entre les mains pour l'éloigner de son entrejambe.

— Fais attention, si tu mords trop fort, tu ne pourras plus jouer avec.

Vicki s'extirpa des bras de Mike et s'assit dans le lit.

— C'est bizarre d'être ici, commenta-t-elle en regardant la ville en contrebas.

En guise de réponse, Celluci marmonna un « pourquoi ? » à peine audible et se tourna sur le côté.

— C'est moi qui ai perdu la bataille pour ce territoire, or, c'est Henry qui est parti. Je n'en veux pas de son territoire, reprit-elle, les yeux toujours fixés sur les lumières de Vancouver, et pourtant, j'ai l'impression d'avoir gagné. Sauf que c'est faux. C'est Henry le gagnant. Et malgré tout, je suis là. Tout ça n'a aucun sens, pas vrai ?

Elle n'attendait pas de réponse ; elle n'en reçut aucune.

— On dirait qu'un truc cloche, mais je ne sais pas quoi et je n'ai pas la moindre idée de ce qu'il faut faire pour l'arranger. Seigneur, soupira-t-elle en laissant tomber la tête sur ses genoux repliés, on se croirait dans un mauvais roman !

Tout près de sa hanche, Celluci bredouilla quelque chose qu'elle ne comprit pas, mais qui semblait sarcastique.

— Mike ?

Elle tendit le bras pour le secouer, puis s'arrêta, la main suspendue en l'air. « Il a besoin de dormir. Je vais plutôt m'habiller et partir à la découverte de Vancouver. »

Mais elle ne bougea pas.

Se blottissant contre Celluci, elle lui caressa les cheveux et laissa la nuit s'écouler dans le confort familier de son corps tiède.

— On a un nouveau donneur.

— Déjà ?

Les sourcils froncés, il contempla les feuilles étalées sur le bureau, ses ongles parfaitement manucurés et le téléphone. Il aimait travailler tard quand tout le monde était parti et qu'il ne risquait pas d'être dérangé.

— Ce n'est pas dangereux ?

— Dangereux ? Pourquoi ?

— On pourrait se faire repérer.

— Je vous l'ai déjà dit, la durée d'attente ne dépend pas de moi. Je ne peux pas décider du moment où on trouve un donneur adéquat. Ça arrive ou pas.

La voix qui sortait du haut-parleur était totalement neutre, sans opinion.

— Cependant, si la nouvelle liste que vous m'avez envoyée est exacte… poursuivit-elle.

— Elle a intérêt à l'être. J'ai payé assez cher.

— Dans ce cas, j'ai là le dossier d'un jeune homme qui devrait convenir.

Pianotant sur le plateau en acajou du bureau, il réfléchit à la question.

— Vous pensez qu'il acceptera ?

— Ils acceptent toujours quand on sait leur parler.

— Oui, bien sûr, acquiesça-t-il rapidement pour l'empêcher d'ajouter quoi que ce soit.

Les donneurs ne le concernaient pas, il ne voulait rien savoir à leur sujet.

— C'est bon, allez-y, reprit-il finalement. Et contactez-moi dès qu'il aura dit oui, que je puisse commencer les négociations avec l'acheteur.

Aux premières lueurs de l'aube, Henry avait enfermé la BMW à double tour dans le garage et effacé toute trace de sa présence à l'extérieur du chalet. En quatre cent cinquante ans de survie, il avait eu l'occasion de se rendre compte que les voisins curieux représentaient souvent la pire des menaces. Même s'il y avait peu de chances que l'un d'eux s'aventure jusque-là, il préférait éviter tout risque inutile.

Bâti au sommet d'une colline, le chalet offrait l'avantage d'être à la fois isolé et situé au-dessus d'une réserve de nourriture. Certes, les mobile homes qui s'alignaient dans le camping flambant neuf en contrebas gâchaient un peu la vue, mais contrairement aux amis qui lui prêtaient leur maison, Henry leur trouvait un attrait indéniable. Car sous chaque carré de tôle couleur pastel l'attendait au moins un repas.

— Après tout, pourquoi ne me mettrai-je pas au vert une semaine ou deux ? se dit-il à voix haute en verrouillant la porte.

Parce que tu es un vampire. Parce que ce n'est pas ton territoire, et parce qu'une autre que toi chasse sur tes terres. Parce que Michael Celluci a peut-être raison…

— Si c'est le cas, raison de plus pour rester ici, décréta-t-il, les dents serrées.

C'était un motif plutôt mesquin, il l'admettait, mais il lui permit d'affermir sa décision.

Manque de chance, le dressing de la chambre à coucher était lambrissé de bois de cèdre. Un linge sur le nez, Henry étanchéifia la porte avec du double face et s'allongea sur le lit de camp qu'il y avait installé. Puis il jeta un rideau noir de théâtre sur le porte-habits, qu'il abaissa au-dessus de lui telle une moustiquaire.

La dernière fois qu'il avait dormi dans un placard, c'était celui de la mère de Vicki. Celle-ci venait de mourir et son corps avait disparu. Ce jour-là aussi il avait réduit les risques au minimum.

Fronçant les sourcils, il essaya de se rappeler la dernière fois qu'il avait mis sa vie en danger.

N'était-il pas un vampire ?

Une créature de la nuit ?

Un prince des Ténèbres ?

Alors, pourquoi son existence ressemblait-elle à celle d'un cadre moyen ? Pourquoi était-elle devenue si terne et confortable ?

Les seuls risques qu'il avait pris au cours des dernières années étaient directement liés à Vicki Nelson.

Bien que les draps eussent été changés, l'odeur de Henry imprégnait toute la chambre. Vicki dut lutter pour ne pas ressortir sur-le-champ. Elle poussa les verrous d'une main tremblante. Elle avait déjà dormi dans le sanctuaire d'une autre, sauf que cette expérience avait eu lieu après qu'elle l'eut transformée en tas de cendres grâce à une rangée de lampes à bronzer. La situation n'était donc pas vraiment comparable.

Les souvenirs évoqués par l'odeur d'Henry se télescopaient avec les réactions instinctives de sa – leur – nature. Elle tenta de se calmer grâce à une inspection méthodique de la pièce.

— Tu vois.

Elle fit un effort pour parler doucement – après tout, elle n'avait aucune raison de s'adresser à son inconscient en hurlant.

— Tu es seule ici. Personne dans le placard, aucun rival minuscule dans les tiroirs ou sous le lit.

Sentant le soleil prêt à apparaître au-dehors, elle se glissa entre les draps. En écoutant le son réconfortant du cœur de Celluci, elle...

Celluci dormit comme une souche jusqu'à onze heures et resta couché une heure de plus pour le plaisir. Henry Fitzroy ou non, il était en vacances, pas vrai ? Quand finalement il se leva, sa tête l'élança et il ressentit des douleurs dans des zones dont il n'était même pas conscient en temps normal. Manifestement, une nuit dans un vrai lit avait permis aux quatre précédentes de se faire sentir.

Une longue douche brûlante lui redonna un peu de tonus.

La cafetière et le paquet de café qu'il trouva au-dessus du frigo achevèrent de lui rendre goût à la vie.

— Vous voulez paralyser les États-Unis ? ironisa-t-il tandis que l'arôme commençait à se répandre dans la cuisine. Kidnappez Juan Valdez.

Il remplit une tasse au logo de la station de radio de Seattle PBS, sortit un tas de journaux de la poubelle destinée au recyclage, et emporta le tout au salon. Là, il s'installa confortablement dans l'un des deux énormes fauteuils en cuir vert.

Plus vite ils se débarrasseraient du fantôme, plus vite Vicki et lui pourraient repartir et profiter de leurs vacances.

— Et là où il y a un fantôme, murmura-t-il en ouvrant l'édition la plus ancienne, il y a forcément un cadavre.

Du cèdre.

Henry mit un moment avant de se rappeler où il était. Quand la mémoire lui revint, il grimaça. Jusqu'à ce jour, il appréciait plutôt l'odeur du cèdre.

— Pas étonnant que les mites restent à l'écart de ce truc.

Le sommeil ne lui avait pas porté conseil. Ce qui n'avait rien d'étonnant vu que, contrairement aux mortels, les vampires ne rêvaient pas. Durant le jour, leur subconscient s'éteignait au même titre que tout le reste.

Avant même de s'extraire des replis du rideau noir, il sut que son problème était toujours là. Furieux, il s'assit sur son lit de camp et tira la chaîne allumant la lampe du dressing.

Dans cet espace exigu, ils étaient presque nez à nez.

Larmoyant sous la brusque luminosité, Henry aboya :

— Tu me suis ?

Le fantôme s'évanouit en silence.

4

Les sens en alerte, Vicki scruta les ténèbres à la recherche d'un signe du spectre. Selon Henry, elle aurait dû percevoir un courant d'air froid et une sensation de malaise. Deux choses immanquables, estimait-elle.

— Alors pourquoi je ne sens ni l'un ni l'autre ? marmonna-t-elle en tendant le bras pour allumer.

La pièce était déserte. Il n'y avait aucune odeur hormis celle de Henry.

De l'autre côté de la porte, le téléphone sonna.

— C'était qui ?

Celluci reposa lentement le combiné sur son support design.

— Fitzroy, répondit-il sans se retourner.

— S'il veut savoir ce que j'ai demandé au fantôme, il va être déçu, annonça-t-elle en s'appuyant au mur, bras croisés. Notre ami le revenant ne s'est pas montré.

— Si, fit Celluci.

Il prit une inspiration et expira lentement avant d'expliquer :

— Il a suivi Fitzroy. Il lui est apparu au réveil comme les autres soirs.

— Merde. Qu'est-ce qu'il compte faire ?

— Rentrer.

— Ici ?

— Ici.

Vicki se raidit. Sa voix monta dans les aigus quand elle demanda :

— Et moi, je suis censée laisser la place ?

— Il n'a rien dit à ce sujet.

Finalement, Celluci pivota vers Vicki. Elle avait enfilé une grande chemise d'homme sans prendre la peine de la boutonner. Distrait un instant par le spectacle, il s'obligea à reprendre le cours de la conversation et ajouta d'un ton bourru :

— Cela te laisse le choix : soit on rentre à la maison, soit on reste et tu as une nouvelle chance de prouver que tu as raison.

Elle plissa les yeux.

— Au cas où tu l'aurais oublié, c'est Henry qui a prouvé son point de vue : nous ne pouvons pas rester ensemble sans nous battre.

Il posa une fesse sur la table du salon en soupirant.

— Vicki, nous non plus, nous ne pouvons pas rester ensemble sans nous battre, et apparemment ça ne nous empêche pas de continuer. Si tu n'es pas capable de laisser Fitzroy se démerder avec son problème – ce qui, selon moi, serait la meilleure solution – il va bien falloir que vous trouviez un moyen de vous supporter.

— Parce que tu crois qu'on peut surmonter un impératif biologique ?

— Tu ne m'as pas dit que tu refusais de te laisser dominer par ta nature ?

Il y eut un silence, puis, les yeux fixés sur ses pieds, Vicki grommela :

— Je me suis trompée.

Celluci n'avait jamais eu beaucoup de mal à deviner ce que pensait Vicki et la métamorphose n'y avait rien changé. Qu'elle reconnaisse s'être trompée sans avoir à argumenter pendant des heures ni lui apporter une demi-douzaine de preuves irréfutables signifiait qu'elle avait été profondément ébranlée par sa défaite devant Fitzroy. Il était temps de remettre les choses en ordre.

— Fitzroy a fait exprès de provoquer cette bagarre, Vicki. Il n'avait pas l'intention de vous donner la moindre chance.

Le regard argenté de Vicki plongea dans le sien.

— Tu en es sûr ?

— Il l'a reconnu avant de partir.

— Et tu me dis ça maintenant !

— Hé, la calma-t-il en levant les mains devant lui. Ce n'est pas la peine de t'en prendre à moi.

— Ne...

Les dents serrées, Vicki essaya de se rappeler la manière dont les choses s'étaient enchaînées sans se laisser dominer par ses émotions.

— *Tu me soutenais qu'on pouvait travailler ensemble.*

— *On le pourrait si tu arrêtais de jouer au prince des Ténèbres et acceptais de reculer.*

— Quel fils de pute !

Hors d'elle, elle fit volte-face et, pieds nus, sortit de la pièce.

— Où vas-tu ?

— M'habiller.

Plutôt inoffensive, la réponse sonna comme une menace dans sa bouche. Avec le pressentiment qu'il en aurait besoin, Celluci se dirigea vers la cuisine pour se servir un deuxième café.

— Désolé, je suis en retard. J'ai été coincé par...

Tony s'arrêta au beau milieu de sa phrase en voyant Celluci apparaître dans le couloir.

— Quelque chose ne va pas ?

— Fitzroy revient. Apparemment, le fantôme l'a suivi.

Tony contempla son casque. Son visage se reflétait dans les centaines de gouttes de pluie minuscules.

— Il revient ici ?

Comme l'inspecteur mettait du temps à répondre, il leva la tête et rencontra son regard interrogateur.

— Qu'est-ce qu'il y a ?

— Tu n'as pas envie qu'il rentre, c'est ça ?

— J'ai pas dit ça, se récria-t-il en posant son casque pour ôter sa veste. Il est chez lui, non ? Que compte faire Victory ?

— Victory va sortir chasser.

Les deux hommes pivotèrent au même instant en direction de la voix.

Tony, qui s'était attendu à une variation féminine du costume de prince des Ténèbres de Henry, fut surpris de découvrir Vicki en jean, baskets et veste de coton. À part le fait qu'elle ne portait plus de lunettes et avait laissé son éternelle besace dans la chambre, elle ressemblait à la Vicki de Toronto, celle qu'il croisait les nuits d'été à l'époque où il vivait encore dans la rue.

Et pourtant, elle était différente.

Mais pas vraiment.

Il cilla. Elle lui faisait l'effet de ces dessins qui représentent un vase ou deux visages face à face selon le point de vue dont on les regarde.

— Euh, Victory, fais gaffe, le vampire commence à se voir.

Elle le dévisagea, surprise, puis lâcha un rire. Par une transformation subtile, elle remit son masque civilisé sur ses traits.

— C'est mieux ?

— Ouais. Mais… si Henry revient, tu ne devrais peut-être pas…

Il lança un coup d'œil en direction de Celluci. Celui-ci n'avait manifestement pas l'intention de lui venir en aide.

— … euh, t'éloigner ?

— Serais-tu en train de me déconseiller de chasser sur le territoire d'Henry ?

Il connaissait cette expression ; il l'avait vue sur le visage de Henry des centaines de fois.

— Tu me prends pour un imbécile ?

— Non.

Lorsqu'elle lui sourit, il dut résister pour ne pas se redresser fièrement. Il retint un soupir de soulagement quand elle se tourna vers Celluci.

— Si Henry arrive avant mon retour, excuse-moi auprès de lui. D'accord ?

— Vicki… Sois prudente, dit celui-ci en lui posant une main sur le bras.

Un bref instant, les traits de Vicki s'adoucirent.

— Je le suis toujours.

— Tu parles !

Au moment de sortir, elle se retourna soudain pour demander :

— Denman est toujours le coin le plus branché de Vancouver, Tony ?

Il avait à peine fini de hocher la tête qu'elle disparaissait.

Henry aimait chasser dans Denman. En se mordillant les lèvres, Tony jeta un coup d'œil à Celluci.

— Je pensais que vous alliez la retenir.

L'inspecteur émit un ricanement.

— Sûrement pas. Quand elle est de cette humeur, mieux vaut ne pas l'avoir dans les pattes.

— Je sais, mais...

— Elle est ce qu'elle est, Tony, coupa Celluci d'un ton posé. Je ne peux pas dire que ça m'enchante, mais je n'ai pas le choix. Ou plutôt, si. Sauf que l'alternative me plaît encore moins.

Il s'éclaircit la voix, soudain gêné de cette confidence.

— Tu as dîné ?

Après que Tony lui eut expliqué que Henry détestait les odeurs de nourriture dans l'appartement, il commanda une pizza.

— Ça lui donnera une raison de râler, commenta-t-il.

— Autre que Vicki ?

— Autre que Vicki.

À sa propre surprise, Tony prit plaisir à ce moment passé avec l'inspecteur Celluci. Tout à coup, ils étaient juste deux types qui s'étaient rencontrés grâce à des amis communs et dont la plus grande différence était l'écart d'âge.

Ils dévoraient la deuxième moitié d'une pizza extra large au fromage, jambon, tomates et poivrons quand Celluci déclara :

— Si tu me disais ce qui ne va pas.

— Rien...

Tony s'interrompit de lui-même. Il suffisait de regarder son compagnon pour s'apercevoir qu'il ne le croyait pas.

— Vous ne comprendriez pas.

— Tony, s'il s'agit de Henry. Je suis sans doute la seule personne au monde capable de comprendre, au contraire.

— Ouais, probablement.

Tony termina sa bouchée, se demandant comment présenter les choses… ou esquiver carrément le sujet. Il sentait Celluci qui attendait près de lui, patiemment mais avec un intérêt certain. Finalement, il reposa sa part de pizza et s'essuya les doigts.

— Ça restera entre vous et moi ?

— Si c'est ce que tu souhaites.

Alors, après un long silence, il se lança :

— À l'époque où j'ai rencontré Henry, je n'étais pas grand-chose, vous savez. Et je ne serais guère plus sans lui. Je veux dire, c'est lui qui m'a poussé à quitter la rue et à reprendre des études simplement parce qu'il m'en croyait capable et…

Il donna une pichenette dans un morceau de fromage tombé sur la table.

— Ça a l'air idiot, pas vrai ?

Celluci secoua la tête. N'avait-il pas lui-même, en certaines occasions, subi l'influence d'Henry ?

— Ce petit con a un don pour pousser les gens à se montrer à la hauteur de ses attentes, reconnut-il.

— C'est exactement ça. L'ennui, reprit Tony en jouant avec sa serviette graisseuse, c'est que parfois je me demande s'il me voit tel que je suis. Je veux dire, il ne m'a pas choisi. Vicki m'a quasiment jeté dans ses bras ; il n'a jamais éprouvé pour moi ce qu'il éprouve pour elle.

Se rappelant soudain à qui il parlait, il se mordit la lèvre.

— Pardon.

— Y a pas de mal. Je connais ses sentiments envers Vicki.

Sauf que c'est ma vie qu'elle partage, pas la sienne, ajouta Celluci en son for intérieur.

— J'ai l'impression qu'il est temps pour toi de partir et de voler de tes propres ailes.

— Je suppose… Mais comment arrive-t-on à quitter quelqu'un comme Henry ?

Vicki fit arrêter le taxi devant l'hôtel Sylvia sur la baie anglaise. Henry et elle y avaient séjourné trois nuits pendant qu'il lui enseignait comment manipuler le monde auquel elle n'appartenait plus. Le souvenir qu'elle en avait gardé était l'un des rares de son « enfance » à Vancouver sans bain de sang. Elle contempla un moment la bâtisse en se rappelant comment Henry lui avait appris à survivre, huma l'air de la nuit, puis se dirigea vers Denman Street.

Les terrasses encore ruisselantes de la dernière averse commençaient déjà à se remplir. Les habitants de Vancouver n'étaient pas du genre à se laisser arrêter par une petite pluie, surtout lorsqu'il s'agissait de flâner devant un cappuccino. Vicki détailla la foule, notant des similitudes entre le look des jeunes branchés et celui des plus âgés, toujours dans le mouv' à leur manière, tous vêtus de tenues lâches et décontractées. Malgré l'heure tardive, on avait l'impression que, leur café fini, ils allaient tous partir faire qui du kayak, qui du surf ou du VTT. Rien à voir avec le style punk en vigueur dans les milieux « in » de Toronto. En temps normal, Vicki s'en serait amusée. Ce soir, elle trouva ça ridicule.

J'aurais dû choisir un autre coin, se dit-elle en suivant des yeux deux jeunes hommes en pantalon chino. Elle avait envie de quelque chose d'affilé, quelque chose qui marquerait sa présence sur le territoire d'Henry. Jamais de bande de motards dans le coin quand on en a besoin.

Ce fut alors qu'elle l'avisa.

Assis derrière la vitre, il écrivait sur un cahier. Sa silhouette sombre et mince au milieu de tous les pseudosportifs lui parut étrangement familière.

Il lui rappelait d'une manière étonnante Henry.

Même si, à y regarder de plus près, la ressemblance n'était que superficielle. Entièrement vêtu de noir, la peau pâle, il avait cependant les cheveux trop longs et les traits plus anguleux. En outre, il devait être beaucoup plus grand, estima-t-elle.

Malgré tout…

Quand il leva la tête, elle croisa son regard, le retint un instant, et disparut dans la nuit. Dissimulée dans l'ombre d'un immeuble, elle attendit en souriant. Elle savait à quel type d'homme elle avait affaire. Le genre à chercher quelque chose au-delà de la rationalité ambiante, à vouloir croire au mystère.

Sans néanmoins y parvenir tout à fait.

La porte s'ouvrit ; il apparut sur la terrasse. Vicki entendit son cœur battre. Quand il ferma les paupières, elle sut qu'il cherchait à retrouver la sensation du moment qu'ils avaient partagé, qu'il cherchait le mystère. Un homme d'âge mur avec un fort accent slave le pria de s'écarter de l'entrée. Brusquement ramené à la réalité, le jeune homme s'excusa et s'engagea dans Denman Street, un sourire un peu contrit aux lèvres.

Vicki laissa la Faim monter en elle.

Elle le suivit à bonne distance grâce au murmure de son sang jusqu'à ce qu'il pénètre dans une vieille bâtisse victorienne de Barclay Street. Lorsqu'il inséra sa clé dans la serrure, elle surgit de la nuit et, d'une main sur son épaule, le fit pivoter vers elle. Une lueur au fond de ses prunelles grises lui assura qu'inconsciemment, il l'attendait.

Il voulait croire au mystère.

Alors elle lui donna de quoi alimenter sa foi.

— À votre avis, qui va débarquer en premier ?

— Fitzroy, répondit Celluci en zappant sur plusieurs chaînes.

Pourquoi Fitzroy n'avait-il pas acheté une télé plus grande ? Surtout qu'il semblait avoir dépensé une fortune pour sa chaîne stéréo.

— Il n'y a pas beaucoup de circulation le lundi, il devrait rentrer rapidement, poursuivit-il.

— Il y a des chances qu'il s'arrête en route pour se nourrir. Histoire de diminuer les risques.

— Tu veux dire, avec Vicki ? À mon avis, elle y a pensé. Parce qu'il s'attend à la trouver ici en arrivant, elle ne va pas y être – même si elle doit se cacher sur le trottoir d'en face pour ça.

Trois sitcoms se succédèrent sur l'écran, dont deux des années 1970, parmi lesquels un épisode de *Star*

Trek qu'il avait dû voir une bonne dizaine de fois. Les quatre chaînes suivantes proposaient le même match de foot.

— Cinq cents chaînes et quatre cent quatre-vingt-dix-neuf de conneries. C'est quoi ça ?

Tony passa la tête dans l'embrasure de la porte de la cuisine.

— Un talk-show du coin, répondit-il après avoir jeté un coup d'œil à l'émission. L'animatrice s'appelle Patricia Chou. Pas une tendre, à ce qu'on raconte. Il paraît qu'elle travaille sur plusieurs histoires dans l'espoir de tomber sur un truc assez gros pour lui ouvrir les portes d'une chaîne nationale. En tout cas, la municipalité la craint comme la peste. Par contre, je ne connais pas le vieux avec elle.

— Le vieux doit avoir dix ans de plus que moi, fit remarquer Celluci d'un ton revêche.

Tony rentra prudemment dans la cuisine.

Sur l'écran, Patricia Chou fronça les sourcils et déclara :

— Donc, d'après vous, monsieur Swanson, les craintes à propos des dons d'organes sont totalement infondées.

— La peur, répondit son invité, est souvent due à un manque d'information.

Bonne réponse, pensa Celluci. Il jeta la télécommande sur la table basse – Fitzroy avait un penchant certain pour les meubles en verre – et s'adossa à son fauteuil.

M. Swanson s'enfonça dans le sien à peu près de la même manière, avec l'air tranquille d'un vieil habitué des interviews.

— Prenons ces craintes une par une, poursuivit-il. Les gens qui ont de l'influence ou de l'argent n'ont pas plus de chances que les autres d'obtenir une greffe. C'est l'ordinateur qui choisit celui pour qui l'opération a le plus de chances de réussite en fonction du groupe sanguin, du type d'affection et du rang sur la liste d'attente.

Patricia Chou se pencha en avant, un index levé pour mieux appuyer ses propos.

— Pourtant, on a tous entendu parler dans les médias de célébrités qui avaient pu être transplantées très rapidement.

— Justement parce qu'ils sont connus et que les journalistes s'intéressent à eux, mademoiselle Chou. Des centaines de gens vivent avec une greffe sans jamais avoir fait la une des journaux. S'il suffisait d'être riche pour obtenir un rein, ma femme serait toujours vivante.

— Votre femme, Rebecca, a succombé à une insuffisance rénale chronique.

— C'est exact.

M. Swanson déglutit avant de poursuivre, visiblement inconsolé de la perte de son épouse.

— Trois années sous dialyse, trois années à vivre dans l'espoir d'une greffe qui n'est jamais arrivée. Malheureusement, le cas de ma femme est loin d'être unique : un tiers des patients en attente d'une transplantation meurent avant de l'obtenir. Ce qui explique mon soutien fervent à la Société de Transplantation de Colombie Britannique.

— Mais dans cette période de crise, le coût des greffes...

— Le coût ? coupa Swanson en balayant le plateau des yeux avant de revenir se fixer sur Patricia Chou. Savez-vous, mademoiselle Chou, que si les patients en attente d'un rein à la fin de l'année dernière l'avaient tous reçu, les dépenses de santé auraient été réduites de plus d'un milliard de dollars ?

Non seulement Mlle Chou l'ignorait, mais, à en juger par le léger rictus sur ses lèvres, elle détestait être interrompue.

— Pour revenir aux craintes des gens, monsieur Swanson, pensez-vous qu'il puisse exister des trafics d'organes ?

— Ce genre de pratique est quasiment impossible, du moins au sein des grands pays démocratiques. Pour cela, il faudrait trouver des médecins acceptant de travailler illégalement, se procurer des installations très onéreuses et pénétrer dans un système informatique étroitement surveillé. Autant de choses qui rendraient le coût prohibitif.

Bonne réponse, estima Celluci. Mais qui manquait de spontanéité. De toute évidence, Swanson s'était préparé à la question.

— Si je vous comprends bien, d'un point de vue purement financier, une telle entreprise ne serait pas rentable.

— En effet. Et je ne parle pas des malfaiteurs qu'il faudrait employer pour trouver les donneurs. De tels services, j'imagine, ne sont pas bon marché.

Ignorant la tentative de son interlocuteur pour alléger l'atmosphère, Patricia Chou demanda :

— Donc, le cadavre retrouvé dans le port avec un rein en moins n'a aucun rapport avec un quelconque trafic d'organes ?

Voilà où elle voulait en venir depuis le début, comprit Celluci.

M. Swanson écarta les mains ; ses ongles parfaitement manucurés brillèrent sous les spots.

— On peut se faire enlever un rein pour de multiples raisons, mademoiselle Chou. Un seul suffit pour vivre.

— Et vous ne pensez pas que quelqu'un avait besoin d'un des siens ?

— Je pense surtout que ce genre de sensationnalisme explique pourquoi il y a si peu de donneurs et pourquoi tant de gens, comme ma femme, continuent de mourir.

— Mais certains ne seraient-ils pas prêts à payer…

L'écran redevint noir. Henry posa la télécommande sur la table basse.

Celluci, qui n'avait pas perçu sa présence avant de le voir passer devant lui, sentit ses muscles se crisper.

— Vous n'étiez pas obligé de faire ça, lança-t-il.

— Non.

Le ton d'Henry signifiait qu'il avait obtenu exactement l'effet désiré.

— Où est Vicki ?

Jetant un coup d'œil par-dessus l'épaule d'Henry, Celluci vit Tony lui faire signe d'y aller mollo. Sans en tenir compte, il répondit :

— Sortie chasser.

— Chasser, répéta Henry d'une voix dangereusement calme.

— Vous vous doutiez bien que ça allait arriver quand vous lui avez demandé de venir ici.

— Oui.

Les doigts croisés pour mieux résister à l'envie d'envoyer son poing dans le mur, Henry marcha jusqu'à la baie vitrée et contempla les lumières de l'île de Granville.

— Malgré tout, ça vous contrarie.

— Ce n'est pas la peine de prendre ce ton supérieur, inspecteur.

— Supérieur ? Moi ?

Dans la cuisine, Tony grimaça. Était-ce le fait d'avoir réussi à survivre qui donnait aux flics le sentiment d'être invincibles ? se demanda-t-il. Ou fallait-il se croire invulnérable pour faire ce genre de boulot ? Quoi qu'il en soit, l'inspecteur Michael Celluci semblait prendre un sacré plaisir à flirter avec la mort.

— Je lui ai dit que vous l'aviez poussée à vous attaquer.

Moins rassuré qu'il ne le laissait paraître, Celluci vit les épaules d'Henry se raidir sous sa veste en soie sauvage. Si celui-ci bondissait sur lui, il avait peu de chances de s'en sortir. Aucune chance, corrigea-t-il en se rappelant la dernière fois où Henry et lui s'étaient battus.

— Essayez de détourner sur vous ma colère serait un sacrifice inutile, inspecteur. De toute manière, on ne se débarrassera pas de ce spectre si on n'arrive pas à travailler de conserve. Je dois donc accepter de croire qu'il est possible de surmonter nos instincts territoriaux.

— Quelle générosité !

Surpris par la voix de Vicki juste derrière lui, Celluci bondit si rapidement de son fauteuil qu'il perdit l'équilibre et se cogna le genou dans l'angle de la table basse.

— Bon sang, Vicki ! Ça ne va pas d'entrer comme ça en douce dans la pièce. D'abord lui, et maintenant toi !

Les mains sur le dossier du siège qu'il venait de quitter, Vicki s'obligea à détacher les yeux d'Henry.

— Tu devrais peut-être réduire la caféine, ironisa-t-elle.

— Et toi, arrêter de faire peur aux gens en leur tombant dessus sans crier gare.

Mais déjà elle ne l'écoutait plus. Elle s'était de nouveau tournée vers Henry qui la fixait d'un regard impénétrable. Son cœur battait moins vite que celui des mortels dont elle se nourrissait : il pulsait au même rythme que le sien. Son sang n'était pas un appel, mais une menace, comme le sien. Son odeur lui hérissait les cheveux.

— Alors, commença-t-elle, s'efforçant d'atténuer au maximum la note de défi dans sa voix. J'ai cru entendre que tu me devais des excuses.

— Oui.

Il inclina la tête.

— Mais cela fait quatre cent cinquante ans que je crois les vampires incapables de partager un même territoire, Vicki. Tu ne peux pas me demander de changer d'avis en un clin d'œil.

— Normalement, les excuses commencent par un « je suis désolé ».

Cette fois, sa voix était franchement sarcastique.

— Je suis désolé. Tu avais raison et je ne nous ai donné aucune chance. Je compte bien le faire à partir de maintenant.

— Parce que tu n'as pas le choix.

Il haussa les épaules.

— Sûr.

— Tu me fais encore une fois le coup du « prince des Ténèbres », et je fiche le camp sur-le-champ.

— J'ai l'impression d'avoir déjà entendu quelque chose dans le genre, répliqua-t-il en souriant.

Alors, brusquement, elle ne vit plus un rival, mais l'un des deux hommes qu'elle avait appris à aimer malgré elle.

— Tu n'as pas vraiment changé, tu sais, poursuivit-il. Malgré ta nouvelle nature, tu continues à être toi. Tandis que moi, je suis devenu quelqu'un de totalement différent à l'instant où j'ai renoncé au soleil.

Celluci, qui suivait l'échange en passant de l'un à l'autre comme dans un match de tennis, ricana.

— Tu parles ! Vous aviez dix-sept ans au moment de votre transformation. Vous n'avez pas changé, vous vous êtes contenté de grandir, c'est tout. Comme tout le monde.

Henry ouvrit la bouche pour protester, puis la referma, incapable de trouver une réplique. Même Vicki paraissait médusée.

Ravi de son effet, Celluci se déplaça afin de faire face à ses deux compagnons, et déclara :

— Maintenant que ce point est clair, il nous reste encore quelques détails à régler. Tout d'abord, où Vicki va-t-elle passer la journée ? Pas dans votre lit…

— Si vous voulez dire, avec moi ? Une telle chose est impossible, en effet.

— J'espère bien.

Ignorant le commentaire, Henry enchaîna :

— La propriétaire de l'appartement d'en face est morte il y a quelques jours. C'est exactement le même que celui-ci, et il ne nous faudrait pas beaucoup de temps pour aménager la plus petite des chambres. J'ai appelé Mme Munro, l'ancienne dame de compagnie de la défunte sur le trajet…

— Vous avez un téléphone portable ?

— Il faut vivre avec son temps, inspecteur. Quoi qu'il en soit, Mme Munro va passer la semaine chez son fils à Kamloops. Elle m'a généreusement proposé de nous prêter l'appartement de son ancienne employeuse pendant cette période.

— C'est très gentil de sa part.

— N'est-ce pas ? Je vous assure, cependant, que mes dons de persuasion n'y sont pas pour grand-chose. Quelques billets se sont révélés tout aussi efficaces. Bien qu'elle soit assurée de toucher l'essentiel de l'héritage, Mme Munro vient de perdre son travail et n'aura aucun revenu avant que la succession soit achevée. Je suis passé prendre les clés, je crois que cela devrait faire l'affaire.

Il sortit un trousseau de sa poche et le jeta à Vicki qui l'attrapa au vol. Et le lui relança.

— Il ne t'est pas venu à l'idée de me demander si j'étais d'accord.

— Bien sûr, si tu préfères rester dans ta fourgonnette…

— Certainement pas ! intervint Celluci, notant avec ravissement l'exclamation de surprise d'Henry. Prends ces clés, Vicki. Il t'a demandé de venir ici, c'est normal qu'il s'occupe de ton logement.

Vicki tendit le bras à contrecœur.

— Vu comme ça.

Il attendit que les clés aient une fois encore changé de main pour reprendre :

— Mon deuxième point concerne la notion de territoire et le moyen de vous empêcher de vous sauter à la gorge. Vancouver est une grande ville. Pourquoi Vicki ne chasserait-elle pas dans un coin où vous n'allez jamais ?

— Malheureusement, inspecteur, ce n'est pas juste une question de terrain de chasse, mais également de contact. Il m'est déjà arrivé de vivre dans la même ville qu'un autre vampire, mais nous avions des frontières très précises, avec des zones neutres au milieu. Nos chemins ne se croisaient jamais.

— Ça ne marcherait pas, Mike, intervint Vicki. Déjà que je ne peux pas enquêter le jour, je ne vais pas en plus restreindre mes déplacements. Je ne peux pas deviner où les pistes vont me conduire et je ne résoudrai jamais l'affaire si je dois déterminer d'avance des limites.

— Euh, j'ai peut-être une idée.

Vicki fit volte-face, puis ramena son attention sur Henry et Celluci, furieuse.

— Pourquoi vous ne m'avez pas dit qu'il était là ? Vous étiez tous les deux face à la cuisine !

— Grave faute d'inattention, Vicki, commenta Henry, reprenant le rôle rassurant de professeur et de guide. Tu aurais dû le sentir, repérer son odeur, entendre son cœur.

— Son odeur est partout dans l'appartement. Et le lave-vaisselle couvre les battements de son cœur.

— Les dangers du vampire moderne, murmura Celluci.

Tony s'avança en souriant.

— C'est exactement ce à quoi je pensais. Tous les deux, vous êtes des vampires modernes. Je veux dire, ce truc de ne pas pouvoir partager un territoire avait sûrement un sens au Moyen Âge, quand il n'y avait pas plus de deux cents habitants par village. À ce moment-là, plus d'un vampire, ça se remarquait forcément. Mais Vancouver a trois millions d'habitants.

— Il a raison, approuva Vicki. Il y a sans doute autant de gens dans ce groupe d'immeubles que dans un bourg du XVIe siècle.

— Mais c'est ma ville…

— Henry, tu n'as jamais été dans les quartiers ouest. Il pourrait aussi bien y avoir un autre vampire, six goules et une famille d'extraterrestres sans que tu sois au courant. En plus, tu viens de dire que tu avais déjà partagé des villes, et leur taille n'avait rien à voir avec celle-ci.

Tony vint se placer juste à l'extérieur du triangle formé par Celluci, Vicki et Henry.

— C'est juste une question d'état d'esprit, Henry. Tu me l'as répété des dizaines de fois : le temps ne te change pas, il faut donc t'adapter ou rester à la traîne. Sauf qu'à force de rester en arrière, tu finis par étendre ta serviette pour un dernier bain de soleil.

— Un dernier bain de soleil ? répéta Vicki en jetant un regard incrédule à Henry.

— Je n'ai jamais dit ça.

— Pas exactement, reconnut Tony, mais c'était l'idée. Devenant soudain solennel, il considéra tour à tour Vicki et Henry d'un air inquiet, avant d'ajouter :

— Soit vous changez, soit vous mourez, les gars.

Il y eut un long silence, puis Vicki haussa les épaules.

— Henry, je n'ai pas l'intention de te piquer ton territoire et il y a largement de quoi nous nourrir l'un et l'autre ici. Objectivement, nous ne représentons pas une menace l'un pour l'autre. Par conséquent, il n'y a aucune raison que nous ne trouvions pas un *modus vivendi*.

— Écoute ton sang et jure-moi que tu y crois.

— J'écoute mon cerveau, Henry. Tu devrais essayer d'en faire autant de temps en temps.

Il montra les dents. Elle l'imita. Ils avancèrent tous deux d'un pas.

— Eh !

La voix de Celluci résonna comme un coup de tonnerre dans le silence de plomb.

— Maîtrisez-vous ! Vous êtes des êtres intelligents ou des chiens de combat ? Les époques changent, changez avec elles, ou reconnaissez que vous en êtes incapables et arrêtez de me faire perdre mon temps – qui, soit dit en passant, est autrement plus précieux que le vôtre.

Incapables de rougir, Henry et Vicki semblèrent soudain très intéressés par le bout de leurs chaussures. Enfin, les yeux toujours baissés, celle-ci murmura :

— Je te promets d'y aller doucement sur ton territoire si tu t'engages à me ficher la paix.

— Ça ne sera pas facile, répondit Henry.

— Ce qui vaut la peine ne l'est jamais.

En le voyant s'éloigner de la baie vitrée, elle recula, prenant soin de maintenir une distance minimale entre elle et lui. Il s'arrêta, comme pour évaluer leurs positions respectives, et déclara :

— J'ai tout ce qu'il faut pour sécuriser ta chambre dans mon placard. Pourquoi n'allez-vous pas jeter un coup d'œil à l'appartement d'en face pendant que je vais chercher le matériel avec Tony ?

Réprimant difficilement le grognement qui montait dans sa gorge, Vicki acquiesça d'un signe de tête. Celluci la tira vers lui pour plus de sécurité. Elle se libéra aussitôt de son étreinte, mais ne s'éloigna pas, apaisée par son odeur.

— Voilà, soupira-t-elle quand ils se retrouvèrent seuls dans le salon. Ça ne s'est pas trop mal passé. Nous avons fait des progrès indéniables.

— Dans ce cas, desserre les dents.

Un muscle tressaillit sur la joue de Vicki.

— Pas encore.

Une fois certains qu'il n'y avait plus personne dans le couloir, ils se dirigèrent vers le palier.

— Bon sang ! s'exclama Celluci en entrant dans l'appartement 1409.

— Putain ! renchérit Vicki.

Immobiles à l'entrée du couloir, ils contemplèrent en silence les tapis persans sur le dallage de marbre et les œuvres d'art gigantesques accrochées au mur. Avec l'impression de pénétrer à l'intérieur d'un numéro de *Vancouver Life Magazine*, ils s'avancèrent jusqu'au salon.

— Je n'imaginais pas que des gens vivaient vraiment dans ce genre de décor, commenta Vicki en découvrant le mobilier en bois exotique et les fauteuils recouverts de soie sauvage. Tu crois que le reste est du même acabit ?

Deux lions de temple chinois gardaient un gigantesque panier de roses séchées dans un coin de la chambre principale. La tête du lit « king size » disparaissait sous un amoncellement soigné de coussins de différentes tailles et couleurs. La soie moirée de l'édredon était coordonnée au papier peint, tandis que les rideaux, réalisés dans le même tissu, arboraient une nuance un peu plus sombre.

— Cette chambre a dû coûter plus cher que toute ma maison, murmura Celluci.

— Sûr que c'est plus classe que l'Holiday Inn, fit Vicki en ressortant en direction de la plus petite des trois chambres.

Elle se figea sur le seuil.

— Bon sang ! Je ne peux pas m'installer là-dedans.

Jetant un coup d'œil par-dessus son épaule, Celluci éclata de rire.

Une énorme poupée vêtue d'une robe rose et blanc au crochet trônait au centre du couvre-lit en satin rose. Orné de fanfreluches, ce dernier arborait les mêmes motifs floraux que les rideaux et la bergère à lambrequin près de la coiffeuse. Quant au lit à barreaux de cuivre, décoré de fioritures, de fleurs en émaux et d'un gros cœur gravé à la tête et au pied, c'était l'une des pires monstruosités qu'ils aient eu l'occasion d'admirer.

Hilare, Celluci se laissa glisser contre le mur en se tenant le ventre.

— Je n'arrive pas…

Il regarda Vicki puis le lit, et repartit de plus belle.

— Je n'arrive pas…

Sa deuxième tentative se révéla aussi inefficace que la première.

— Qu'est-ce qu'il y a ? Tu n'arrives pas à imaginer un vampire dans un décor aussi mièvre ?

— Vicki…

S'essuyant les yeux du revers de la main, il parvint à répondre :

— C'est toi que je n'imagine pas là-dedans. Je n'ai même pas encore pensé au reste.

— On se croirait dans la maison de Barbie, lança-t-elle avec un rictus dégoûté.

À son arrivée, Tony les trouva assis côte à côte dans le couloir, écroulés de rire.

— J'ai frappé, mais personne n'a répondu, expliqua-t-il. Qu'y a-t-il de si drôle ?

Vicki désigna la chambre et s'esclaffa à nouveau :

— « Une crypte en plastique rose dans le creux de votre main. »

Tony jeta un œil à l'intérieur, haussa les épaules, et se retourna vers eux.

— Je ne vois pas de quoi vous parlez. En tout cas, le matériel pour bloquer la fenêtre est là. Henry a préféré rester chez lui, à cause des odeurs et tout ça…

Adossée au mur, Vicki tendit la main à Celluci pour l'aider à se lever. Elle faillit le mettre debout d'un seul geste, avant de réprimer son élan par crainte de le vexer : Mike détestait qu'elle exhibe sa force. À l'expression de Tony, elle comprit que le jeune homme n'avait rien manqué de la scène. Elle leva les yeux au ciel.

— Je ne suis pas en train de jouer les faibles femmes pour flatter son côté macho, lança-t-elle. Je prends juste soin de quelqu'un d'important pour moi.

— Je n'ai rien dit, se défendit Tony.

— Tu l'as pensé tellement fort que je l'ai entendu.

Comme elle s'éloignait d'un pas rageur, Tony se tourna vers Celluci.

— Elle a toujours eu aussi mauvais caractère ?

Ignorant la question, ce dernier s'élança derrière Vicki.

— Quel côté macho ? s'écria-t-il, indigné. À quoi fais-tu allusion ?

— Laisse tomber.

Avec un soupir, Tony leur emboîta le pas ; il attendit une pause dans la dispute pour annoncer :

— Henry propose de se retrouver chez lui pour discuter de l'enquête avant de préparer la chambre.

Celluci fronça les sourcils.

— Ce ne serait pas mieux en terrain neutre ?

— Il a dit que ça devrait aller vu que Vicki a déjà flairé son appartement.

— Pardon ? !

— Eh ! Victory !

Les yeux écarquillés, Tony recula jusqu'au buffet. Il eut juste le temps de rattraper le candélabre à sa surface avant que celui-ci, déstabilisé par le choc, ne s'effondre au sol.

— Calme-toi, reprit-il, le teint blême. Je ne fais que répéter ses paroles.

— Super ! À l'entendre, on croirait que j'ai pissé sur les meubles.

Se remémorant sa conversation avec Celluci, Tony estima plus judicieux de garder pour lui l'autre remarque d'Henry. En l'entendant soupirer après Vicki – « Seigneur, comme elle me manque ! » – il avait failli lui rappeler qu'elle se trouvait juste de l'autre côté du couloir et qu'il n'avait qu'à s'en prendre qu'à lui. Mais, bien sûr, personne ne parlait sur ce ton à Henry Fitzroy.

— Pendant que Vicki et moi nous occupons de la chambre, je suggère que vous vous rendiez à la morgue de Vancouver pour identifier un cadavre.

À l'autre bout de la table, Henry souleva un sourcil hautain.

— Je vous demande pardon ?

Conscient que la situation dégénérerait s'ils ne faisaient pas tous un effort, Celluci choisit d'ignorer le ton condescendant de son interlocuteur et expliqua :

— Pour qu'il y ait un fantôme, il faut un mort, pas vrai ? Et dans notre cas, un mort qui n'a plus de mains. Ce matin, pendant que vous étiez tous les deux dans les bras de Morphée – ou qui que ce soit d'autre – j'ai réfléchi. Un cadavre de ce genre n'a pas pu passer inaperçu. J'ai donc fouillé dans la poubelle de recyclage…

Il prit le journal plié en deux sur la table et le fit glisser vers Henry en poursuivant :

— On a retrouvé un corps sans mains dans le port la nuit où votre fantôme vous a rendu visite pour la première fois.

— Ce n'est pas mon fantôme, rappela Henry d'un ton guindé.

Celluci haussa les épaules.

— Peu importe. Le type doit toujours être à la morgue. Si la police avait réussi à l'identifier, on en aurait parlé dans l'édition du soir.

— Et si ce n'est pas lc bon ? répondit Henry en lui renvoyant le journal.

— On verra ce qu'a découvert la police. Ensuite...

Celluci s'interrompit en sentant des doigts glacés se refermer sur son poignet.

— Mike, il s'agit de mon enquête. Avant de résoudre l'affaire, tu devrais peut-être en discuter avec moi, non ?

Il se tourna vers Vicki, sans oser cependant affronter son regard pour rétorquer :

— Il s'agit de notre enquête, Vicki. Et je comptais en parler avec toi pendant qu'Henry serait à la morgue. À moins que tu préfères que je parte avec Tony et prenne des vacances jusqu'à notre retour à Toronto ?

Un peu gênée, elle lui lâcha le bras. Puis ses yeux se posèrent sur Tony et elle éclata de rire.

— Mon Dieu, Mike, fais attention à ce que tu dis. Tony paraît terrifié à l'idée que tu puisses être sérieux.

— Pas du tout, se défendit aussitôt le jeune homme. C'est juste que je loge chez des amis et qu'ils n'ont pas beaucoup de place, et...

— Tu peux revenir à la maison, intervint Henry.

— Non, décréta Tony, l'air de plus en plus embarrassé. Mes affaires sont déjà là-bas, ce ne serait pas cool vis-à-vis de John et de Gerry.

— Comme tu veux.

Sourcils froncés, Henry s'apprêtait à ajouter quelque chose quand Celluci, qui n'avait pas quitté Tony des yeux depuis le début de leur échange, l'en empêcha en déclarant :

— Voyez si vous pouvez obtenir une copie du rapport d'autopsie pendant que vous serez sur place.

Henry se rembrunit un peu plus, presque certain que Celluci avait fait exprès de lui couper la parole. Malgré tout, il n'insista pas. Si Tony voulait avoir des secrets avec Michael Celluci, grand bien lui fasse.

— Autre chose ? s'enquit-il d'un ton sec en se levant.

— Ouais, faites-nous une description de votre fantôme par écrit. Notez bien toutes les différences entre lui et le cadavre de la morgue.

— Et les autres ? Ceux qui crient avec lui ?

— Vous pouvez les décrire ?

Henry secoua la tête.

— Non.

— Dans ce cas, laissez tomber et concentrez-vous sur ce qui est possible.

— Tu n'auras qu'à joindre la description au rapport d'autopsie, intervint Vicki. Maintenant, si tu veux bien nous excuser…

À son ton, il était clair qu'elle se moquait totalement qu'il le veuille ou non.

— … on va sécuriser mon sanctuaire pendant que tu essaies de donner un peu de chair à ton spectre.

— Vicki.

Elle s'arrêta, une main sur le dossier de sa chaise.

— Comme je te l'ai déjà dit, ce n'est pas facile de renoncer à une croyance vieille de quatre cent cinquante ans. Même si je n'ai jamais eu l'occasion de la vérifier et si elle n'est plus d'actualité, l'idée selon laquelle deux vampires sont incapables de se côtoyer correspond à une tradition très ancienne.

— Je ne suis pas une vampire traditionnelle, Henry, rappela-t-elle.

Il lui sourit – d'un sourire qu'elle n'avait plus revu depuis la nuit où elle s'était transformée.

— Dans ce cas, arrête de jouer les dures, répondit-il.

5

La morgue était située au sous-sol de l'Hôpital général de Vancouver. Sans doute en raison de la température, estima Henry, pour empêcher la pourriture de se répandre dans le reste du bâtiment comme les cryptes sous les cathédrales.

Il n'avait jamais aimé les hôpitaux. Pas à cause des néons qui lui brûlaient les yeux, de l'odeur des antiseptiques ou de celle, âcre, de la maladie, mais du désespoir. Celui des mourants et de ceux qui avaient peur de mourir. Le même depuis des siècles, inaltérable et peut-être encore plus puissant face aux succès de la médecine moderne.

Les prédateurs s'attaquaient aux faibles, aux sans défense, aux désespérés.

Bien qu'il soit déjà repu, Henry sentit la Faim tenter de prendre le contrôle au moment où il franchit le seuil de l'établissement. Ce n'était pas vraiment le désir de se nourrir, mais plutôt celui de tuer. Tuer parce qu'il le pouvait, parce que tous l'en priaient. Quand la porte se ferma dans son dos, il sentit son masque civilisé glisser, révélant la créature au-dessous.

Il était entré par les Urgences afin de se fondre dans le chaos caractéristique de ce type de service. S'il ne s'était pas trompé sur le désordre ambiant, il regretta néanmoins son choix tant la lutte contre ses instincts se révélait rude. Physiquement conscient de la détresse et de l'impuissance des patients autour de lui, de la pulsation de leur vie dans une atmosphère saturée de souffrance, il plongea dans les entrailles du bâtiment.

Personne n'essaya de l'arrêter.

Ceux qui le remarquèrent détournèrent vivement la tête.

Après avoir traversé la salle d'attente, il s'engagea discrètement dans le premier escalier qu'il trouva. L'air y était moins saturé d'effroi, mais il n'avait pas le temps de se recomposer un masque.

Contrairement aux idées reçues, les vampires se reflétaient dans les miroirs et, malheureusement, dans les caméras de sécurité.

Certains jours, songea-t-il en dévalant les marches – minuscule point noir sur l'écran d'une salle de surveillance –, je hais cette époque.

Deux étages plus bas, il poussa une porte marquée : MORGUE MUNICIPALE/PARKING NIVEAU 2. Sans doute en raison de coupes budgétaires – après tout, aucun patient ne s'aventurait dans cette zone, et le personnel était réduit au minimum à cette heure-ci – le couloir était à peine éclairé. Henry accueillit avec soulagement cette semi-pénombre.

Les dents serrées, il suivit les effluves de mort jusqu'à une porte non verrouillée. Là, il sortit une paire de gants en cuir de sa poche, les enfila, et pénétra dans la morgue.

L'air lui parut presque plus respirable à l'intérieur. Ici, au moins, le sang ne sentait plus la peur.

Seuls six des tiroirs réfrigérés étaient en fonction. Cinq portaient une étiquette avec le nom de leur occupant. Le sixième contenait le cadavre sans mains découvert dans le port.

Malgré son visage tuméfié – suite à des coups ou à son séjour dans l'eau ? Henry n'aurait pu le dire –, l'homme restait suffisamment identifiable pour qu'il reconnaisse en lui son fantôme. D'ailleurs, s'il avait eu un dernier doute, le tatouage représentant un poignard sanguinolent sur l'avant-bras gauche l'aurait définitivement dissipé.

Henry n'eut pas besoin de fouiller dans l'ordinateur : les derniers rapports d'autopsie étaient imprimés et rangés dans un énorme classeur métallique contre le mur. Il lui fallut peu de temps pour découvrir celui portant le même numéro que le tiroir du cadavre et placer la première feuille dans la photocopieuse.

Il venait d'appuyer sur « On » quand il entendit un cliquetis de clés.

Kevin Lam traversa le couloir d'un bon pas en jouant avec ses clés de voiture. Il n'avait pas soufflé une seconde depuis le début de sa garde et n'aspirait qu'à trois choses : rentrer chez lui, manger une pizza ne puant pas le désinfectant et se vautrer sur le divan devant un match de base-ball. Non qu'il fût particulièrement fan de ce sport, mais après dix heures de folie, son cerveau était trop ramolli pour quoi que ce soit d'autre.

Une fois dans ma voiture, je serai tranquille. Ils ne pourront pas me rappeler. Les yeux fixés sur la porte du parking au bout du couloir, il faillit ne pas remarquer le flash de lumière verte dans le bureau de la morgue.

Bureau censé être désert à cette heure-là.

La vitre en verre dépoli au-dessus de la porte lui assura qu'aucune lampe n'était allumée à l'intérieur. Manifestement, personne n'était resté faire des heures sup.

— Alors qui se sert de cette foutue photocopieuse ?

Kevin jeta un coup d'œil vers le parking en soupirant. S'il appelait la sécurité, il risquait de rester coincé toute la soirée pour rien.

— Je vais juste ouvrir, allumer, constater qu'il n'y a pas de problème, et rentrer à la maison.

Et s'il y a un problème ? se demanda-t-il en rangeant ses clés dans sa poche. Il secoua la tête. Arrête ! Qui veux-tu qui fasse des photocopies à la morgue en pleine nuit ?

Henry aurait eu largement le temps de se cacher. Il n'en avait juste pas eu envie.

À l'instant où le gardien s'encadra dans l'ouverture de la porte, une main tendue vers l'interrupteur, il l'attrapa par le col de l'uniforme, le tira dans la pièce et referma.

La Faim grondait à ses oreilles, déchaînée. Éprouvé par son passage dans les couloirs de l'hôpital saturés de désespoir et de sang, il n'arrivait plus à la maîtriser. Il jeta le jeune homme sur le bureau.

Dans la faible lueur des veilleuses des ordinateurs et de la sortie de secours, Kevin vit l'ovale pâle d'un visage se pencher sur lui. Il se sentit tomber dans les profondeurs sans fin de deux yeux sombres et étouffa un hurlement quand une voix glaciale lui ordonna de se taire.

Des doigts d'acier se refermèrent sur son poignet, froids et brûlants à la fois. D'étranges sensations montèrent le long de son bras, accélérant les battements de son cœur. Il entendit son souffle se faire plus rauque. La peur, sans doute. Ou quelque chose de plus obscur.

Il ne comprit pas quand l'ovale pâle disparut et que la même voix glaciale marmonna :

— Et je ne supporte pas cette manière qu'elle a de se conduire comme une enfant.

Puis le visage réapparut, la voix le somma d'oublier et il s'empressa d'obéir.

Une fois Tony parti et Celluci couché, Vicki erra sans but dans l'appartement. Toutes les lampes étaient éteintes hormis une veilleuse en forme de croissant de lune sur une étagère du couloir. Les lumières de la ville en contrebas éclairaient les pièces, aussi lumineuses aux yeux d'une créature de la nuit qu'un matin de printemps pour des mortels. Après avoir repoussé une pile de courrier non ouvert, Vicki s'installa finalement devant le petit bureau en acajou, et le regard fixé sur une feuille vierge, attendit Henry.

Il serait bientôt de retour. Il le fallait s'il voulait lui donner le temps de parcourir le rapport d'autopsie et, peut-être, arriver à des conclusions avant l'aube.

Tant qu'elle pensait à lui comme Henry, tout allait bien, avait-elle pu constater. En revanche, si elle commençait à le considérer en tant que vampire, ses pensées se tintaient de rouge.

Pourtant, vampire il était depuis le jour de leur rencontre. Contrairement à elle...

Elle joua nerveusement avec le stylo plume posé sur le bureau devant elle.

D'accord, je ne suis plus ce que j'étais, mais je suis toujours qui j'étais. Même à l'époque de ma rétinite pigmentaire, malgré mon handicap, je n'ai jamais cessé de vivre comme je l'entendais. Or, je suis ici pour trouver un meurtrier et, Henry Fitzroy ou non, je ferai ce qu'il faut pour y parvenir. Henry est mon ami et le restera même si je dois l'éventrer et me repaître de ses entrailles fumantes pour cela...

Le stylo plume se brisa entre ses doigts.

— Merde !

Elle se retint de le jeter à travers la pièce et de couvrir murs et meubles de taches d'encre. Tremblant sous l'effort, elle posa délicatement les deux moitiés sur le sous-main en cuir, puis se leva d'un bond, avant de repousser le fauteuil d'un méchant coup de pied.

Sans qu'elle en comprenne la cause, la Faim s'était réveillée et la poussait presque malgré elle vers la porte d'entrée. Le regard étincelant dans le miroir sur le mur, elle tendit la main en direction de la poignée quand, soudain, elle se rendit compte qu'un autre cœur battait au rythme du sien.

Henry.

Qui sortait de l'ascenseur.

Un vampire.

Puis l'opinion de Celluci lui revint en mémoire.

Un auteur de romans d'amour.

Elle s'accrocha à cette idée pour tenir en laisse ses pulsions. Sa respiration se calma ; le rugissement dans ses oreilles se transforma en ronronnement. Un vampire ne supportait pas la présence d'un de ses congénères sur le même territoire, d'accord, mais rien ne disait qu'il ne pouvait pas accepter un romancier.

Comme Tony l'avait fait remarquer, tout était une question de point de vue.

Or, s'il y a bien une chose que je sais faire, c'est modifier le mien. S'accrochant à cette pensée, elle ouvrit la porte et lança :

— Qu'est-ce que t'as fichu ? Ça fait des heures que j'attends.

Henry recula d'un pas, le regard sombre, les lèvres retroussées sur ses dents.

— N'en rajoute pas, Vicki.

— Hé !

Elle leva les mains, à la fois pour appuyer ses paroles et se défendre plus rapidement si nécessaire.

— Je t'ai juste posé une question, c'est toi qui es à cran.

De manière étrange, sa remarque sonna comme un défi, ce qui n'était pas du tout son intention. Les choses paraissaient plus simples avec la porte entre eux deux ; face à face, il était plus difficile d'ignorer sa réaction viscérale.

— Écoute, Henry, il est tard. Je commençais à m'inquiéter. Tu préfères ça ?

— T'inquiéter ? Pour quelle raison ?

Parce que tu vieillis et deviens moins vif… Mince, d'où lui venait une idée pareille ? Sous le choc, Vicki s'empressa de la renvoyer dans son inconscient.

— Laisse tomber. Tu as trouvé quelque chose ?

Henry perçut une pensée menaçante, il vit Vicki la refouler. Malgré son envie d'en savoir plus, il décida de passer outre. Vu la jeunesse de sa métamorphose, Vicki faisait preuve d'un contrôle impressionnant. S'il voulait éviter un carnage, il devait lui aussi y mettre du sien.

— Le fantôme avait bien un corps. Comme convenu, j'ai fait une copie du rapport d'autopsie et rédigé une description.

— Merci.

Elle lui arracha presque le dossier des mains, recula d'un pas et lui claqua la porte au nez. Quand enfin il s'éloigna et qu'elle l'entendit rentrer chez lui, elle s'adossa au battant en soupirant.

— Romancier, tu parles !

Son instinct d'autrefois lui criait de le rattraper pour se réconcilier. Celui d'aujourd'hui voulait qu'elle le détruise.

Paupières closes, elle inspira profondément jusqu'à ce que l'odeur se fonde dans les inoffensives senteurs de pot-pourri de l'appartement.

— Tout ça commence vraiment à me gonfler. Je refuse d'être dominée par quoi que ce soit ! Instinct ou pas, c'est moi qui décide ! décréta-t-elle en regagnant le bureau d'un pas déterminé.

De son côté, Henry se sentait plutôt satisfait. Les choses auraient pu être pires – en fait, il s'était attendu à ce qu'elles le soient. Mais aucun d'eux n'avait attaqué l'autre, et leur conversation, si brève fût-elle, avait été courtoise. Finalement, Vicki avait peut-être raison : les lois naturelles n'étaient pas forcément immuables.

Après tout, les coyotes avaient chassé seuls durant des siècles, or, à présent, on les voyait en meutes. Il sourit au souvenir d'un flash d'information récent à propos d'une bande de coyotes supposés dévorer les chiens de compagnie dans le nord de Vancouver.

— Pas très flatteur comme comparaison, songea-t-il à voix haute en contemplant la ville.

Il avait été surpris par la force de caractère de Vicki. Surpris et, dut-il admettre, un peu jaloux. Mais après tout, il aurait dû s'en douter : tout vampire qu'elle était, Vicki n'en restait pas moins Vicki, une jeune femme déconcertante et déterminée. Et grâce à elle, il commençait à avoir suffisamment foi en lui-même pour oser braver ses croyances.

L'envie de la chasser de son territoire dans un bain de sang persistait, mais, pour la première fois, il se rendait compte qu'il n'avait pas forcément besoin de passer à l'acte.

Soudain confiant, il gagna la douche afin de se débarrasser de la puanteur aseptisée de l'hôpital.

— Mike, réveille-toi. Il faut qu'on parle avant le lever du soleil.

Seule l'habitude lui permit de comprendre « Je suis réveillé » dans le grommellement qui suivit. Néanmoins, comme la respiration de Celluci n'avait pas changé et qu'il gardait les yeux clos, elle décida de ne pas le croire.

Au lieu de se coucher dans les draps, il avait installé son sac de couchage au centre du grand lit et s'y était allongé sans prendre la peine de remonter la fermeture Éclair. S'agenouillant près de lui, elle glissa une main dans l'ouverture et saisit la partie la plus chaude de son anatomie.

— Bon Dieu, Vicki ! Tu as les mains glacées !

Elle sourit, et se rejeta en arrière pour éviter le coup.

— Maintenant tu es réveillé.

— Tu m'étonnes.

Plissant les yeux, il jeta un coup d'œil au réveil sur la table de nuit.

— 4 h 03. Super. J'espère que ce que tu as à me dire est important.

— Tu m'as entendue ?

— Je viens de te répondre que j'étais réveillé, non ?

Dans un bâillement, il attrapa un second oreiller qu'il glissa sous sa tête avant de reprendre :

— Alors, de quoi s'agit-il ?

— Puisque c'est notre enquête, il est normal que nous en discutions ensemble, non ?

— Tu aurais pu me laisser un mot.

— Et te regarder dormir ? Tu plaisantes ? ironisa-t-elle en prenant le dossier qu'elle avait posé au pied du lit.

S'installant en tailleur, elle commença à lire :

— Le fantôme d'Henry est un homme de race caucasienne, entre 20 et 25 ans. Fumeur. Il est mort suite aux coups qu'il a reçus avant d'être jeté à l'eau. On lui a ôté un rein dans le mois qui a précédé – ce qui n'est pas, soit dit en passant, la cause de son décès. Après sa mort, il a eu les mains, les poignets et près de dix centimètres d'avant-bras tranchés, probablement à la hache. Son cadavre a été retrouvé dans le port de Vancouver.

Elle grimaça devant les clichés pris durant l'autopsie.

— Puisqu'il ne portait pas de plaque d'identification à la morgue, la police n'a probablement trouvé aucune photo lui correspondant dans ses fichiers. À partir de là, ils devraient faire trois choses.

Haussant un sourcil amusé – sûr que les flics de Vancouver adoreraient entendre Vicki leur expliquer comment procéder ! – Celluci lui fit signe de continuer.

— Tout d'abord, montrer les clichés dans différents hôpitaux au cas où quelqu'un se souviendrait de l'avoir vu pour une greffe de rein.

— J'imagine qu'ils y ont pensé, marmonna Celluci. Il ne doit pas y avoir beaucoup d'établissements dans le coin pratiquant ce genre d'opérations.

— Dans le coin, non. Mais rien ne nous dit qu'il n'a pas atterri ici quelques heures avant d'être assassiné. Par chance, nous savons une chose que la police ignore. Le corps était nu lorsqu'ils l'ont retrouvé, mais Henry, dans sa description, indique qu'il porte un tee-shirt au nom d'un groupe local.

— Dans ce cas, on devrait informer la police que le type est d'ici. Au cas où tu l'aurais oublié, je te rappelle que la dissimulation d'indices est un acte puni par la loi.

— Parfait. Appelons-les. Allô ? dit-elle en faisant semblant de téléphoner. Vous savez, ce type sans mains dans votre morgue ? Eh bien, il est du coin. Comment je le sais ? Son fantôme apparaît à un ami vampire qui a reconnu le groupe de musique sur son tee-shirt.

Raccrochant un combiné imaginaire, elle reprit en ricanant :

— Ça m'étonnerait que ça passe. De toute façon, ils peuvent aussi partir de son tatouage.

Elle lui passa une liasse de photocopies.

Avec un soupir, il alluma la lampe de chevet.

— Dis donc, ils l'ont pas loupé, commenta-t-il en découvrant le corps et le visage couverts d'ecchymoses. Le tatouage, ça dit quelque chose à Henry ?

— Je ne lui ai pas posé la question.

Comprenant au ton de Vicki qu'il valait mieux ne pas demander pourquoi, il se contenta de déclarer :

— C'est du boulot d'amateur. À mon avis, on trouvera pas grand-chose de ce côté. Et la troisième piste ?

— La mafia.

— Quoi ?!

— À ton avis, pourquoi ils lui ont coupé les mains ?

Celluci haussa les épaules.

— Parce que ses empreintes sont fichées.

— Si c'était le cas, les flics auraient également sa photo.

— Avec cette tête-là, ça m'étonnerait, rétorqua-t-il en parcourant les clichés. Il est trop amoché pour que l'ordinateur puisse établir un rapport et personne ne perdra du temps à faire ça pour un vulgaire inconnu.

— Je pense qu'ils ont pris ses mains dans un but précis.

— Utiliser ses empreintes, par exemple ?

— C'est possible. D'autant que la mafia rentrerait bien dans ton histoire de trafic d'organes.

— Eh ! Ce n'est pas mon histoire, protesta-t-il. Je me suis juste contenté de te répéter ce que j'ai entendu à la télé.

— Ça colle bien, Mike. La mafia cherche sans cesse de nouveaux moyens de faire du fric. Comme ça, non seulement ils procurent la matière première pour les greffes, mais en plus, une fois le type mort, ils récupèrent ses empreintes pour leur propre compte. C'est ce qui s'appelle faire coup double. Ça explique même pourquoi on a retrouvé le corps dans le port : le syndicat des dockers est très puissant. Tout le monde connaît les liens entre syndicats et mafia.

— Ne dis pas n'importe quoi ! s'exclama Celluci en reposant les photocopies. Ce n'est pas parce que le responsable du syndicat des camionneurs des États-Unis était mouillé avec la mafia qu'il faut généraliser. Il ne s'est pas reconverti au Canada après sa disparition, que je sache.

— OK, oublie les syndicats. Mais je continue à croire que l'explication la plus simple est souvent la bonne.

— Parce que, selon toi, c'est une explication simple ? s'étonna-t-il. Au cas où tu ne l'aurais pas remarqué, il y a un seul cadavre. Question fric, ça ne doit pas aller très loin.

— On a un seul cadavre pour l'instant, précisa-t-elle. Ce qui peut signifier deux choses : soit ils n'en sont qu'au début, soit il y a eu un hic au moment où ils ont voulu se débarrasser de celui-là. Quoi qu'il en soit, on n'élabore pas un truc aussi compliqué pour un simple rein.

— Le rein n'a peut-être rien à voir avec le meurtre. Les coïncidences, ça existe, pas vrai ?

Ignorant son intervention, Vicki reprit :

— De toute manière, il faut bien commencer quelque part ; pour l'instant, c'est notre seule piste. J'irai faire un tour des gangs la nuit prochaine. Vu l'arrivée massive d'immigrants chinois ces derniers temps, je ne serais pas surprise que la Triade soit mouillée d'une manière ou d'une autre.

— Même si c'était vrai, tu ne crois pas qu'il vaudrait mieux laisser la police faire son boulot. Tu sais comme moi que les flics détestent voir les privés mettre le nez dans leurs affaires. Alors un privé d'une autre ville accompagné d'un inspecteur en vacances...

— Tu as raison, sauf que le fantôme d'Henry tient visiblement à ce que ce soit lui qui le venge. Si nous ne trouvons pas le coupable avant la police, Henry risque de devoir jouer au jeu des questions-réponses avec les morts pour l'éternité.

— Je suis prêt à prendre le risque, rétorqua Celluci que cette perspective réjouissait plutôt.

— Pas moi.

Comprenant qu'il n'arriverait à rien de ce côté-là, il tenta une autre approche :

— Qu'est-ce que ça peut bien faire à un spectre d'être vengé par untel ou untel ?

— Le diable si je le sais.

— Je refuse de laisser Fitzroy jouer les justiciers.

— Personne ne te demande rien.

— Écoute, il est trop tôt pour ce genre de discussion, dit-il en étouffant un bâillement, mais je te promets que nous en reparlerons. Les poules auront des dents avant que j'autorise Fitzroy à se substituer à la loi.

— Tu veux dire, une fois de plus ?

— Ce n'est pas parce que c'est déjà arrivé que ça doit se reproduire.

Mal à l'aise avec sa conscience, Celluci se mordit les lèvres. La frontière entre loi et justice sommaire avait tendance à devenir flou dès qu'il s'agissait d'Henry Fitzroy. Or, Mike devait reconnaître qu'il n'avait pas fait grand-chose pour modifier cet état de fait. Où est-ce que je trace la nouvelle ligne de démarcation ? s'interrogea-t-il.

Avec un soupir, il regarda Vicki, regrettant de ne pas réussir à lire son expression dans la pénombre.

— J'imagine que tu as plusieurs missions à me confier pour la journée ?

Elle hocha la tête en lui dessinant de longues volutes voluptueuses sur le torse.

— J'aimerais que tu demandes à cette animatrice télé pourquoi elle pense à un trafic d'organes. Sur quels éléments elle fonde son hypothèse. Elle sait peut-être quelque chose, ou a entendu des rumeurs…

— Ou elle a dit ça dans le seul but de créer un peu d'effervescence.

— C'est possible. Et tu as raison…

Elle lui donna une petite tape sur la joue en le voyant se redresser d'un air surpris.

— … cette histoire de rein manquant n'est peut-être qu'une coïncidence. N'empêche, ça ne coûte rien de se renseigner.

— Et si elle fait ça pour l'audimat ?

— Il nous restera toujours la piste de la mafia.

Celluci poussa un nouveau soupir devant le regard brillant de Vicki.

— Ça te plairait de foutre la merde, pas vrai ?

— Ne dis pas de bêtises.

— Tu mens toujours aussi mal, Vicki, fit-il remarquer en lui prenant la main. N'oublie pas que tu es immortelle, pas invulnérable.

Elle se pencha vers lui et s'empara de sa bouche. Une dizaine de minutes torrides plus tard, elle reculait juste assez pour déclarer :

— Je te promets d'être prudente si tu reconnais que ma théorie tient la route.

— Tu me connais, je suis un gars ouvert.

Elle lui caressa les lèvres de la pointe de la langue.

— Si tu ne mentais pas aussi bien, je te croirais presque.

L'alarme se déclencha à 5 heures tapantes. Ronald Swanson s'empressa de la couper, avant de se rappeler que le son ne gênait personne à part lui. S'adossant à ses oreillers, il lissa des plis inexistants sur le rabat du drap en songeant à son prochain coup de fil.

Le travail de fond était terminé depuis des mois. Cette nuit, un homme de confiance avait achevé les détails. Ce matin, il conclurait le marché.

Sans doute eût-il été plus sûr de rester à bonne distance de tout ça comme des donneurs, mais il en avait été incapable. Sa touche personnelle et son don pour percevoir le pouls de l'entreprise lui avaient valu une fortune outrageuse et, avec elle, des habitudes de luxe difficiles à abandonner.

— Tant que ça marche, n'arrête pas, murmura-t-il en rejetant la couverture.

Ses pieds s'enfoncèrent dans l'épaisse moquette de laine quand il se dirigea vers le grand dressing attenant à la salle de bains.

Dans la chambre sombre et vide, le réveil indiquait 5 h 03.

— Tony ? C'est Mike Celluci. Je ne te réveille pas ?

Tony jeta un coup d'œil endormi au réveil sur la bibliothèque et se redressa dans le canapé-lit.

— Si. Il est même pas huit heures. Qu'est-ce qui se passe ?

— Même pas huit heures ? répéta l'inspecteur d'un ton moqueur. Tu ne travailles pas aujourd'hui ?

— Si, à dix heures. Autant dire que j'ai tout mon temps.

— Tant mieux. Je voudrais savoir sur quelle chaîne passait l'émission sur laquelle j'ai zappé hier soir.

— L'émission ?

Les yeux fixés sur la fenêtre à demi dissimulée par les plantes suspendues, Tony se demanda si les ondulations de la vitre étaient dues au carreau ou à sa vision.

— Hier, juste avant le retour d'Henry. Patricia Chou recevait un homme d'affaires à propos de greffes.

— Ah ouais.

Se réveillant enfin, il décida que les ondulations venaient du carreau.

— Et alors ?

— Sur quelle chaîne c'était ? insista Celluci d'une voix impatiente.

— Le numéro ?

— Non, le nom, Tony.

Nouveau bâillement. Soudain, Tony se rappela pourquoi il n'aimait pas beaucoup l'inspecteur Celluci.

— Je crois que ça s'appelle Community Network. Autre chose ? Vous voulez que je vous livre une pizza ?

— Non, merci. Mais garde les yeux et les oreilles ouverts. Si l'hypothèse de Vicki est juste et que la mafia s'est lancée dans le trafic d'organes – ce dont Celluci doutait à en croire son ton sceptique –, on en parle forcément dans la rue.

— J'en doute pas. Sauf qu'en passant huit heures à vendre des vidéos, tout ce que je risque d'entendre, c'est le rembobinage des cassettes rapportées par tous ces cons incapables de lire un contrat de prêt.

— Va bien falloir que tu sortes pour y aller. Et tu déjeunes dehors, non ? Vicki n'arrête pas de répéter que tu es le meilleur, Tony. S'il y a des infos à pêcher, tu les auras.

Les joues en feu, Tony marmonna son acquiescement.

— Excuse-moi auprès de tes hôtes si je les ai réveillés.

Tony raccrocha et s'étira en regrettant de ne pas pouvoir effacer le contenu de son cerveau aussi facilement que les cassettes à son boulot. Malgré tout le chemin parcouru, certaines de ses réactions semblaient toujours incontrôlables.

— Une tape sur la tête, et je remue la queue comme un petit chien.

Il poussa un soupir et décida de se lever en sentant l'odeur de café en provenance de la cuisine. Puisque manifestement Gerry ou John était déjà debout, autant prendre son petit déjeuner en bonne compagnie. D'autant que, pour une fois, il ne serait pas inscrit au menu.

Les studios de la Community Network se situaient au rez-de-chaussée d'un petit bâtiment de trois étages à l'angle de la 10e Avenue et de Yukon Street, juste derrière l'hôtel de ville. Logique, estima Celluci en cherchant une place, vu que la majorité des programmes de la chaîne concernaient la communauté urbaine.

— Autant être proche de la source, murmura-t-il. Sale connard, ajouta-t-il entre ses dents quand une voiture sensiblement plus petite que la sienne se gara dans le seul espace libre en vue.

Finalement, il s'arrêta en maugréant sur l'un des emplacements réservés au personnel de l'hôtel de ville, avant de retrouver sa bonne humeur en se souvenant qu'Henry paierait l'amende.

Les murs crème de l'accueil de Community Network disparaissaient sous les prospectus, mémos, messages et affiches en tout genre. L'hôtesse derrière le bureau avait quatre stylos plantés dans l'élastique de sa queue-de-cheval et notait quelque chose avec un cinquième tout en téléphonant. Apparemment, elle souhaitait un rendez-vous et le ton de la conversation s'envenimait à la vitesse grand V.

— Si je résume, vous êtes en train de me dire que M. le conseiller n'a pas de temps pour une interview avant la fin de la session.

Ses notes disparurent sous un épais gribouillis.

— Mais une fois la session terminée, nous n'aurons plus besoin de discuter du changement de répartition des zones avec lui puisque ce sera réglé. Oui, en effet, je vous serais reconnaissante de me recontacter.

Elle raccrocha avec un peu plus d'énergie que nécessaire.

— Sale petit con moralisateur !

Prenant une profonde inspiration, elle releva la tête.

— J'imagine que ce serait trop espérer que vous n'ayez rien entendu, dit-elle.

— Entendu quoi ? répondit-il en lui rendant son sourire.

— Merci. Maintenant, que puis-je pour vous ?

— J'ai rendez-vous avec Patricia Chou. Je suis Michael Celluci, j'ai appelé tout à l'heure, s'empressa-t-il de préciser devant son expression méfiante.

— Ah oui, elle m'en a parlé. Amanda Beman, se présenta-t-elle en se levant. Sa productrice.

Sa poignée de main lui rappela celle de Vicki autrefois.

— Est-ce que les productrices travaillent toujours à l'accueil ?

— Oh, pas seulement. Étant donné notre budget, je m'occupe aussi de l'administratif et de vider les corbeilles à papier. Venez.

Elle désigna du menton une porte sur laquelle étaient punaisées deux feuilles. Celle du dessus indiquait : « S'il n'y a personne à l'accueil, merci de sonner. » Celle du dessous précisait en lettres vert pâle sur fond vert foncé : « SONNETTE EN PANNE. MERCI DE FRAPPER FORT. »

— Ça bouge beaucoup plus en fin de journée, expliqua Amanda en le conduisant à travers un couloir désert. Le matin nous diffusons uniquement des programmes éducatifs enregistrés par UBC, ce qui nous permet de fonctionner avec un minimum de personnel jusqu'à midi. Et à peine plus après, ajouta-t-elle avec une grimace.

— Pourtant, Mlle Chou est là dès l'ouverture.

— Et le sera encore à la fermeture. Notre chère Patricia rêve d'obtenir le prix Pulitzer quand elle sera grande.

— Et vous, vous êtes là… ?

— Je suis toujours là.

S'arrêtant devant une porte en acier, elle baissa la voix pour enchaîner :

— Vous avez dû vous montrer très persuasif pour que Patricia accepte de vous rencontrer. Mais bien que vous ayez l'air tout à fait capable de vous défendre tout seul, j'aurais mauvaise conscience de ne pas vous informer de deux ou trois choses avant de vous laisser entrer. Primo, si elle vous propose de l'appeler Patricia, suivez exactement la consigne : pas de Pat, Patou ou Patty. Secundo, rien de ce que vous direz ne sera considéré comme confidentiel ; si ça peut lui être utile, elle le rendra public. Enfin, tertio, elle n'hésitera pas à se servir de vous si elle en a l'occasion. Vu votre physique, je vous conseillerais donc de rester sur vos gardes.

Elle frappa doucement à la porte, puis s'effaça pour le laisser entrer.

— Bonne chance.

— J'ai l'impression que j'aurais dû venir avec une chaise et un fouet, murmura-t-il en poussant le battant.

— Une pilule de cyanure serait plus appropriée, répliqua Amanda, narquoise. On a besoin d'elle, pas de vous. Alors, rappelez-vous, faites gaffe.

La porte se referma derrière lui dans un bruit sec, étouffant le bruit des pas d'Amanda. Comme ça, personne n'entendra si je crie, songea-t-il.

Une grande bibliothèque divisait la pièce en deux espaces de travail, dont l'un plus petit et dépourvu de fenêtre. Sans hésitation, Celluci se dirigea vers l'autre.

La femme assise face à l'ordinateur ne se retourna pas bien qu'elle l'eût sûrement entendu approcher. Elle ne semblait pas vouloir l'offenser volontairement, mais juste lui signifier qu'il était moins important que le travail en cours. Ce qui, à bien y réfléchir, était peut-être encore plus insultant. Néanmoins, après une douzaine d'années de service dans la police, il ne se troublait plus pour un affront, sauf s'il s'accompagnait de violence.

Les mains croisées derrière le dos, il jeta un coup d'œil autour de lui.

Outre la bibliothèque, il y avait des étagères sur tous les murs. Des livres y côtoyaient des dossiers et des cassettes vidéo derrière de nombreuses photos encadrées. Patricia Chou recevant une récompense quelconque du maire de Vancouver ; Patricia Chou félicitée par le Premier ministre actuel de Colombie Britannique ; Patricia Chou en compagnie d'un homme au sourire serein dans lequel Celluci reconnut le chantre du mouvement anti-avortement qui avait fait expédier une balle dans la tête d'un gynécologue de 57 ans sous prétexte que celui-ci pratiquait des interruptions de grossesse légales à l'hôpital général. Bien qu'elle sourît sur ce cliché comme sur tous les autres, Mlle Chou regardait l'homme menotté à côté d'elle avec l'air dégoûté et satisfait de celui qui vient d'écraser une bestiole répugnante.

Celluci, quant à lui, pensait plutôt que le monde serait plus agréable et son boulot moins difficile si l'on donnait un peu moins la parole aux grands criminels dans les journaux et sur les plateaux de télé.

— Vous êtes Michael Celluci ?

Il se retourna juste à temps pour la voir rejeter ses magnifiques cheveux noirs dans son dos. Sans lui laisser le temps de répondre, elle poursuivit d'un ton sous-entendant qu'elle n'avait pas de temps à perdre :

— Vous vouliez me parler de l'émission d'hier.

En la dévisageant, Celluci découvrit ce que les caméras cachaient : elle était jeune. Sortie de l'université depuis peu de temps. Pas assez en tout cas pour que le contact avec la réalité ait émoussé les lignes dures de l'ambition et de l'ego sur ses traits.

Comme Vicki à l'époque où il l'avait rencontrée...

— Comme je vous l'ai dit au téléphone, mademoiselle Chou, une de mes amies aimerait savoir pourquoi vous pensez qu'il pourrait exister un lien entre le cadavre repêché dans le port et un éventuel trafic d'organes.

— Et comme je vous ai répondu alors, j'aimerais, moi, savoir pourquoi votre amie se pose cette question.

— Parce qu'elle est d'accord avec vous.

— Elle est bien la seule dans cette ville. Et vous ?

Celluci haussa les épaules, veillant à rester neutre.

— Disons que je garde l'esprit ouvert.

— L'esprit ouvert ? répéta-t-elle, à la limite de la moquerie. Pourquoi votre amie ne m'a-t-elle pas contactée elle-même ?

— Elle est très occupée.

— Occupée, répéta-t-elle de nouveau, les sourcils froncés.

S'adossant à son fauteuil, elle le dévisagea un long moment avant de reprendre :

— Vous ne faites pas partie de la police de Vancouver ?

Il se rembrunit. N'avait-il pas commis une erreur en donnant son vrai nom ?

— Qu'est-ce qui vous fait croire que je suis de la police tout court ?

— Premièrement, votre façon de regarder autour de vous, comme pour tout noter. Deuxièmement, vos poignets de chemise ouverts pour être libre de vos mouvements au cas où il faudrait dégainer. Et troisièmement, votre ton sec et autoritaire au téléphone. Enfin, si vous exerciez ici, vous vous seriez identifié plus tôt.

Le considérant d'un air spéculatif, elle enchaîna :

— Vous êtes un fédéral, pas vrai ? Ce qui signifie que l'affaire est plus grosse que je le croyais. D'échelle internationale, peut-être ?

Malgré ses tentatives pour le dissimuler, son enthousiasme était manifeste. Si, comme le pensait Tony, Patricia Chou espérait accéder à une chaîne nationale, il était évident qu'elle estimait avoir enfin trouvé le sujet qui le lui permettrait. Et puisqu'elle semblait voir en lui l'homme de la situation, autant ne pas l'en dissuader.

— Si je vous dis ce que votre amie veut savoir, poursuivit-elle en se penchant vers lui, le regard étincelant, vous me promettez l'exclusivité au moment où le scandale éclatera ?

Celluci soupira.

— Mademoiselle Chou, rien ne prouve qu'il y ait matière à scandale.

— L'exclusivité, répéta-t-elle d'un ton sans appel.

Il savait capituler – surtout quand ça ne lui coûtait rien. D'après lui, il y avait autant de chances que l'inconnu repêché dans le port ait été tué par des trafiquants d'organes qu'Henry Fitzroy gagne un jour le prix du meilleur roman.

— D'accord. L'histoire est pour vous. À condition qu'elle existe, précisa-t-il.

Elle hocha la tête et se renfonça dans son fauteuil.

— Donc, vous vous demandez sur quels éléments je m'appuie pour affirmer que ce jeune homme a été assassiné pour son rein. C'est simple : il y a des tas de gens qui attendent après, et il suffit à un trafiquant de se procurer la liste des dialysés pour trouver un acheteur.

— Un acheteur ?

— Qu'imaginez-vous, monsieur Celluci ? Qu'ils vont le donner ? C'est d'autant moins probable que beaucoup de malades sont prêts à payer des fortunes pour éviter les risques d'infection et d'infarctus liés à la dialyse. Sans compter qu'avec un taux de réussite de 98 %, vous pouvez facilement garantir votre produit. Ce qui explique pourquoi ils n'ont pris que le rein et pas le cœur, les poumons ou la cornée, plus fréquemment rejetés par les receveurs. Comme par hasard, le rein gauche – celui qui manquait au cadavre – est le plus couramment utilisé dans les transplantations. En outre, c'est une greffe assez simple, et la liste des chirurgiens capables de la pratiquer est assez longue pour en trouver un vénal.

— Si je vous suis bien, cela implique d'accéder à la fois à la base de données des personnes sous dialyse et à celle des chirurgiens spécialisés dans la greffe rénale. Ça ne doit pas être simple.

— Nous sommes au XXIe siècle, monsieur Celluci. Des gosses de douze ans craquent le système informatique de la Défense tous les jours.

Malheureusement, elle avait raison, admit-il en son for intérieur.

— D'après les journaux, la victime était presque totalement remise de son opération.

Patricia Chou prit le crayon devant elle et en tapota la pointe sur le bureau.

— Et alors ?

— Pourquoi auraient-ils attendu si longtemps avant de le tuer ? Pourquoi ne pas se contenter de lui prendre un rein et le laisser mourir ?

— Je suppose qu'ils voulaient être sûrs que le receveur ne ferait pas de rejet. Il leur restait un rein en réserve au cas où ça arriverait.

— Et les mains ? Pourquoi les couper ?

— Les empreintes, lâcha-t-elle d'un ton signifiant : « Ne jouez pas au plus idiot avec moi. » La police aura plus de mal à retrouver leur piste sans l'identité de la victime.

— Quel rapport avec M. Swanson ?

— Swanson est le porte-parole de la Société de Transplantation de Colombie-Britannique. J'avais envie qu'une personnalité en vue reconnaisse la possibilité d'un trafic.

Mlle Chou avait réponse à tout, même s'il s'agissait souvent d'une demi-réponse. Décidément, elle lui rappelait un peu plus Vicki à chaque seconde.

— Et finalement ?

— Finalement, je ne l'aime pas. En me renseignant sur lui pour l'émission, j'ai découvert qu'il n'était pas seulement immensément riche, mais qu'il avait aussi de très mauvaises habitudes : il travaille tout le temps et verse des sommes énormes à tout un tas d'œuvres caritatives.

— Les riches n'ont pas le droit d'être travailleurs et généreux ?

— Pas de nos jours. Comprenez, je ne dis pas qu'il est impliqué dans un trafic d'organes, juste qu'il possède un mobile et des moyens. Sa femme est morte d'une infection rénale alors qu'elle attendait une greffe et il détient plus d'argent à lui tout seul que certains États.

— Il semble aussi assez sceptique quant à un éventuel trafic d'organes. Ses arguments m'ont paru convaincants.

Elle haussa les épaules.

— Évidemment, il n'est pas stupide. Vous saviez qu'il a fondé un centre pour les patients souffrant d'insuffisance rénale terminale en attente de greffe ?

— Non. J'imagine que la police ne s'est pas vraiment intéressée à vos hypothèses.

Elle eut une moue méprisante.

— Pour la police, je cherche juste à faire du sensationnalisme en vue de booster ma carrière.

Comment diable ont-ils pu aboutir à une telle conclusion ? railla-t-il pour lui-même.

— Vous avez beaucoup de présomptions, mademoiselle Chou, remarqua-t-il à voix haute, mais aucune preuve.

— Et votre amie, elle en a ?

Il sourit, pris à son propre jeu.

— Guère plus. Mais elle estime qu'il faut bien commencer quelque part. Merci de m'avoir reçu, en tout cas. Je vous contacte dès qu'on a du nouveau.

Elle serra la main qu'il lui tendait avec une poigne d'acier. Debout, elle était beaucoup plus petite que ne le laissait supposer sa personnalité. Le sourire qu'elle lui adressa lui rappela certains de ses proches plus tout à fait humains.

— Je compte sur vous.

Aimable, la formule n'en sonna pas moins comme une menace. Essayez de m'entuber et c'est vous qui ferez la une, comprit-il en sous-texte.

En d'autres circonstances, il aurait peut-être réagi différemment, mais les femmes petites l'avaient toujours intimidé. Aussi se contenta-t-il de sortir, réprimant un soupir de soulagement quand la porte claqua dans son dos.

Quelques minutes plus tard, il démarrait le van en récapitulant ce qu'il savait.

Un cadavre avec deux mains coupées et un rein en moins avait été repêché dans le port de Vancouver.

Les hypothèses de Patricia Chou selon lesquelles le rein aurait pu servir à une transplantation illégale étaient plausibles, même si son animosité envers Ronald Swanson rendait ses suspicions douteuses.

En revanche, la théorie de Vicki tenait la route : comme elle l'avait dit, la mafia cherchait toujours de nouvelles façons de faire de l'argent. Or, il était plus facile d'imaginer des barons du crime se lançant dans un nouveau trafic qu'un homme d'affaires vendant des organes comme des radios volées. D'ailleurs, les mains coupées dans le but d'utiliser leurs empreintes allaient dans ce sens.

D'après Patricia Chou, il existait un marché pour les reins.

Le front appuyé sur le volant, Celluci ferma les yeux. Génial, grâce à elles, moi aussi je commence à croire à cette histoire.

6

« Garde les yeux et les oreilles ouverts... »

D'un geste brusque, Tony inséra une nouvelle cassette dans le lecteur pour la rembobiner. Pour l'instant, il avait entendu une excuse invraisemblable à propos d'une vidéo abîmée, une conversation digne d'un mauvais téléfilm et trois critiques interminables d'un vendeur de télécopieurs en retraite qui lui donnait chaque lundi son opinion sur les films qu'il avait loués le week-end.

« Vicki n'arrête pas de répéter que tu es le meilleur... »

— Tu parles ! marmonna-t-il en jetant un coup d'œil à la rue derrière la vitrine.

Il n'était pas idiot au point de regretter le froid, la faim et la peur, mais ça ne l'empêchait pas de se sentir coupé de la seule chose qu'il savait vraiment faire au monde.

De l'autre côté de l'avenue, deux adolescents prenaient le soleil, adossés au mur d'une banque. L'un mince et noir, l'autre mince et blanc, ils ne différaient que par la couleur de leur peau. Tous deux portaient un pantalon de l'armée crasseux, une paire de Doc Martens usée et un tee-shirt sans manches – avec un symbole de la paix rouge pour le premier, un crâne pour le second. Des anneaux d'acier scintillaient à leurs narines.

Avec une grimace contrariée – lire sur les lèvres était beaucoup moins facile que dans les films – Tony se mit à inventer les mots qu'il ne comprenait pas.

— T'es au courant de ce gang qu'achète des organes ?

— Ouais, mec, je leur file un rein demain.

— Qu'est-ce que tu baragouines, Foster ?

Dans un sursaut, Tony fit volte-face vers son patron, revenu sans bruit de la réserve. Retenant *in extremis* le « Occupe-toi de ton cul » qui lui montait aux lèvres, il marmonna :

— Rien.

L'autre secoua la tête et lui tendit une pile de vidéos à remettre en rayon.

— Je l'ai déjà dit et je le soutiens : t'es pas net. Allez, au boulot.

« Vicki n'arrête pas de répéter que tu es le meilleur... »

Le problème était moins d'avoir laissé tomber Vicki que d'avoir renoncé à une partie de lui-même.

En contournant le comptoir, il vit l'un des ados tendre la main à l'autre. Surpris par ce geste inhabituel, il s'arrêta pour les observer. Ils se serrèrent la main d'une manière formelle, l'air gêné, puis se séparèrent. Lorsque l'un d'eux pivota vers la boutique pour traverser, le crâne sur son tee-shirt sourit.

Tony se frotta les yeux et regarda de nouveau. C'était un vieux tee-shirt délavé, rien de plus.

Évidemment que le crâne souriait, crétin. Les crânes sourient toujours. Tony Foster, tu fréquentes des vampires depuis trop longtemps. Malgré tout, il avait le front glacé de sueur ; sa main tremblait quand il rangea les vidéos.

— Vous avez le fric ?

— C'est dans le sac, répondit le chauffeur d'un sourire si angélique qu'il donnait froid dans le dos.

Le sac était une imitation bon marché au logo des Grizzlies de Vancouver. Il y en avait des milliers du même genre en ville. Après s'être battu avec la fermeture Éclair coincée par un fil, il découvrit plusieurs liasses de billets de dix et de vingt.

— Parfait !

Comparé à tous les rêves qu'il représentait, le sac lui parut incroyablement léger quand il le mit sur ses genoux.

— Eh ? Qu'est-ce qu'y a de drôle ?

Le sourire du chauffeur s'élargit.

— Rien, répondit l'homme en engageant la berline noire sur le Lion's Gate Bridge. Ça me fait juste plaisir de voir quelqu'un sortir de la mouise.

— Vous êtes un genre de bon Samaritain, c'est ça ? railla l'adolescent. Dites donc, reprit-il en avisant le tableau de bord, votre bagnole était pas grise l'autre fois ?

— Tu ne crois pas que je prendrais ma propre voiture pour ça, non ?

Le ton était moqueur, méprisant.

— Non, je suppose que non.

Ils roulèrent le long du quai sans échanger un mot. Seul le ronronnement de la climatisation troublait le silence. Sur Mt Seymour Road, l'adolescent s'agita sur son siège, mal à l'aise.

— Vous devriez pas me bander les yeux ou un truc comme ça ?

— Pour quoi faire ?

— Ben, vous savez bien, que j'en parle pas autour de moi.

— À qui veux-tu en parler ? s'enquit le chauffeur d'une voix grave.

— Eh, personne, mec ! T'emballe pas. Et merde !

Contrairement aux idées reçues, ceux qui vivent dans la rue acquièrent peu de connaissances sur la vie. La seule et unique leçon qu'apprennent les survivants, c'est comment survivre. S'ils ne la retiennent pas, ils entrent alors dans les statistiques. Le jeune homme estimait appartenir à la première catégorie : il savait reconnaître une menace quand il en entendait une. Soudain, il perçut quelque chose d'inquiétant dans le regard débonnaire du gorille assis au volant.

Les paumes moites, il regarda droit devant lui à travers le pare-brise, s'imaginant effacer d'un coup de poing le sourire suffisant de son compagnon. Il fronça les sourcils lorsqu'ils franchirent une grille pour s'engager dans une allée privée, et se rembrunit encore en découvrant la clinique.

— Ça ressemble pas à un hôpital.

— C'est vrai.

Un panneau sur leur droite indiquait : « Réservé au personnel ».

— Nos clients n'aiment pas se sentir à l'hôpital. Ils paient assez cher pour qu'on leur fasse plaisir.

— Merde, c'est qui vos clients ?

Le chauffeur sourit.

— Des riches.

Des riches…

L'adolescent tapota le sac en nylon bon marché.

Comme lui.

Aux simples coups de fil, la procédure standard privilégiait les visites qui permettaient non seulement de lire les expressions sur le visage de ses interlocuteurs, mais aussi d'appréhender leur environnement, souvent source de précieux détails. Bien que cette enquête n'eût rien de standard, Mike choisit néanmoins de se rendre en personne à la Société de Transplantation de Colombie-Britannique, histoire de flairer le vent. De toute manière, se rappela-t-il en poussant la porte d'entrée, il n'avait rien de mieux à faire.

— Je peux vous aider ?

La réceptionniste le dévisagea du regard froid et inquisiteur de la bénévole professionnelle qui ne s'en laisse pas compter.

— J'aimerais parler à Ronald Swanson.

Son interlocutrice plissa les yeux.

— C'est encore à cause de cette horrible bonne femme ?

— Si vous faites référence à l'émission…

— Écoutez, vous êtes le quinzième à demander après lui aujourd'hui – bien que treize d'entre vous se soient contentés de téléphoner. Je vais vous répéter ce que j'ai dit aux autres : rien de ce qu'a avancé Patricia Chou n'est vrai. On devrait lui intenter un procès pour avoir raconté des horreurs pareilles. Les organes vont aux personnes qui en ont le plus besoin. Ils n'ont jamais été vendus aux enchères. Jamais.

Pris de court, Celluci leva les mains en signe d'apaisement et arbora une expression innocente pour déclarer :

— Pas dans le système normal, bien sûr, mais si quelqu'un voulait circonvenir…

— Ce n'est jamais arrivé.

— Mais ça pourrait…

— Il me semble que M. Swanson a parfaitement expliqué pourquoi une telle chose était impossible.

— Non, madame. Il a juste dit que ce serait difficile et très onéreux. C'est pourquoi j'aurais souhaité le rencontrer.

Un instant, il avait caressé l'idée de se rendre dans un quartier mal famé de la ville pour essayer d'apprendre quelque chose sur les gangs qui y régnaient. Il y avait finalement renoncé en estimant trop aimer la vie pour cela. Non qu'il eût peur de la mafia, mais Vicki l'étriperait si elle apprenait qu'il avait pris un tel risque.

L'air exaspéré, la réceptionniste posa ses deux paumes à plat sur le bureau et se pencha vers lui.

— Nous avons beaucoup de chance qu'un homme aussi riche et cultivé que M. Swanson accepte de consacrer autant d'énergie à notre cause. Cependant, il est trop occupé pour passer toutes ses journées ici. Si vous désirez lui parler, contactez-le à son bureau. Vous trouverez le numéro de Swanson Immobilier dans les pages jaunes.

Elle lui aurait raccroché au nez, cela aurait fait le même effet. Après l'avoir remerciée de son accueil, Celluci pivota sur les talons et s'éloigna.

Je plains le prochain qui aura le malheur d'appeler, songea-t-il en attendant l'ascenseur.

Swanson Immobilier était bien inscrit dans les pages jaunes et à en juger par la taille de la publicité, la compagnie était florissante. Parler au directeur d'une société de cette importance tenait de la gageure, à moins, bien sûr, de se présenter en tant qu'inspecteur de la Criminelle. Dommage qu'à Vancouver il ne soit qu'un simple vacancier…

Avec un soupir, Celluci referma l'annuaire et sortit de la cabine. Pour la première fois, il comprenait ce qu'avait éprouvé Vicki lorsque sa rétinite pigmentaire l'avait obligée à quitter la police. Le sentiment n'avait rien d'agréable.

Heureusement, rencontrer Donald Swanson n'était pas fondamental pour l'enquête. Certes, Patricia Chou l'avait presque convaincu que la piste de Vicki était la bonne, cependant, il restait très dubitatif quant aux soupçons de la journaliste concernant le promoteur. À l'instar de Vicki, il penchait plutôt en faveur de la mafia.

Sauf qu'un mort et un rein semblaient un peu minces comme source de gros profits.

Ce qui signifiait qu'il devait y avoir d'autres cadavres quelque part.

Ou qu'il allait y en avoir.

C'était une petite pièce éclairée par un grand soupirail sous le plafond. Une peinture rose pâle coordonnée au dessus-de-lit couvrait les trois quarts inférieurs des murs. Probablement dans le but de calmer les angoisses des patients, estima-t-il. Dommage que la couleur lui donne la nausée.

À moins que ce soit le fait de devoir rester en pyjama, comme un vrai malade. Encore une chance qu'après lui avoir ordonné de l'enfiler après la douche, ce connard de chauffeur ne l'ait pas suivi jusque dans la salle de bains.

Il verrouilla la porte avant de se déshabiller et de se laver à toute allure. Nu, il se sentait vulnérable, à la merci de n'importe qui. Une sensation très désagréable, que le fin tissu du pyjama ne suffit pas à dissiper.

Son sac de billets serré contre lui, il essaya d'ouvrir la porte de la chambre. Fermée. Évidemment. On ne voulait pas qu'il dérange les patients riches en se promenant dans les couloirs.

Le cœur battant, il recula précipitamment vers le lit en sentant la poignée tourner dans sa main et se détendit en reconnaissant la femme derrière le chariot.

— Bonjour, Doug. Vous êtes bien installé ?

— Très bien, docteur. C'est pour quoi faire ? s'enquit-il en avisant le matériel aligné sur le plateau supérieur.

— Transfuser le sang du donneur diminue le risque de rejet. Je vais donc…

D'un geste brusque et efficace, elle déchira l'enveloppe d'une compresse.

— … vous en prendre quelques tubes.

Un peu plus tard, il était allongé dans le lit, les mains crispées sur le sac de billets, faible et étourdi. Ça va bien se passer, se répéta-t-il, la gorge nouée par la peur. Si seulement je pouvais regarder par la fenêtre.

Réveillé en sursaut, Celluci chercha à tâtons le téléphone sur la table de nuit. Le réveil indiquait 19 h 04. Quarante minutes avant le coucher du soleil. Sa petite sieste s'était manifestement prolongée au-delà des trois quarts d'heure prévus. L'élégant combiné disparut dans sa poigne. Il reconnut sur le cadran un numéro familier.

— Tu as trouvé quelque chose, Dave ?

Au bout de la ligne, son coéquipier, l'inspecteur Dave Graham, poussa un soupir.

— Je vais bien, Mike. Merci. J'ai les noms et les adresses que tu m'as demandés.

— Merci. Comment se fait-il que tu appelles de chez toi ?

— Peut-être que je m'apprêtais à rentrer quand j'ai reçu ton coup de fil. Ou que ces recherches m'ont pris du temps et que j'avais envie de passer le peu de soirée qui me restait avec ma femme et mes enfants. Ou encore que j'ai pensé que tu n'avais pas envie que tout le bureau s'étonne de ton intérêt subit pour les gangs de Vancouver et un certain promoteur immobilier. À ton avis ?

Celluci sourit.

— Tu peux répéter les différentes options.

— C'est ça. Toi aussi tu peux aller te faire foutre, mon pote. T'es prêt à noter ?

— Une seconde.

Il bondit hors du lit et courut chercher un stylo et un bloc près du téléphone mural de la cuisine.

— Vas-y, je t'écoute.

— Tu remarqueras que je ne t'ai pas demandé pourquoi tu avais besoin de ces renseignements.

— Je sais. Et je t'en remercie.

— Je veux dire, j'espère que c'est en rapport avec de super projets de vacances et pas pour un de ces clients un peu *strange* de Vicki.

— Merci, Dave.

— Ouais, disons que je suis crédule. Fais quand même gaffe.

La première partie de la liste, depuis les gangs fermement implantés jusqu'aux occasionnels, se révéla plus longue qu'il ne l'avait escompté. Quant à la seconde, elle était totalement vide : les condamnations de Ronald Swanson se limitaient à des amendes pour stationnement interdit et il n'avait jamais été mêlé à la moindre affaire louche.

Henry s'éveilla en colère, ce qui n'avait rien de surprenant vu que l'odeur de Vicki – celle d'un autre prédateur – imprégnait toujours la chambre. Le souffle d'air qui lui frôla la peau détériora encore un peu son humeur.

Il alluma la lampe de chevet.

Le fantôme sans mains se tenait au pied du lit, l'air impatient. Le cadavre à la morgue était moins dérangeant, songea-t-il. Sans doute parce qu'il était simplement mort, alors que ce spectre était passé de l'autre côté et en portait l'empreinte ténébreuse.

Le revenant commença à lever son bras mutilé, mais sans lui laisser le temps d'ouvrir la bouche, Henry grogna :

— C'était toi à la morgue, n'est-ce pas ?

Le bras à demi levé, le spectre s'évanouit avec une expression contrariée.

De nouveau seul, Henry posa les pieds par terre et s'immobilisa, troublé.

Certes, Vicki et le fantôme avaient contribué à son irritation, mais au-delà, il sentait autre chose, comme le sentiment diffus d'une absence.

Tony.

Bien qu'il perçût la pulsation de la ville tout autour, aucun battement de cœur ne résonnait au sein de son sanctuaire. Tony était parti.

Contre toute attente, il en éprouva une certaine satisfaction.

— Qu'est-ce qu'il y a ? Tu as l'air tout excité.

— Moi ? répondit Vicki en changeant immédiatement de physionomie.

Celluci fronça les sourcils. Quand Vicki tentait de lui cacher quelque chose, c'était rarement bon signe. Il la regarda traverser le salon et s'installer à califourchon sur une chaise.

— Tu es assise sur une Stickley, indiqua-t-il en la voyant incliner celle-ci sur les pieds avant pour jeter un coup d'œil aux notes sur la table. Essaie de ne pas la casser.

— Du calme, Mike. Arrête un peu de toujours me considérer comme une brise-fer. Alors, tu as trouvé quoi ?

Il poussa une feuille vers elle.

— Mlle Chou partage notre hypothèse concernant le trafic d'organes.

Vicki parcourut la page.

— Je la trouve assez convaincante.

— J'ignorais que tu avais besoin d'être convaincue.

Avant qu'elle ait pu répondre, il lui tendit une deuxième feuille en déclarant :

— Les raisons pour lesquelles M. Swanson pense un tel trafic improbable.

— Tu l'as rencontré ?

— Non. Mais je me rappelle ce qu'il a dit à l'émission.

— Si Swanson travaille pour la Société de Transplantation, c'est normal qu'il rejette cette possibilité. Du coup, son opinion n'est pas objective.

— Pas moins que celle de Mlle Chou à qui un bon scandale permettrait de booster sa carrière.

— De toute façon, nous n'avons pas d'autre mobile pour l'instant. Il faut bien commencer quelque part.

— Si c'était juste un règlement de comptes entre bandes rivales.

— Et les mains ?

— Ils ont pu les prendre pour utiliser les empreintes plus tard.

— Le rein manquant serait un simple hasard ? répondit-elle, sceptique.

Elle saisit un stylo pour écrire au dos de la feuille.

— Résumons : nous avons un cadavre auquel il manque deux mains et un rein. Nous savons où grâce à son tee-shirt. Pourquoi...

— Un pourquoi potentiel, insista Celluci.

— Si tu veux.

Elle lança le stylo en l'air, le regarda monter vers le plafond et le rattrapa dans sa chute en poursuivant :

— Il nous reste donc à trouver qui. Notre seul indice, ce sont les mains coupées. Ce genre de pratique désigne plutôt la mafia. D'autant que les gangs organisés n'auraient aucun problème pour soudoyer des hackers et des médecins. Voilà qui répond aux objections de M. Swanson, non ? conclut-elle, le regard brillant.

— Et Swanson lui-même ?

— Pourquoi Swanson aurait-il coupé les mains du mort ?

— Je déteste quand tu réponds à une question par une autre, grommela Celluci.

— Je sais. Pour moi, deux raisons peuvent expliquer les mains coupées : un, le type était fiché et il fallait dissimuler son identité – ce qui, soit dit en passant, témoigne d'une ignorance totale des techniques modernes – ; deux, il ne l'était pas, et ses empreintes serviront à une opération illicite. Ce qui nous ramène à la mafia. On peut en avoir le cœur net avant demain matin.

— Comment ça ?

Les dents de Vicki scintillèrent sous l'éclat de la lampe, longues et blanches.

— Je trouve qui est à la tête des principaux gangs de cette jolie ville et je les rencontre pour leur poser quelques questions. Les patrons sont toujours au courant de ce que font les autres clans – c'est pour ça qu'ils restent patrons.

Celluci eut soudain la vision de costumes hors de prix imprégnés de sang.

— Comment comptes-tu t'y prendre pour arriver jusqu'aux chefs ?

— Facile. Je pose quelques questions un peu plus bas dans la hiérarchie.

Si certains aspects de la nouvelle personnalité de Vicki lui échappaient parfois, ce n'était pas le cas de celui-là.

— Tu t'en réjouis d'avance, pas vrai ?

— Où est le problème ? répliqua-t-elle, sur la défensive. Tu ne te rends pas compte combien c'est difficile de toujours se réprimer, d'agir constamment en deçà de ses capacités !

— Tu veux dire, d'être moins brutale ? Moins violente ?

Il se pencha vers elle, les avant-bras sur la table, les biceps saillant sous sa chemise.

— Je ne voudrais pas t'offenser, Vicki, mais on en est tous là. C'est le prix à payer pour habiter un monde civilisé.

— Arrête de dire n'importe quoi, riposta-t-elle en se penchant à son tour. Si tu n'étais pas aussi gonflé de suffisance, tu t'apercevrais que tu n'as aucune idée de la volonté qu'il faut pour accepter de vivre une existence aussi... limitée. Qu'est-ce que c'est ? ajouta-t-elle devant la feuille qu'il lui tendit.

— Une façon plus simple de procéder. J'ai demandé à Dave de sortir des fichiers les noms et les adresses des individus que tu recherches.

— Oh.

Elle prit le papier entre le pouce et l'index.

S'il avait eu envie de satisfaire l'humeur querelleuse de Vicki, il lui aurait rappelé que ces personnes étaient extrêmement bien gardées et que les atteindre ne serait pas une partie de plaisir. Mais préférant éviter de se mettre en danger inutilement, il se contenta de remarquer d'un ton neutre :

— Cela fait beaucoup de gens pour une seule nuit. Tu devrais peut-être partager avec Henry.

— Henry ?

Les yeux de Vicki étincelèrent.

— Non, pas Henry. C'est mon enquête.

— Je déteste avoir à dire ça, mais Henry me paraît avoir toutes les compétences pour ce genre de travail. Il te l'a prouvé autrefois, non ?

— Justement, c'était autrefois. Aujourd'hui, les choses sont différentes.

Celluci la fixa un moment, puis s'adossa à sa chaise en secouant la tête.

— Finalement, il avait raison.

— À quel propos ?

— Tu es trop immature pour travailler avec lui.

Bien qu'il l'eût vue plusieurs fois sur le point de perdre le contrôle lors de leurs disputes, Celluci avait toujours considéré Vicki comme incapable de lui faire du mal. À cette seconde, en la regardant se lever lentement, il se demanda s'il ne s'était pas trompé. Elle lui parut plus grande que d'habitude. Les poils des bras hérissés, il dut faire appel à toute sa volonté pour ne pas renverser la tête en arrière et offrir son cou.

Un éclat meurtrier dans les prunelles, Vicki serra les poings autour du dossier de la chaise sur laquelle elle était assise un instant plus tôt. Le bois craqua entre ses doigts.

— Regarde ce que tu me fais faire ! grogna-t-elle en s'efforçant visiblement de réprimer sa fureur.

— Ce que je te fais faire ? Moi ? répliqua-t-il, le cœur battant.

Malgré sa peur, il avait répondu d'un ton ironique dans l'espoir d'alléger l'atmosphère.

Sans doute Vicki le perçut-elle car, soudain, l'étincelle assassine s'éteignit dans son regard.

— Non, concéda-t-elle en se penchant pour lui repousser une mèche. Mais tu n'as pas le droit de me reprocher de prendre des risques.

— Probablement pas, en effet.

Lui saisissant la main, il posa les lèvres sur la peau glacée de son poignet, image en miroir du contact qui avait été le leur des centaines de fois.

— Et maintenant ? s'enquit-il.

— Maintenant, je vais appeler Henry.

— L'appeler ?

— Oui, par téléphone.

Elle se libéra de son emprise et lui tapota gentiment la joue.

— Tu n'es pas le seul à vouloir mener efficacement cette enquête.

— Et si l'un d'eux s'avère être le type qu'on recherche ? interrogea Henry en repliant la liste qu'il venait de prendre en dictée pour la glisser dans sa poche.

Il avait fait attention à ne pas paraître condescendant ni sarcastique et, tout bien considéré, s'en était merveilleusement tiré. Il est vrai qu'ils n'avaient jamais eu de problèmes au téléphone.

— Que veux-tu dire ? Que l'un de tes, euh… sujets pourrait déclarer : « Oui, c'est moi. Je vends des organes sur toute la côte Ouest. Normalement je jette les cadavres à la mer, mais j'ai eu un problème avec celui-là » ?

Il sourit, mais n'émit aucun commentaire. Vicki semblait déjà tellement indignée à l'idée qu'il puisse découvrir le coupable avant elle.

— Oui. Imagine que l'un de mes… sujets réponde ça. Si tu m'as confié la moitié de la liste, la probabilité est de cinquante-cinquante…

— Tu n'as pas besoin de me rappeler la probabilité, Henry. Je suis peut-être une vampire immature…

Il entendit les protestations de Celluci en arrière-fond et se réjouit d'avoir manqué la dispute qui devait avoir précédé.

— … mais je suis détective depuis beaucoup plus longtemps que toi.

— Je n'ai jamais prétendu le contraire.

— Non, tu t'es contenté de suggérer que tu n'avais pas besoin de moi.

Les sourcils froncés, il se remémora leur échange. Comment diable en était-elle arrivée à cette conclusion ?

— Vicki, ce n'est pas parce que je possède les moyens de faire avouer un patron de la mafia que j'aurais eu l'idée de m'intéresser à eux.

— Oh.

— Si je veux me débarrasser de ce cher revenant, j'ai besoin de ton aide.

— Oh.

Elle poussa un soupir, avant d'ajouter :

— Je n'arrive pas à savoir si tu es sage ou simplement condescendant.

— Qu'est-ce que tu préfères ?

— On croirait entendre Celluci. Vous commencez à vous fréquenter un peu trop à mon goût, tous les deux.

Mais derrière la fausse contrariété, il perçut son sourire. Tout allait bien.

— Le premier qui rentre laisse un message sur le répondeur de l'autre, reprit-elle.

— Ce ne serait pas mieux qu'on se voie ?

Le souvenir de la veine bleutée à la base de la gorge de Vicki, de sa peau tiède et veloutée, s'imposa à lui avec tant de force qu'il n'entendit pas sa réponse.

— Je suis désolé, je…

— Moi aussi, je suis désolée, Henry.

La douceur inattendue dans la voix de Vicki redoubla son sentiment de solitude.

— Tout est au point ?

La main toujours posée sur le combiné, Vicki pivota vers Celluci et haussa les épaules.

— J'ai transmis la moitié des noms à Henry. Il sait ce qu'il doit faire. Comme tu l'as dit, il a toutes les compétences pour ce travail.

Celluci fronça les sourcils en percevant la note mélancolique dans sa voix.

— Ça a été au téléphone ?

— Pourquoi ça n'aurait pas été ? À l'autre bout du pays ou de l'autre côté du couloir, c'est la même chose, non ?

« Il te manque, pas vrai ? »

Si la question lui venait, il n'était néanmoins pas assez stupide pour la poser. Car ce n'était pas Fitzoy, le bâtard immortel de l'appartement d'en face, qui manquait à Vicki, mais la relation qu'elle avait eue avec lui et ne pourrait plus jamais avoir. Or, bien qu'il s'en réjouît, Celluci n'était pas égoïste au point de le lui rappeler inutilement.

— Tu veux te nourrir avant de sortir ? s'enquit-il à la place.

L'accès de tristesse passé, elle sourit. Son regard se durcit.

— Non, merci, je mangerai dehors.

— Ah, d'accord.

L'imaginer se gorger du sang des seigneurs du crime de Vancouver le dérangeait moins que de la savoir en quête d'un gibier plus inoffensif, se rendit-il compte. Malgré tout, il préférait ne pas y penser. Se levant d'un coup, il la rejoignit sur le seuil de la porte.

— Attends, je descends avec toi. Tony travaille jusqu'à 21 heures, je vais passer à la boutique lui demander s'il a envie de manger un bout avec moi.

En la voyant hausser un sourcil, il soupira.

— Manger, au sens originel du terme, précisa-t-il. Enfin, celui que je lui ai toujours connu avant.

Vicki s'était tournée vers lui pour répliquer. Le temps qu'ils se rendent compte qu'ils n'étaient plus seuls dans le couloir, il était trop tard.

— Henry.

— Vicki.

Et merde. Enfin, ils ont l'air calme, avec un peu de chance ça ne dégénérera pas. Ils portaient l'un et l'autre un jean et une chemise. Avec des baskets et un gilet en coton pour Vicki et des chaussures montantes et un blazer en lin pour Fitzroy. Le tout entièrement noir. Pour la première fois, il s'aperçut à quel point ils se ressemblaient.

Pas à cause des vêtements. Après tout, les rues étaient pleines d'aspirants vampires habillés comme des croque-morts.

Ni de leur teint livide.

Non, cela venait purement et simplement de leur manière d'être. De leur beauté implacable et de leur assurance, comme s'ils n'avaient aucun doute sur eux-mêmes et leur droit d'être là.

Certes, Vicki n'avait jamais manqué de confiance en elle, cependant la certitude de sa valeur s'était ancrée un peu plus profondément le jour où elle avait croisé Henry Fitzroy. Ancrée et affinée. Quant à Fitzroy, il était juste né comme ça. C'était d'ailleurs l'une des choses que Celluci ne supportait pas chez lui.

Il sentit son cœur battre au rythme du pouvoir qui pulsait entre Vicki et Fitzroy. Qui pulsait autour d'eux et de lui. Tout en les observant se toiser mutuellement en attendant l'ascenseur, il eut l'impression de comprendre pour la première fois la portée de l'affirmation : « Je suis. »

Ça suffit ! Passe encore de les fréquenter, mais il n'allait pas se mettre à les imiter. Ses ancêtres catholiques ne lui pardonneraient jamais un tel blasphème. Pardonnez-moi, mon Dieu, parce que j'ai péché par orgueil. Je ne me suis pas confessé depuis deux ans, mais c'est uniquement parce que je couche avec une vampire.

En entendant retentir la sonnette annonçant l'arrivée de la cabine, il leva le pied droit, le posa, et à sa propre surprise poursuivit le mouvement avec le gauche, se plaçant directement entre eux deux.

— Désolé de briser ce moment inoubliable, les amis, mais l'ascenseur est là.

L'espace d'un instant, le pouvoir se concentra sur lui. Il le sentit lui caresser le dos, à la fois brûlant et glacé ; il eut une brève vision du dossier de la chaise volant en éclats dans les doigts de Vicki. Étonné de savoir encore marcher, il pénétra dans la cabine et pivota. Comme il s'y attendait, ils le fixaient. Si Vicki, manifestement sensible au ridicule de la situation, arborait un léger sourire, Fitzroy, lui, jouait son prince des Ténèbres. Celluci se redressa, résistant à l'appel. Personne ne survivait à une relation avec Vicki Nelson – mortelle ou immortelle – sans posséder une bonne dose d'estime de soi et il était hors de question qu'il s'agenouille devant ce pédant d'Henry Fitzroy.

— Tu viens, Vicki ?

Elle le rejoignit, visiblement ravie.

— Henry ?

Celluci perçut le défi dans sa voix. Même un sourd dans le bâtiment d'à côté l'aurait entendu.

— Vicki…

Une main pâle lui intima le silence. Le geste d'un prince ordonnant au peuple de ne pas se mêler de ses royales affaires.

— Non, je ne crois pas.

— Pourquoi ? Tu as peur de perdre ton sang-froid ? Tu es trop vieux pour supporter ça ?

— Vicki !

Celluci aurait mieux fait d'économiser son souffle. L'insulte avait été lâchée, rien ne pourrait la rattraper.

Le dos au mur, il regarda Fitzroy avancer. Il dut se retenir pour ne pas agripper Vicki par le col et la secouer en lui demandant ce qui lui avait pris. Sauf qu'il connaissait déjà la réponse.

Les portes se refermèrent en frôlant la veste d'Henry.

— Parking niveau un, s'il te plaît.

Vicki appuya sur le bouton correspondant sans cesser de fixer le vide droit devant elle.

Un instant Celluci crut que l'ascenseur tressautait, avant de se rendre compte qu'il s'agissait de son propre cœur.

Ils changèrent de position au même instant. À droite d'Henry au départ, Vicki se retrouva à sa gauche sans que Celluci ait eu le temps de les voir bouger. Ils se faisaient toujours face, mais la distance qui les séparait était un peu plus grande. Puis un grondement sourd et inquiétant, plus perçu que réellement entendu, fit vibrer les parois métalliques. Celluci sentit ses cheveux se dresser sur sa nuque. Conscient qu'il suffirait d'un rien pour que tout explose, il résista à l'envie de se gratter. Pourvu que personne ne monte avant qu'on arrive au…

L'ascenseur s'arrêta au septième.

Les portes s'écartèrent.

Les deux vampires firent volte-face vers l'intrus.

Ce que vit exactement le couple sur le palier, Celluci l'ignorerait toujours. Et ne voulait pas le savoir. Le spectacle de deux visages livides et la trace d'humidité s'élargissant sur le devant d'un pantalon de marque constituaient une information largement suffisante. Les dents serrées, il se jeta en avant et appuya sur le bouton commandant la fermeture des portes.

Celles-ci étouffèrent un gémissement de terreur. Alors, tout à coup, il se moqua que l'un ou l'autre de ses compagnons perde son sang-froid. Car ce fut lui qui péta les plombs.

— Ça suffit ! J'en ai jusque-là de vos conneries, hurla-t-il en se passant la main au-dessus de la tête. Vous avez vu ce que vous venez de faire à ces deux gosses ? Est-ce que l'un de vous s'est même rendu compte de leur présence au milieu de votre petite guéguerre mesquine ?

— Guéguerre mesquine ? répéta Vicki, indignée.

Il lui coupa la parole.

— Ouais, mesquine. À part vous, tout le monde se fout de savoir lequel de vous deux arrive le premier au hit-parade des vampires ! Si vous voulez vous écharper, allez-y, mais, bon Dieu, arrangez-vous pour ne pas faire de victimes collatérales.

— Vous êtes toujours vivant, il me semble.

Il pivota vers Henry.

— Ouais, plus que jamais !

Trop furieux pour se préoccuper des conséquences, il fixa le vampire droit dans les yeux, le défiant d'exercer son pouvoir sur lui.

Henry montra les dents.

Vicki s'avança, prête à attaquer.

Celluci écarta les bras pour les arrêter, son audace lui permettant de les immobiliser une seconde. Deux. Trois... Les muscles tendus à bloc, à demi aveuglé par l'effort, il continua à les tenir à distance.

Face à ce geste insensé, Henry sentit l'admiration le gagner. Ce n'était pas la première fois que Michael Celluci le surprenait par sa bravoure, se souvint-il. Quelques années plus tôt, l'inspecteur et lui s'étaient alliés pour rendre la mère de Vicki à la mort dont elle avait été artificiellement tirée. Dans cette épreuve, tous avaient été blessés et Vicki aurait rendu l'âme s'il ne l'avait pas transformée au dernier instant. Mais affaibli par ses blessures, il n'aurait pas pu effectuer la métamorphose sans l'abnégation de Celluci qui lui avait offert son propre sang – et cela alors qu'il croyait le sacrifice fatal.

En quatre cent cinquante ans d'existence, c'était la chose la plus incroyable qu'Henry eût jamais vue.

Jusqu'à aujourd'hui.

Le sentiment de respect qui monta en lui apaisa la rage. Et la Faim. Tout dans l'attitude de Celluci semblait signifier : « Je ne laisserai pas faire une chose pareille », même si, de toute évidence, il n'était pas de taille.

Soudain, Henry eut honte d'avoir oublié la valeur de cet homme.

Les yeux rivés aux siens, Vicki partagea ses souvenirs, puis son sentiment. Pour la première fois en sa présence elle fut obligée de penser à quelqu'un d'autre. Alors, se détournant, elle contempla avec horreur la veine bleue sur les muscles du cou de Mike, et partagea aussi la honte.

Celluci perçut immédiatement leur capitulation ; il laissa ses bras retomber. Il y avait toujours une tension dans l'atmosphère mais, étrangement, elle ne semblait venir ni de Vicki ni d'Henry.

— Je crois que nous avons oublié que le pouvoir implique certaines responsabilités, déclara Henry d'une voix à peine reconnaissable.

— J'ai l'impression d'avoir perdu de vue le plus important, renchérit Vicki d'un ton étonnamment contrit.

— Je suis d'accord.

Avec surprise, Celluci vit Henry, juste Henry – un homme, se rappela-t-il tout à coup, qu'il avait fini par respecter et même apprécier –, lui tendre la main.

— Excusez-moi, inspecteur. J'aimerais pouvoir promettre que cela ne se reproduira pas, mais c'est malheureusement impossible. En revanche, je vous donne ma parole que je ferai de mon mieux à l'avenir.

Ses doigts étaient glacés, comme ceux de Vicki.

Puis il disparut.

— Où… ?

— Parking niveau un. Le van est au deux. Je suppose que l'un de nous en a besoin.

Celluci cilla pour chasser les gouttes de transpiration qui avaient coulé dans ses yeux et accepta le bras qu'elle glissa sous le sien.

En pénétrant dans le sous-sol froid et humide, Celluci eut soudain la vision d'une tombe.

— Vicki. Qu'est-ce que je viens de faire ?

— Tu as passé un obstacle énorme en te contentant de sauter par-dessus.

— Je veux dire, pas physiquement…

Elle soupira. C'était une chose qu'elle faisait peu, comme si l'habitude s'était perdue avec le besoin de respirer à l'échelle humaine.

— Tu nous as demandé de grandir au lieu de régresser.

Il s'arrêta pour la regarder.

— Pardon ?

— Tu nous as dit d'arrêter de nous conduire comme des idiots.

— Ouais, je sais. Mais normalement, vous n'écoutez rien.

— Cette fois…

Elle n'acheva pas sa phrase. Mal à l'aise, elle lui repoussa une mèche sur le front.

Henry, lui, a écouté.

L'enlaçant, elle appuya la joue contre son torse, cherchant un peu de réconfort dans le battement régulier de sa vie.

— Je t'aime, Mike.

Le front posé sur le dessus de sa tête, il se demanda quelle remarque elle avait gardée pour elle.

7

Incapable de trouver une place à proximité du magasin de vidéos, Vicki finit par arrêter le van dans une allée privée.

Celluci ouvrit sa portière, puis la referma.

— Tu veux bien faire quelque chose pour moi ?

— Ce que tu voudras.

Il ricana, sceptique.

— Alors, tâche d'être prudente. Souviens-toi qu'un parrain est capable de tout.

— Même de buter Sonny ou d'étrangler son beau-frère ? Ou de noyer Fredo dans le lac ? Au fait, ils n'ont pas voulu tuer le pape dans la troisième partie ? ajouta-t-elle en fronçant les sourcils comme si elle cherchait dans sa mémoire.

— Vicki…

— Michael, répondit-elle sur le même ton. Écoute, j'ai été flic, j'ai aidé à emballer les cadavres. Je sais que ce sont des méchants.

— Mouais. Sauf que la mafia a beaucoup changé ces dernières années.

Il se tourna pour la regarder en face.

— Ceux de l'ancienne école sont presque tous enterrés ; les nouveaux sont de jeunes voyous déglingués qui prennent plaisir à tuer. Ils ne respectent aucune règle, aucun code. Pour eux, le pouvoir n'est pas un moyen, c'est le but.

Elle lui sourit. Ses dents étincelèrent, un peu trop blanches dans la lumière des phares des voitures en sens inverse.

— Le pouvoir ne sera pas un problème.

— Peut-être. Mais rappelle-toi deux choses, d'accord ? Premièrement, tu es là pour poser des questions, pas pour nettoyer la ville.

Il n'aima pas du tout la manière dont elle haussa les sourcils. Mais à quoi bon en parler puisque, de toute façon, il n'avait pas le choix ? Que cela lui plaise ou non, il était obligé de lui faire confiance.

— Deuxièmement, il existe une différence entre être immortel et invulnérable.

Sur ces mots, il se pencha pour l'embrasser et sortit avant de céder à son envie de lui demander comment elle comptait s'y prendre.

— Je ne courrai aucun risque inutile, Mike, lui lança-t-elle par la vitre. À tout à l'heure.

Au moins ne lui avait-elle pas dit de ne pas s'inquiéter.

— Le soleil se lève à 4 h 16.

— Qu'est-ce que… ?

— Qu'est-ce que quoi, Bynowski ?

— Je ne sais pas.

Les sourcils froncés, Frank Bynowski s'approcha de l'écran relié à la caméra située au-dessus du porche.

— Quelque chose a bougé…

L'alarme de l'entrée retentit.

Les deux hommes contemplèrent l'écran, éberlués. Le portail en acier trempé se balançait lentement d'avant en arrière sur ses gonds.

Gary Haiden tourna un regard accusateur vers son compagnon.

— Le boss t'avait dit de fermer à clé.

— C'est ce que j'ai fait !

Haiden désigna l'image du menton.

— Ça ne se voit pas, répliqua-t-il d'un ton signifiant que la faute serait rapportée, que Bynowski en paierait les conséquences et que lui, Haiden, n'en avait rien à foutre.

— Ah ouais ? Tu ferais bien de regarder mieux, connard.

La serrure pendait, brisée en deux selon un angle improbable.

La caméra surveillant le hall d'entrée – la seule à l'intérieur de la maison – tremblota, mais aucun des deux hommes ne le remarqua. Ils étaient trop occupés à contempler la serrure cassée.

— Merde, merde, merde ! Putain !

Bynowski tendit le bras vers l'interphone. Une main gantée se referma sur la sienne avant qu'il ait pu l'atteindre. Il grogna quand l'os de ses doigts craqua, trop effaré pour crier. Puis il leva la tête et se retrouva, hypnotisé et terrifié, dans le puits sans fond de deux prunelles grises. Un revers l'expédia de son fauteuil jusqu'au mur du fond où il s'écroula dans un jet de sang.

Haiden pivota juste à temps pour voir son collègue traverser la pièce. Il se leva d'un bond, la main sur son revolver. Devant lui se tenait une grande femme vêtue de noir. Son cerveau fit de son mieux pour le convaincre que ce serait la dernière chose qu'il verrait s'il ne filait pas sur-le-champ. Haiden l'ignora. Il n'avait jamais cédé à la peur et n'allait pas commencer maintenant.

Elle baissa rapidement les yeux sur son arme, puis les remonta vers lui.

— Non, murmura-t-elle.

Beaucoup de gens lui avaient dit non au cours de sa vie. Certains en suppliant, d'autres en hurlant, d'autres encore en répétant encore et encore ce mot dans un désespoir incrédule. Il y avait toujours de la peur dans leur voix, jamais de menace. Ce qui explique sans doute pourquoi il ne comprit pas l'avertissement.

Toute sa vie, il avait été un prédateur, c'était la première fois qu'il se retrouvait dans le rôle de la proie. Il avait encore beaucoup à apprendre.

Un battement de cœur plus tard, il bredouillait de terreur tandis que des doigts pâles s'enfonçaient dans sa gorge. La douleur de ses deux mains brisées se perdait dans le sourire étincelant de blancheur dont il ne parvenait pas à détacher le regard.

— Le patron est ici ? s'enquit le sourire.

Jusqu'à cet instant, Gary Haiden se sentait prêt à donner sa vie pour protéger Sebastian Carl, prêt à regarder la mort dans les yeux et lui dire d'aller se faire foutre. À son corps défendant, il s'entendit répondre :

— Il est en haut avec sa femme, dans la chambre du fond. Ils se préparent pour sortir dîner.

Il pria pour que ça suffise.

Jenna Carl arrêta le sèche-cheveux, rejeta ses mèches décolorées dans son dos, et fronça les sourcils.

— Sebastian ? appela-t-elle en sortant de la salle de bains. Tu es… oh, merde.

Au fait des activités de son mari, elle ne s'étonna qu'à moitié de découvrir un cadavre sur le sol. Qu'il s'agît de celui de Sebastian, cependant, la surprit un peu plus. Elle fut carrément stupéfiée en se rendant compte qu'il n'était pas, comme elle l'avait supposée en voyant son visage, allongé sur le dos. Quelqu'un…

… ou quelque chose, insista une voix plaintive dans sa tête tandis qu'elle réprimait un hurlement…

… avait fait pivoter sa tête à 180°.

Sautant par-dessus le corps, elle grimpa sur le matelas et s'affaira sur la porte du coffre-fort inséré dans la tête de lit matelassée. Tout était là. Haletante, elle saisit les liasses de billets en réfléchissant. Elle pouvait encore s'en sortir. Tout ce qu'elle avait à faire, c'était jeter Sebastian au bas des escaliers – une chance qu'elle ait réussi à le convaincre de ne pas construire la maison de plain-pied. Un terrible accident. Ses avocats sauraient la conseiller, qui payer. Des funérailles expédiées et elle partirait avec l'argent…

— Ça ne marchera jamais.

Même si elle parvenait à échapper aux flics, les associés de son mari la rattraperaient aussi sûrement qu'ils allaient mettre son empire en pièces.

— Qu'ils aillent se faire foutre !

Vingt minutes plus tard, le contenu du coffre au fond d'un sac de voyage, elle sortait la Porsche du garage et disparaissait dans Marine Drive.

Haiden et Bynowski fixaient les écrans de leurs regards vides.

Le quartier Kitsilano était devenu de plus en plus yuppie à mesure que les derniers enfants du baby-boom – agents de change, développeurs de logiciels, analystes boursiers, patrons de la mafia – s'y étaient installés avec leurs enfants et vingt ans de crédit sur le dos. Il s'agissait donc d'une des zones les plus tranquilles de Vancouver où Henry n'aurait jamais pensé chasser un jour.

Gabriel et Lori Constantine organisaient un barbecue. Dissimulé dans l'ombre, Henry huma la brise. Il y avait six personnes dans le jardin, estima-t-il en réprimant un éternuement à cause de l'odeur du calmar brûlé.

Devant la maison, deux voitures étaient garées avec chacune deux hommes à l'intérieur. Il avisa également deux autres individus ne ressemblant en rien à un couple d'amoureux qui marchaient sur la plage. Optant alors pour une approche discrète, il se glissa chez le voisin, sauta la barrière mitoyenne et attendit sous le feuillage d'un lilas dans le parfum fade et écœurant des fleurs fanées.

Le jardin des Constantine ressemblait à des centaines d'autres ; la maison, hormis quelques détails mineurs, à toutes celles de la rue. La soirée aurait pu se passer n'importe où ailleurs dans le quartier.

Sauf que les invités auraient été différents.

Les Constantine devaient rarement convier leurs voisins à se joindre à eux, songea Henry. Après tout, les prédateurs n'avaient qu'une seule raison de fréquenter leurs proies.

Quatre gaillards en veste et chemise de golf surveillaient le jardin. Henry laissa l'un d'eux s'approcher et sortit de l'ombre juste le temps de capter son regard.

— Dis à M. Constantine de venir voir quelque chose près de la barrière. Précise bien que ce n'est pas dangereux, mais qu'il vaudrait quand même mieux qu'il se déplace lui-même.

Face au pouvoir du prédateur, la plupart des gens réagissaient comme des lapins pris dans la lumière des phrases : subjugués par la proximité d'une mort inéluctable, ils devenaient incapables de penser à quoi que ce fût d'autre. Rares étaient ceux qui parvenaient à résister. Habitué à exécuter des ordres sans discuter, le garde du corps ne risquait pas de faire partie de ces derniers. C'est pourquoi, après avoir hoché la tête, il pivota sur les talons et se dirigea vers la piscine. Maintenant, il suffisait de patienter. Il n'y en aurait pas pour longtemps.

Par-dessus les battements réguliers du cœur de l'enfant endormi à l'étage, Henry entendait les conversations à l'autre bout du jardin. Il y était question d'écoles privées, de leçons de musique, de la difficulté à trouver une gouvernante convenable, des avantages comparatifs des voitures canadiennes et étrangères et des gens qui s'enlisaient dans leurs dettes. Rien de compromettant ; un passant non averti n'aurait jamais deviné de quelle manière la famille Constantine trouvait l'argent pour payer ses factures. Enfin, il perçut la voix du garde informant son employeur qu'il devrait aller jeter un coup d'œil à la clôture.

Agacé, Gabriel Constantine coupa la parole d'un de ses invités et emboîta le pas au cerbère. Il y avait un truc bizarre là-bas, ça se voyait sur les traits de son garde du corps, cependant, il avait suffisamment confiance en son dispositif de sécurité pour ne pas s'inquiéter.

Qu'est-ce qui pourrait t'atteindre ici ? demanda intérieurement Henry en le voyant approcher. Quel danger pourrait te menacer au milieu des barbecues, des antennes paraboliques et des pelouses immaculées ? Question purement rhétorique, bien sûr. Il sourit quand les deux hommes pénétrèrent sous le feuillage du lilas.

Sans se rendre compte que le cerveau de son homme de main était encore plus vide que d'habitude, Constantine le chargea de surveiller les environs et jeta un regard sceptique en direction des ténèbres. Celles-ci se refermèrent sur lui tel un tombeau.

— Un geste et je te tue.

La mort qu'il avait si souvent donnée semblait avoir décidé de l'attendre là, dans un coin obscur de son jardin. S'ils avaient pu le distinguer dans le noir, ses invités auraient vu ses épaules se raidir, sa chemise se tremper de sueur et son visage blême se déformer en un rictus d'épouvante.

Quelques questions aimables, imperceptibles pour d'éventuelles oreilles indiscrètes, établirent qu'il n'avait jamais entendu parler de trafic d'organes et ignorait l'identité du revenant. En revanche, il savait beaucoup d'autres choses malsaines.

Malgré certains incidents survenus l'année où Vicki avait été sa maîtresse, Henry ne s'était jamais pris pour Batman ni un quelconque héros justicier. Et s'il n'hésitait pas à éliminer les voyous qui se mettaient sur sa route, un peu comme on écrase un cafard, il n'avait aucune envie de passer l'éternité à pourfendre les méchants. Ils étaient bien trop nombreux pour ça.

Par égard pour l'enfant endormi, il laissa vivre cette vermine. En échange de quoi, il lui suggéra de trouver d'autres moyens de subsistance.

— Très bonne adresse.

Celluci n'eut que le temps de se rencogner contre la porte du restaurant pour éviter les trois adolescentes sur le trottoir. Deux d'entre elles continuèrent leur chemin, mais la troisième s'arrêta et le considéra de bas en haut en souriant, avant de pivoter pour courir rejoindre ses amies. Elles tournèrent le coin de Robeson Street en ricanant. Que faisaient des filles de cet âge dehors aussi tard ?

— Vous vous sentez vieux ?

Surpris, il leva les yeux vers son compagnon.

— J'ai parlé sans m'en rendre compte ?

Tony secoua la tête.

— Non, vous avez soupiré.

— Ouais, les vieux soupirent beaucoup, railla-t-il en inspirant l'air frais de la nuit. Heureusement, j'ai encore toutes mes dents. Et je suis toujours capable d'apprécier un bon repas.

— J'ai pensé que ce serait une bonne idée de manger des fruits de mer vu que vous êtes à Vancouver.

— Vraiment ? Et Fitzroy ? Le vendredi, il s'attaque aux marins ?

Tony le considéra, les yeux écarquillés.

— Merde, vous avez vachement évolué. Vous êtes beaucoup moins... euh, coincé qu'avant.

— Beaucoup de choses ont bougé ces dernières années.

— Ah oui ? Quoi, par exemple ?

— Vicki.

— Je vois. Elle a changé, et vous en avez fait autant parce que vous l'aimez.

— Quelque chose dans le genre.

Celluci poussa un nouveau soupir, le regard perdu vers l'océan.

— On est loin de là où tu vis en ce moment ? demanda-t-il à brûle-pourpoint.

— Disons que c'est pas à côté.

— Mais c'est faisable à pied ?

— Sans problème. Il suffit de descendre Thurlow Street jusqu'à Davie Street et de tourner dans Seymour. En rollers, ça me prend à peine une demi-heure.

Tony baissa les yeux sur ses baskets et secoua la tête.

— Ce soir, ça risque d'être un peu plus long. J'espère que vous n'êtes pas pressé.

Une sirène hurla au loin.

Celluci pinça les lèvres.

— Non, pas du tout.

Le deuxième nom sur la liste de Vicki avait quitté la ville pour quelques jours.

« ... Je ne sais rien d'autre. Je le jure ! Je vous en prie ! »

Le troisième était resté tard au bureau. Elle l'intercepta au moment où il partait.

Il n'y avait qu'un seul garde du corps entre eux deux. Puis il n'y eut plus que les exhalaisons âcres d'un aftershave. Puis…

Trois de ses hommes le trouvèrent un peu plus tard, recroquevillé derrière une benne à ordures dans la rue voisine. Il se mit lentement debout en les voyant approcher, essayant de reprendre ses esprits.

— Patron ? Que s'est-il passé ?

— La nuit, dit-il.

Il se tut le temps de recouvrer un minimum de sang-froid. Un film de sueur recouvrait son visage livide.

— J'ai été attaqué par la nuit.

Le plus ancien des trois hommes de main jeta un coup d'œil interloqué à ses compagnons, et passa du chinois à l'anglais pour demander :

— Vous allez bien ?

— Où est Fang ? Il était censé me protéger.

— Il a… disparu. En même temps que vous.

Le patron serra les poings pour dissimuler son tremblement, mais la terreur perça dans sa voix quand il s'écria :

— Et vous, qu'est-ce que vous foutiez, bordel ! ?

En entendant le plastique craquer, Vicki s'obligea à décrisper les doigts autour du volant. Cela devenait de plus en plus difficile de ne pas se nourrir, de ne pas se repaître de sang et d'effroi.

« Une fois que tu en auras le goût, l'avait prévenue Henry, le désir de t'en gorger te conduira à une suite d'excès. Montre-toi très prudente. »

— Tu parles !

« Si tu te laisses séduire une fois par le côté sombre, il dominera ton destin pour toujours. »

Ta gueule, Obi Wan.

Avec une grimace, elle mit le moteur en route et prit le virage en faisant crisser les deux pneus en contact avec la chaussée.

Ses nerfs tressautaient de frustration. C'était comme faire l'amour pendant des heures sans un seul orgasme en vue.

— J'espère que Celluci s'est reposé. Il va avoir besoin de toute son énergie à mon retour.

Yuen-Zong-Chen, plus connu sous le nom de Harry, attendait dans le couloir qu'un de ses hommes évacue les toilettes, moins par crainte d'être assassiné que par répugnance à pisser en public. Il s'écarta quand deux membres moins puissants du club franchirent la porte en sens inverse d'un air contrarié.

— Vous pouvez y aller, monsieur Chen.

Au moment où son patron entrait, le garde du corps adressa un signe de tête à son collègue au bout du corridor et se posta sur le seuil en battant du pied au rythme de la musique.

À l'intérieur, Harry se soulagea, puis se dirigea vers la rangée de lavabos avec un soupir de contentement. Il eut une moue dédaigneuse en découvrant les traces de poudre blanche sur l'acier inoxydable. Seuls les faibles et les imbéciles se détruisaient en prenant de la drogue. Qu'il soit devenu riche grâce à eux ne rendait pas ces minables moins méprisables.

Il jeta un coup d'œil à son reflet dans le miroir en se lavant les mains.

— Jamais foutus de mettre assez de lumière là où…

La fin de sa phrase resta coincée dans sa gorge. La mort le fixait par-dessus son épaule.

Henry sourit en montrant les dents.

— Harry Chen, je suppose.

Yuen-Zong-Chen se raidit sans répondre, conscient qu'il ne s'agissait pas d'une question.

Les mains dégoulinantes d'eau, il pivota.

— N'essayez pas d'appeler à l'aide, vous seriez mort avant d'avoir pu prononcer un mot, le prévint Henry en le voyant ouvrir la bouche.

— Je suis mort, de toute façon.

Mais comme il ne l'était pas encore, il obéit.

— Qui vous envoie ? demanda-t-il en ignorant le tremblement de peur qui l'agitait. C'est Ngyn, cet enfoiré de Viet ? Non, bien sûr, Ngyn ne prendrait pas un conn…

Se rendant compte qu'une insulte raciale pourrait être malvenue vu les circonstances, Chen reprit :

— Ngyn ne ferait pas appel à vous. Écoutez, vous êtes un professionnel, pas vrai ? Moi aussi. Qui que ce soit qui vous envoie, je peux payer plus. Beaucoup plus. En cash, en drogues, en filles… Tout ce que vous désirez, je peux vous l'obtenir.

Encouragé, il leva les yeux. La minuscule partie de son esprit qui ne hurlait pas d'effroi songea qu'il avait eu raison de se soulager juste avant.

— Vous êtes…

Les mots lui manquèrent.

— Différent ? suggéra calmement Henry, impressionné malgré lui par la force de caractère de son interlocuteur. Si c'est le cas, vous êtes en mauvaise posture, pas vrai ?

— Contentez-vous de faire… ce que vous avez à faire…

— Pas avant que vous ayez répondu à quelques questions.

Chen avala sa salive et lutta pour ne pas redresser le menton.

— Allez vous faire foutre !

Henry émit un grondement profond.

Quelques minutes plus tard, le garde du corps à l'extérieur enfonçait la porte.

— Tout va bien, monsieur Chen ? Monsieur Chen ?

Le cadavre ne portait aucune marque. Pas une seule indication sur la manière dont il était mort.

Harry Chen ne savait rien. Henry jeta les gants de cuir sur le siège à côté de lui et démarra. Il avait besoin de se rassasier, besoin de laisser la Faim effacer de sa mémoire le souvenir des hommes qu'il venait d'interroger. Il lui avait fallu toute sa volonté pour résister au désir de se repaître de Harry Chen.

Mais en absorbant son sang, il se serait également nourri de celui de tous ceux que le malfrat avait assassinés, ce à quoi il se refusait.

Il lui restait donc à trouver une proie plus digeste.

C'était l'heure où les cafés fermaient leurs portes et où clubs et boîtes ouvraient les leurs. Celluci s'étonna de voir encore tant de monde dans les rues.

— Beaucoup de gens vivent ici, expliqua Tony en désignant les buildings modernes entre les vieux bâtiments de grès. Le quartier n'est pas qu'une suite de bars et de restaurants, comme à Toronto où on habite d'un côté de la ville et où on sort dans l'autre. L'année dernière, des mecs de Seattle sont même venus voir comment on se débrouillait pour que ça marche si bien.

Le « on » fit sourire Celluci. Il tourna brusquement la tête en entendant un bruit de canettes métalliques renversées suivi d'un torrent d'injures.

— Relax, dit Tony en lui saisissant le bras. C'est juste des mecs qui fouillent dans les poubelles dans l'espoir de trouver un truc à fourguer. Y a pas mal de SDF par ici. C'est normal, non ? On se les gèle sur la côte Est.

Celluci, qui ramassait chaque hiver des cadavres rigidifiés de froid au pied d'immeubles grand standing, n'eut aucun mal à comprendre ce qu'il voulait dire.

— Bonne remarque, commenta-t-il.

Ils continuèrent à marcher quelques minutes en silence, puis Tony, les mains dans les poches de son jean, déclara à brûle-pourpoint :

— J'ai commencé une nouvelle vie ici. J'ai repris des cours, j'ai un boulot, un avenir. Tout ça, c'est grâce à Henry.

— Du coup, tu te sens redevable ?

— Normal, non ?

— Je ne sais pas. Henry t'a laissé entendre que tu lui devais quelque chose ?

Même s'il avait posé la question, Celluci connaissait déjà la réponse : Henry Fitzroy était peut-être un bâtard arrogant, mais il n'était pas du genre à emprisonner qui que ce fût dans des chaînes de culpabilité.

— Il en a pas besoin. Je le sens, là, précisa Tony en plaçant la main sur son cœur d'un geste théâtral.

— Et tout ce que toi tu as fait pour lui ?

Tony eut un ricanement méprisant.

— Quoi, par exemple ?

— Toutes ces choses qui ne peuvent se régler que pendant les heures d'ouverture des bureaux : les personnes à rencontrer, les problèmes administratifs. Sans parler des autres aspects de la relation, ajouta Celluci en plongeant les yeux dans ceux de Tony.

Il caressa la minuscule cicatrice sur son poignet gauche.

— Si tu réfléchis bien, je suis sûr que tu verras qu'au final, vous vous êtes apporté à peu près autant l'un que l'autre.

— Il me confie sa vie.

— Toi aussi.

Au-dessus de leurs têtes, la lampe d'un réverbère bourdonna. Puis un air en vogue explosa dans la nuit au moment où une Ford Mustang traversa Granville Street à toute allure, toutes vitres ouvertes.

— Et la limitation à soixante, ducon ! hurla Tony en bondissant sur la chaussée pour faire un doigt au conducteur.

— Putains de connards avec leurs bagnoles de sport ! Je suis sûr qu'ils s'arrêteraient pas même s'ils nous roulaient dessus !

— Soulagé ?

Sans trop savoir si son compagnon faisait allusion à son éruption de colère ou à leur conversation, Tony s'aperçut que, oui, il se sentait mieux.

— Ouais.

Il parcourut une dizaine de mètres avant d'ajouter :

— Merci.

Dès que Vicki ouvrit la porte de l'entrepôt, l'odeur de sang jaillit dans la nuit. Narines dilatées, elle se raidit pour ne pas perdre le contrôle d'elle-même. Ignorant la petite voix dans sa tête, elle pénétra dans le bâtiment et se déplaça sans bruit dans le long couloir formé par deux rangées d'étagères couvertes de tuiles.

Au premier croisement gisait un cadavre. L'homme avait été abattu de quatre balles tirées à bout portant – un truc de professionnel pour étouffer la déflagration.

Deux personnes discutaient sur la mezzanine, nota-t-elle. Elle perçut des déplacements furtifs autour d'elles. Manifestement, quelqu'un préparait une attaque surprise, un règlement de comptes qui allait se terminer en bain de sang. À cette idée, Vicki sentit la Faim se déchaîner. Un instant, elle songea à partir, laisser les gangs s'éliminer entre eux sans s'interposer. Mais la Faim, trop forte, dissipa cette pensée.

Elle leva les yeux vers les chevrons métalliques soutenant le plancher, s'efforçant de réfléchir malgré le parfum enivrant du sang. Apparemment, personne n'avait songé à passer par la voie des airs. Le sourire aux lèvres, elle attrapa le montant de l'étagère la plus proche et se mit à grimper.

— Non. Si les armes sortent de la ville, c'est moi qui m'en occupe. Moi seul, tu entends ?

Le plus âgé des deux hommes se pencha en avant d'un air menaçant pour ajouter :

— Tu as quel âge ? Vingt-six ? Vingt-sept ? Tu as eu de la chance et tu te prends pour un caïd, David Eng. Mais ne te fais pas d'illusions, t'es pas près de t'installer à ma place.

L'autre hocha la tête sans conviction, comme s'il prenait acte de ces paroles sans pour autant acquiescer.

— Se battre entre gangs n'a jamais été bon pour les affaires, monsieur Dyshino.

— Là, on est d'accord. C'est pourquoi on va régler ce putain de problème même si on doit discuter jusqu'à l'aube.

Ils se faisaient face autour d'une table installée parmi des centaines de caisses métalliques. Situés plusieurs mètres au-dessus, les néons suffisaient à peine à éclairer le plancher graisseux et les six hommes immobiles en retrait.

— Laisse tomber. Ça suffit ces conneries ! lança l'un d'eux d'un ton exaspéré derrière David.

— Du calme. M. Dyshino a raison : essayons de trouver un compromis.

Adan Dyshino leva les yeux au ciel.

— Je n'ai jamais parlé de compromis, fiston. Tu vas arrêter, un point c'est tout.

D'une main manucurée, David Eng coupa court aux tentatives de protestation de son second.

— C'est vrai que le trafic d'armes représente une part minime de mon business. Malgré tout, je n'ai aucune envie d'y renoncer. On dirait qu'on vient une fois de plus d'arriver à une impasse.

Assise dans l'ombre, Vicki regarda les hommes de main de Eng prendre leurs positions tout autour de la mezzanine.

Un sourire carnassier se dessina sur ses lèvres: si la vermine voulait s'entretuer, elle ne pouvait que s'en réjouir.

Un léger frottement de métal lui fit lever les yeux vers le haut de la plus haute étagère. Un tireur d'élite était en place, qui surveillait le cercle de lumière dans son viseur. En scrutant l'obscurité, elle en découvrit trois autres un peu plus loin.

Voilà qui promet d'être intéressant…

David Eng avait l'avantage du nombre, mais les hommes de Dyshino étaient en meilleure position.

Henry s'arrêta net en reconnaissant l'odeur de Vicki. Bon sang, qu'est-ce qu'il se passait là-dedans ? Avec un grognement sourd, il poussa la porte de l'entrepôt et fut assailli par des relents âcres de sueur, de peur et d'anticipation.

— On est arrivé nulle part, espèce de Chinetoque prétentieux !

Dyshino bondit sur ses pieds.

— T'es au Canada ici, pas à Hong-Kong, faut pas…

Une balle de 9 millimètres dans l'épaule droite lui fit faire volte-face. Traversé par le même tir de mitrailleuse, l'homme debout derrière lui n'avait pas encore atteint le sol quand l'enfer se déchaîna.

Accroupi derrière le truand qui venait d'être atteint dans le dos, Henry tressaillit en entendant le projectile siffler au-dessus de lui. Quand la riposte se déclencha, il courait déjà en direction des coups de feu. Vicki...

Vicki écarquilla les yeux en voyant Henry surgir subitement de la pénombre. Lorsque le tireur perché sur l'étagère marmonna quelque chose ressemblant à « Police ! », elle comprit qu'il tenait Henry en ligne de mire.

Il pressait la détente quand elle l'envoya voler dans les airs. Le hurlement de douleur d'Henry couvrit le bruit mou de la tête du tireur éclatant sur le béton cinq mètres plus bas.

L'odeur du sang d'Henry masqua celle de la poudre roussie, du métal chaud et de la chair. Le sang d'Henry. Le sang qui l'avait transformée...

La Faim arracha ses dernières chaînes, lacérant au passage tout ce qui lui restait d'humanité.

Henry contempla la traînée écarlate entre les doigts de son gant droit et le trou dans son bras gauche. Il ne ressentait aucune douleur, constata-t-il, surpris. Je dois être en état de choc. En relevant la tête, il vit un jeune homme au regard froid faire pivoter sa mitraillette pour la pointer sur lui. Avec l'étrange impression de se mouvoir au ralenti, Henry plongea en avant, saisit le canon et écrasa l'arme sur le visage de l'attaquant.

Au moment où le corps tombait, Henry fut traversé par un élancement brûlant, puis le temps reprit son rythme normal.

Il perçut plus qu'il n'entendit le hurlement sanguinaire de Vicki. Et n'eut pas la force d'y résister.

Accroupi sous la table, une main sur son épaule blessée, Dyshino regarda avec horreur un autre de ses hommes s'effondrer. Celui-là était mort avant de s'écraser en contrebas.

Des coups de feu ricochèrent sur les chevrons métalliques.

Les veines remplies d'adrénaline, l'un des acolytes de Eng s'allongea près d'un lève-palettes et, un sourire dément sur les lèvres, arrosa de balles l'endroit où se tenait le garde du corps de Dyshino. Certains de ses collègues le traitaient de cinglé parce qu'il s'éclatait dans ces moments-là, jouissant du bruit, du chaos, de la mort abondante et impersonnelle. Il avait l'impression d'évoluer dans un jeu vidéo. Quel fun y avait-il à tirer un seul coup de feu ? Il fallait que ça pète, que ça explose !

Son sourire se transforma en rictus douloureux quand une poigne de fer se referma sur son épaule et le jeta dans la cabine de l'élévateur.

Il poussa un cri.

Son index se crispa sur la détente.

Il sentit la mort rendre une visite impersonnelle à deux de ses compagnons.

Les deux clans comprirent qu'ils avaient un ennemi commun à peu près au même moment.

Malheureusement pour eux, il était trop tard.

Courbé derrière les caisses, le dernier tireur se mit à courir dans l'espoir désespéré d'échapper à sa propre mort. Il glissa, se rattrapa de justesse, repartit. Une foulée, deux…

Vicki l'agrippa par les cheveux et le mit à genoux, lui exposant la gorge dans le même geste.

Cela ne ressemblait en rien au massacre qu'il avait imaginé. Accroupi derrière un rouleau de lino, David Eng agita sa mitraillette Ingram vers la porte d'entrée à quelques mètres de là.

— Foutons le camp d'ici.

Son acolyte opina et ils commencèrent à se diriger vers le couloir, dos à dos, leurs armes braquées devant eux. Ils avaient presque atteint la sortie quand un visage pâle sortit de l'obscurité.

— Le voyage s'arrête ici, gronda Henry en refermant les doigts sur le canon de l'Ingram.

Il l'abaissa vers le sol et attendit que le chargeur ait déversé son contenu de munitions avant de l'arracher des mains de Eng et de le jeter au loin.

Dans un hurlement d'épouvante, l'homme de main de Eng reprit le chemin qu'il venait de parcourir en sens inverse ; il atterrit dans les bras de Vicki.

Une seconde plus tard, elle lâchait son cadavre et s'essuyait la bouche avec la manche de son gilet. En voyant Henry la contempler, Eng gisant sans vie à côté de lui, elle sourit, les yeux étincelants.

— Il en reste encore.

Il tourna la tête vers l'intérieur de l'entrepôt.

— Non. Ce serait un risque inutile.

— Ils nous ont vus…

— Ils ont vu quelque chose, pas nous. Personne ne veut nous voir quand nous sommes en chasse. Ça leur rappelle pourquoi les enfants ont peur du noir.

— Dans ce cas, il n'y a pas de danger.

Elle avança vers lui, se délectant de l'odeur saturée de sang de l'atmosphère. Un autre pas, et elle posait la paume sur son torse.

— Ils ne sont pas de force contre nous.

Elle se pencha pour lécher une goutte écarlate à la commissure de ses lèvres. Elle ne s'était jamais sentie aussi vivante depuis les premiers jours de sa métamorphose quand le monde était un kaléidoscope de sensations nouvelles.

Il lui pinça la langue entre les dents en prenant soin de ne pas percer la peau.

Elle l'enlaça, et renversa la tête quand Henry enfouit la main dans ses cheveux.

Poussant un long gémissement, elle écarta le corps de David Eng de leur chemin avec le pied.

Ce fut très rapide.

— On ferait mieux de filer avant que quelqu'un signale les coups de feu, dit Henry en lui tendant la main pour l'aider à se relever.

— Mais…

À la lueur argentée dans ses yeux, il comprit qu'elle pensait toujours aux morts en sursis.

— Non, dit-il en l'empêchant de retourner vers la zone lumineuse. Vicki, écoute-moi. Nous devons partir d'ici avant l'arrivée de la police.

Elle reconnut le ton de sa voix : le même que celui qu'il avait utilisé pour la guider à travers le chaos à l'époque de sa métamorphose. À contrecœur, elle le suivit à l'extérieur.

La brise océane dissipa les particules de sang autour d'eux.

Quand Henry la lâcha, Vicki demeura immobile, les yeux rivés sur lui.

— Qu'est-ce qu'il y a ?

— Rien. Je me souviens, c'est tout.

Manifestement, il n'obtiendrait rien de plus.

— L'aube est proche. On se retrouve au parking, on montera ensemble, reprit-elle. Je crois qu'il faut qu'on parle.

Sur ces mots, elle s'éloigna.

Tout en ôtant ses gants durcis de sang séché, Henry secoua la tête.

— Elle croit qu'il faut qu'on parle, dit-il à la nuit.

Avant de rencontrer Vicki, il pensait que plus rien ne pourrait l'étonner. Manifestement, il se trompait.

Les survivants, Adan Dyshino et deux des hommes de Eng, se regroupèrent dans la zone éclairée. Sans savoir vraiment pourquoi, ils restèrent ensemble sans bouger jusqu'au lever du soleil.

Elle l'attendait dans le parking, fraîche et propre comme si le massacre et ce qui avait suivi n'avaient jamais eu lieu.

— Lingette et brosse à cheveux, expliqua-t-elle en le voyant hausser un sourcil surpris. À présent, je comprends pourquoi on s'habille en noir.

Ils se dirigèrent vers l'ascenseur en veillant à garder leurs distances. Une fois dans la cabine – chacun à un angle opposé – Henry la dévisagea avec attention.

— Ça va ?

— Je crois que j'ai un bleu, répondit-elle en se frottant les fesses. La prochaine fois, c'est moi qui me mets au-dessus.

— La prochaine fois…

Même s'il commençait à avoir l'habitude de voir Vicki Nelson bouleverser son univers, Henry n'aurait jamais imaginé un pareil raz-de-marée.

— Cela n'aurait pas dû se produire. Ça va à l'encontre de…

— De quoi ? Des règles du parfait vampire ? Arrête un peu, Henry ! Un, déclara-t-elle en levant le pouce, tout le monde sait que sexe et violence font bon ménage, et deux…

Elle leva l'index.

— … l'air empestait le sang, ce qui signifie qu'en se bouchant le nez, on n'aurait peut-être pu résister. Et enfin, trois, ajouta-t-elle, le regard brillant, c'était tellement bon de pouvoir enfin se lâcher.

— Ça t'a plu ?

En la voyant sourire, il leva les yeux au ciel.

— De te lâcher, je veux dire.

— Ouais, vraiment. D'ailleurs, où est le problème ? Ces types étaient des pourris, Henry. Sans même parler de ce qu'ils ont fait avant, cette nuit ils avaient prévu de s'entretuer.

— Imagine qu'il n'y ait pas de « pourris » à proximité la prochaine fois que tu auras envie de ressentir ça ?

— Je ne le voudrais pas si…

— Tu en es certaine ?

Le sourire s'évanouit.

— J'aurais pu me contrôler si tu n'avais pas été blessé.

Si cela avait été possible, elle aurait rougi en prenant conscience de la signification de ses mots.

— Euh, à ce propos, tu vas bien? poursuivit-elle, embarrassée.

— La balle m'a juste égratigné. Demain soir, il n'y aura plus trace de la blessure, dit-il en mettant le doigt dans le trou de sa veste.

— Qu'est-ce qui t'a pris de te jeter dans la gueule du loup comme ça?

Henry haussa les épaules, et grimaça de douleur.

— Quand j'ai entendu les coups de feu, j'ai cru que tu étais en danger.

— Bon sang! T'es pire que Celluci! Je n'ai besoin de personne pour s'occuper de moi.

— Je sais, mais ça ne fait pas très longtemps que tu vis la nuit.

— Henry, je ne voudrais surtout pas te vexer, mais je te rappelle que c'est le type avec des siècles d'expérience qui a sauté les deux pieds joints au milieu d'un règlement de comptes.

Au quatorzième étage, ils sortirent de l'ascenseur et s'écartèrent l'un de l'autre autant que le permettait la largeur du couloir.

— D'après toi, que s'est-il passé entre nous cette nuit? s'enquit-elle.

— On s'est nourris ensemble, répondit Henry sans conviction.

Elle secoua la tête.

— Non, c'était plus que ça. À mon avis, lorsqu'on arrête de se contrôler, on lâche tous nos tabous. Il semblerait qu'à partir du moment où on se livre à une destruction totale, on s'entende très bien.

— Ce qui explique peut-être pourquoi nous sommes des chasseurs solitaires. Si à chaque fois que ceux de notre espèce unissent leurs forces, ça aboutit au résultat de cette nuit, notre réserve de nourriture aura tôt fait de disparaître.

Les clés à la main, elle s'arrêta devant la porte de l'appartement de Mlle Evans.

— Que va-t-il se passer demain ?

— Entre nous ? Je n'en ai aucune idée.

Il sourit et fit mine de lui caresser la joue car ils étaient trop éloignés pour se toucher.

— Mais je suis sûr que ça vaudra la peine de le découvrir, ajouta-t-il.

Celluci dormait profondément. Debout au milieu de la chambre, Vicki l'observa. Elle regarda sa poitrine monter et descendre, suivit la courbe de son bras rabattu sur son visage, écouta les battements de son cœur.

Il bougea ; une mèche de cheveux tomba sur son front.

Elle avança pour la repousser, mais s'arrêta en sentant le bord humide de sa manche frotter contre son poignet, y déposant une trace écarlate.

Il était hors de question que Mike la voie ainsi.

Tous ses vêtements, y compris les baskets, atterrirent dans la machine à laver – lavage et rinçage à froid, deux doses de lessive.

Après quoi, elle passa sous la douche et regarda l'eau rougie s'écouler à ses pieds.

8

— 4h09. Tu es un peu juste, non? fit remarquer Celluci en se tournant vers elle.

Elle était restée dans la douche plus longtemps que prévu, jusqu'à ce que l'approche de l'aube l'arrache à la chaleur du jet brûlant. Puis, enveloppée dans un drap de bain, elle était demeurée au bord du lit, hésitante. Elle ne voulait pas le réveiller de peur qu'il voie… Quoi? Le sang avait disparu dans le siphon, il n'y avait plus rien à voir.

— Vicki?

Comme elle redressait vivement la tête d'un air fautif, Celluci poussa un soupir. Vicki avait peut-être changé de diète, mais pas de réactions: de toute évidence, elle lui cachait quelque chose.

— Qu'y a-t-il? demanda-t-il en se soulevant pour s'adosser à la tête de lit en daim gris.

— Rien.

Les sourcils froncés, il se pencha pour prendre ses mains dans les siennes. À sa surprise, elles étaient presque tièdes.

— Tu n'as pas eu de problème?

— Si tu veux savoir si j'ai été blessée, la réponse est non.

Hormis Henry, personne ne l'avait touchée.

— Comme on n'a pas beaucoup de temps, enchaîna-t-elle, je vais faire court. La mafia ne trempe dans aucun trafic d'organes. Non seulement les personnes qu'Henry et moi avons interrogées ne sont pas dans le coup, mais elles ne savent rien à ce sujet.

— Tu es sûre qu'elles n'ont pas menti ?

Redressant un peu le menton, elle plongea son regard dans le sien.

— Certaine.

Elle était assise juste en dehors du petit cercle de lumière de la lampe de chevet. Deux yeux argentés étincelèrent dans la pénombre, puis disparurent avant qu'il ressente leur attraction.

— D'accord, tu es sûre.

Il ignorait le pouvoir exact de ce tour façon prince des Ténèbres et soupçonnait Vicki et Henry d'en rajouter pour l'impressionner. Néanmoins, il faisait confiance à l'expérience de Vicki pour savoir quand quelqu'un lui mentait.

— Espérons que vous ne leur avez pas donné des idées, ajouta-t-il d'un ton sec.

— Pas concernant le trafic d'organes, en tout cas.

Le ton de Vicki lui fit dresser les poils sur la nuque. Il préféra ne pas lui demander quelles autres idées Henry et elle risquaient d'avoir fait naître dans le crâne des mafieux.

— Si la mafia n'est pas dans le coup, ça élimine notre meilleur suspect. Le fantôme d'Henry peut avoir été assassiné pour des centaines d'autres raisons.

— Sans doute. Mais comme il lui manque toujours un rein, continuons à explorer cette piste. Peut-être ta Patricia Chou a-t-elle raison à propos de Ronald Swanson.

— Ce n'est pas ma Patricia Chou. Et Swanson a mené une vie irréprochable jusque-là.

— Justement, il faut bien commencer quelque part.

— Tuer des gens pour leur voler leurs reins me paraît un peu élevé pour un départ.

Elle eut un haussement d'épaules conciliant, mais il était clair qu'elle ne renonçait pas. Certains flics fonctionnaient ainsi, s'accrochant à leur théorie contre l'avis de tout le monde. Si finalement l'enquête confirmait leur hypothèse, on les félicitait pour leur intuition ; dans le cas contraire – le plus fréquent –, on les traitait de têtes de mule arrogantes. Que Vicki ait eu plus souvent raison que tort ne la rendait pas moins opiniâtre.

— Et maintenant ? s'enquit-il.

— Je crois que nous devrions arrêter de chercher qui et nous concentrer sur où. Mike, je dois y aller, ajouta-t-elle en enfonçant la tête dans les épaules comme si elle s'attendait à recevoir un coup.

L'instant d'après, Celluci se retrouvait seul. Sans le souvenir de l'effleurement des lèvres de Vicki sur les siennes et un léger parfum de dentifrice, il aurait presque cru avoir rêvé.

Le réveil indiquait 4 h 15.

Soixante secondes avant l'apparition du soleil.

Allongée sur le dos dans la chambre rose, une serviette sous ses cheveux pour ne pas mouiller l'oreiller, Vicki s'étonna de ne pas ressentir la moindre culpabilité après le... le... Elle fronça les sourcils. Combien de personnes exactement avait-elle tuées dans l'entrepôt ? Le sang en avait effacé le nombre.

Peu importait. De toute façon, ces hommes ne comptaient pas pour elle. Ni vivants ni morts.

Alors qu'Henry...

— Donc la violence ne pose pas de problème, mais le sexe si.

Elle soupira en essuyant une goutte sur sa tempe.

— Ouais, ça ne suffit pas à exp...

4 h 16

Lever du soleil.

Celluci tendit le bras vers la lampe de chevet. Il serait content de voir l'été arriver et les nuits rallonger. Bien sûr, ça ne rendrait pas Vicki moins secrète, mais au moins il aurait plus de temps pour essayer de lui tirer les vers du nez.

— Bonjour, docteur Mui. Vous arrivez tôt ce matin.

Elle jeta un coup d'œil à sa montre.

— Il est presque 6 h 45. Ce n'est pas ce que j'appelle tôt. On a reçu les analyses du labo ?

L'infirmière de nuit lui tendit une grande enveloppe.

— Tout le monde a passé une bonne nuit.

— Je ne vous ai rien demandé.

L'enveloppe sous un bras, le médecin sortit dans le salon d'accueil en laissant la porte du bureau se refermer seule.

Garce, pensa l'infirmière. Mais elle continua à sourire au cas où le Dr Mui se retournerait pour jeter un coup d'œil à travers la vitre. À une époque de coupes sombres dans les budgets de santé, les emplois bien rémunérés étaient trop rares pour courir des risques inutiles. Au prix où on la payait ici, elle voulait bien chuchoter des mots doux au dragon Mui tous les matins si ça lui permettait de garder sa place.

Détournant les yeux des fougères et des papiers peints Laura Ashley du salon d'accueil, le Dr Mui décacheta l'enveloppe tout en se dirigeant vers la plus proche des deux salles de consultation. Le temps d'arriver à son bureau, elle était d'une humeur de chien.

— Quel crétin ! Comment peut-on être aussi stupide ?

Elle s'assit et laissa tomber la feuille de résultats sur le bureau. Voilà qui changeait tout.

Il se servait une tasse de thé quand le téléphone sonna. Bien qu'il ne prenne que du café au bureau, il buvait du thé à la maison parce que Rebecca avait toujours préféré celui-ci au café, sauf lorsqu'ils voyageaient aux États-Unis où, avait-elle l'habitude de dire, ils étaient incapables de préparer un thé convenable.

Il décrocha et aboya « Allô » dans le combiné tout en sortant le lait du réfrigérateur.

— Dr Mui à l'appareil. On a un problème avec le donneur. L'analyse de sang d'hier soir montre qu'il est HIV positif.

— Je croyais qu'on avait vérifié et qu'il était clean.

— Il l'était. J'imagine qu'après avoir appris la bonne nouvelle, il a voulu fêter ça.

— Cela nous met dans une position extrêmement délicate.

Il prit la bouteille de lait et referma rapidement la porte. La laisser ouverte n'aurait coûté que quelques cents, mais il n'avait pas amassé sa fortune en gaspillant de l'argent pour rien.

— Le receveur et son père doivent embarquer dans moins de deux heures.

— Notre position sera encore plus « délicate » s'il attrape le sida.

Il y eut un silence tandis qu'ils réfléchissaient l'un et l'autre aux conséquences d'une telle éventualité.

— Très bien.

Il but une gorgée de thé et reposa la tasse sur la table, près du vase rempli de fleurs. Rebecca estimait qu'une cuisine devait toujours être décorée d'un bouquet de fleurs fraîches.

— Je les appelle. Tant qu'ils ne sont pas dans l'avion, je peux joindre le père sur son portable. Et le donneur ?

— Il ne doit pas parler.

— Non, bien sûr. Très bien, la même chose que pour les autres dans ce cas. Sortez-le de la clinique le plus rapidement possible.

Après avoir raccroché et rangé le lait dans le réfrigérateur, il reprit le combiné et composa le numéro de l'acheteur. La conversation fut, comme il l'avait prévu, difficile. Cependant, personne ne devenait un riche promoteur – même en plein boom immobilier à Vancouver – sans être un bon commercial. Et s'il n'avait rien vendu personnellement depuis des années, ses talents n'en restaient pas moins intacts – surtout quand il représentait l'ultime chance de son client.

Quand il reprit sa tasse, le thé était froid. Il le but néanmoins. Rebecca, après tout, n'avait rien contre le fait de boire du thé froid, qu'elle partageait souvent avec le chat. Le chat était mort sans raison apparente trois mois après elle. Le veto avait haussé les épaules et suggéré un cœur brisé.

Il enviait le chat ; au moins, son deuil était terminé.

« À Vancouver, la violence entre groupes mafieux a atteint un nouveau pic la nuit dernière. »

Sa fourchette d'œufs brouillés devant la bouche, Celluci tourna la tête vers la radio.

« Ce matin, en arrivant sur les lieux de leur travail, les employés d'un entrepôt de Richmond ont en effet découvert onze cadavres, parmi lesquels le célèbre chef de gang vietnamien David Eng. Suite à la présence de plusieurs membres de l'organisation criminelle dirigée par Adan Dyshino parmi les victimes, la police pense à une négociation entre bandes rivales qui aurait mal tourné. On ne comprend pas en revanche pourquoi certains hommes ont été tués par balles alors que d'autres semblent avoir été attaqués par un animal. Pour l'instant, on ignore encore s'il existe un lien entre ces assassinats et la mort, cette nuit, de Sebastian Carl dans son appartement de Vancouver Est. Mme Carl est également portée disparue. Toute personne ayant des informations sur l'une ou l'autre de ces affaires est priée de contacter les autorités. »

— Tu parles ! maugréa Celluci en se remettant à manger.

Personne n'apportait jamais d'informations concernant le crime organisé, justement parce qu'il était organisé. Ce qui signifiait : pas de témoins.

Donc, Vicki ne risquait rien.

Soudain, un détail lui revint de plein fouet : onze victimes. Peut-être douze. Ou plus, si l'on comptait les faux accidents et les fausses morts naturelles…

Tout à coup, il n'avait plus faim. Il baissa les yeux sur son assiette, cherchant des réponses dans les méandres de la sauce sur les jaunes d'œufs. Onze hommes. Peut-être douze. Tous membres de la mafia et à n'en pas douter, criminels. Onze ou douze hommes sans lesquels le monde serait probablement meilleur.

Pourtant…

La loi s'appliquait à tous ou à personne. Celui ou celle qui avait tué ces types l'avait enfreinte, et s'il s'agissait de Vicki…

— Tu conclus un peu vite, grogna-t-il en se levant. Henry aussi était dehors.

Et alors ? Était-ce mieux ?

Ce n'est pas forcément l'un d'entre deux. Deux bandes mafieuses ensemble dans un espace clos, ça se termine souvent de cette manière. Ils devaient avoir des chiens.

Il ouvrit les placards de la cuisine à la recherche de sacs-poubelle, mais ne trouva rien. Se souvenant alors vaguement d'avoir vu une buanderie, il gagna le couloir. La machine à laver se trouvait derrière la seconde porte ; elle était encore humide. Les vêtements de Vicki – jean, chemise, pull, slip, soutien-gorge, chaussettes, tout ce qu'elle portait cette nuit – formaient une grosse boule mouillée au fond du tambour.

Onze hommes. Peut-être douze.

Peut-être de la boue. Ou des centaines d'autres choses.

Il mit le tout dans le sèche-linge, attrapa un sac-poubelle sur une étagère, et s'apprêtait à rejoindre la cuisine quand il entendit frapper à la porte d'entrée.

La femme sur le seuil semblait sur le point d'éclater en sanglots.

— Je suis désolée, s'excusa-t-elle en agitant une main en direction de l'appartement. C'est le fait de revenir ici qui me fait cet effet-là.

— Madame Munro ? hasarda Celluci.

Mme Munro se moucha et hocha la tête.

— Oui. Pardonnez-moi de pleurer comme une Madeleine, mais quand vous avez ouvert la porte, j'ai brutalement compris que Mlle Evans était vraiment partie pour toujours.

Celluci aurait dû s'effacer pour lui laisser le passage, il le savait. Il n'y avait aucune raison valable pour la laisser sur le palier. « Un vampire dort dans la chambre en ce moment, alors si vous pouviez revenir après le coucher du soleil » n'était pas une excuse valable.

— Je passais juste récupérer quelques affaires que j'ai oublié de prendre après la mort de Mlle Evans.

Elle le regarda, l'air un peu surpris.

— Ce ne sera pas long, ma fille attend dans la voiture.

Incapable de trouver une excuse plausible, Celluci s'écarta.

— Ainsi, vous êtes un ami de M. Fitzroy.

Avec force soupirs, elle traversa l'entrée d'un pas décidé, balayant tout du regard comme si elle avait peur de s'attarder trop longtemps sur un objet.

— Mlle Evans aimait beaucoup M. Fitzroy. Il lui faisait du charme comme si elle était encore une jeune fille. Ça ne me dérange pas de prêter l'appartement à des amis à lui. En plus, vous êtes inspecteur de police, n'est-ce pas ? Comme à la télé ? Votre dame et vous êtes contents de votre séjour à Vancouver ? Qu'avez-vous visité ?

Tout en se demandant ce qu'Henry lui avait raconté, Celluci répondit qu'ils s'étaient promenés ici et là, avant d'allonger le pas pour venir se placer devant elle en comprenant qu'elle filait vers la chambre rose.

— Euh, madame Munro, déclara-t-il d'une voix destinée à charmer les femmes mûres, il y a un petit problème.

Elle s'arrêta, la main tendue vers la poignée, en fronçant les sourcils.

— Un problème, inspecteur ?

— Ma femme dort encore.

Elle jeta un coup d'œil surpris à sa montre.

— Vraiment ? Il est presque dix heures. Elle n'est pas malade, au moins ?

— Non. Enfin, rien de grave, répondit-il.

Et parce que rien ne paraît plus sincère que la vérité, il ajouta :

— Juste une indigestion.

— Oh, quel dommage !

— La pauvre n'a quasiment pas fermé l'œil de la nuit, précisa-t-il en la dévisageant avec un sourire contrit. Ça m'ennuierait beaucoup de la réveiller maintenant.

— Eh bien...

— Si vous nous laissez une liste, Henry pourrait apporter ce dont vous avez besoin chez votre fille ce soir.

— Non, non, ne dérangez pas M. Fitzroy pour ça. Il s'est déjà montré très généreux, et, eh bien...

Ses pupilles se dilatèrent comme si un souvenir lui revenait brusquement.

— ... il m'a demandé de ne pas venir tant que vous seriez là.

Le cœur de Celluci se remit à battre quand elle lâcha la poignée et se détourna de la porte. « Mes dons de persuasion n'y sont pas pour grand-chose. Quelques billets se sont révélés tout aussi efficaces », avait déclaré Henry. Mouais...

— Je n'ai besoin de rien en particulier. D'ailleurs, je ne serais pas montée si nous n'étions pas passées dans le quartier et si ma belle-fille n'avait pas insisté. Elle peut être très persuasive quand elle veut.

Plus que vous ne le pensez. Pour lui avoir fait oublier, même momentanément, un ordre de Fitzroy, sa belle-fille devait être extraordinaire.

— Nous vous sommes très reconnaissants de bien avoir voulu nous prêter votre appartement.

Ses traits s'assombrirent quand elle jeta un coup d'œil au salon.

— C'est vrai, il s'agit de mon appartement maintenant. Mlle Evans me l'a légué, vous savez.

— Je l'ignorais.

— Mais je crois que je vais le vendre, dit-elle en prenant une petite sculpture en bronze et en la contemplant comme si elle la voyait pour la première fois. C'est beaucoup trop grand pour moi. J'aime les ambiances plus intimes.

Intime n'était pas le mot qu'il aurait employé pour qualifier la chambre rose. En fait, le seul terme qui lui venait était « oppressant ». Il la suivit en silence jusqu'à la porte d'entrée.

— Désolée de vous avoir dérangé, inspecteur. Si vous pouviez demander à M. Fitzroy de m'appeler chez mon fils après votre départ.

— Si nous vous dérangeons, madame Munro...

— Oh non, absolument pas, assura-t-elle, avant de marquer une pause comme traversée par une idée subite.

C'est drôle, j'aurais pensé que vous vous seriez installés dans la chambre principale.

— En vérité, c'est là que je dors.

— Ah, bien sûr ! s'exclama-t-elle d'un ton suggérant que ça expliquait tout. Vous êtes un ami de M. Fitzroy.

Le temps qu'il comprenne ce qu'elle voulait dire, Mme Munro était partie – une chance, car elle aurait pu s'offusquer de sa réaction, aussi succincte que triviale.

Pour un hôpital, le petit déjeuner était plutôt bon. Du rabes de pain et de beurre aurait été bienvenu, mais il ne fallait sans doute pas en demander trop. Assis en tailleur sur le lit, il tira sur sa clope en se demandant pourquoi on ne lui avait pas rapporté ses vêtements. Au moins ses bottes. Il avait fait la manche une semaine entière l'été dernier pour se les payer. S'ils ne les lui rendaient pas, ils allaient entendre parler de lui. D'accord, il avait largement de quoi s'en offrir une nouvelle paire maintenant – et un tas d'autres choses beaucoup plus chères, d'ailleurs –, mais c'était pas une raison. Ces bottes lui appartenaient.

Il écrasa son mégot dans le cendrier et alluma une autre cigarette. Bizarre qu'ils l'aient autorisé à fumer. En même temps, vu qu'ils ne s'intéressaient pas à ses poumons, ça se tenait.

Quand la porte s'ouvrit, il rejeta la fumée dans cette direction, histoire de leur montrer qu'il s'en fichait, qu'il n'était pas le moins du monde effrayé par ce qu'il avait accepté de faire.

Les lèvres pincées, le Dr Mui s'arrêta net devant le nuage gris et le toisa d'un air dégoûté.

— C'est l'heure de votre piqûre.

Il ne put s'empêcher de ricaner. Ça ressemblait trop à une réplique de mauvais film d'horreur.

— Z'est l'heure de fôtre piqûre, répéta-t-il avec un accent allemand. Et après, vous me volez mon cerveau pour le mettre dans un robot, c'est ça ?

— Non.

La syllabe unique interdisait toute contradiction.

— Eh, cool ! C'était une blague.

En secouant la tête, il tendit le bras vers le cendrier, mais le médecin l'arrêta.

— Vous pouvez terminer.

— Merci, j'en doute pas.

Sauf qu'il n'en avait plus envie. Pas avec elle juste à côté. Il tira deux longues taffes de suite et pinça l'extrémité de la cigarette avant de ranger le mégot encore chaud dans le paquet.

— Allez-y, dit-il en redressant le menton.

— Allongez-vous.

— Eh ben, j'espère que vous êtes plus aimable avec les clients qui paient, bougonna-t-il en obéissant néanmoins.

Elle avait les doigts glacés. Il l'observa lui relever la manche de pyjama, puis se concentra sur le plafond quand elle lui désinfecta le creux du coude.

— Eh ? Vous allez encore me piquer du sang ?

— Non.

Quelque chose dans la voix du médecin lui fit baisser les yeux vers elle. Mais elle était focalisée sur le liquide écarlate qui montait dans la seringue. Puis elle transvasa le sang dans un flacon brun qu'elle glissa dans la poche de sa blouse.

Quand finalement elle le regarda, il sentit les cheveux se dresser sur sa tête. Tout à coup, il ne voulait plus de cette piqûre.

— J'ai changé d'avis.

— C'est trop tard.

— Allez vous faire foutre ! s'exclama-t-il en bondissant hors du lit.

Il se réfugia à l'autre bout de la pièce, le dos contre le mur, les poings levés devant lui.

Le Dr Mui fixa ostensiblement le sac de sport derrière l'oreiller.

— Vous avez accepté l'argent, rappela-t-elle. Dois-je le reprendre ?

— Non !

Il fit un pas en avant, s'arrêta, et fixa le sac. Il y avait assez de fric dedans pour partir. Où ? il n'en avait aucune idée, mais il savait en tout cas loin de quoi.

— Non, répéta-t-il d'un ton plus calme.

De quoi avait-il peur, au fond ? Ils n'allaient pas lui faire de mal. Ils avaient besoin de lui en bonne santé. Le carrelage était froid sous ses pieds quand il marcha vers le lit. Il se glissa sous le drap en frissonnant.

— C'est tout ? demanda-t-il en s'empêchant de grimacer quand l'aiguille lui transperça la peau.

— C'est tout.

D'un geste expert, elle enfonça le piston.

Le sédatif faisait déjà effet lorsqu'elle sortit de la chambre.

— Arrangez-vous pour que ce qui s'est passé la dernière fois ne se reproduise pas, conseilla-t-elle d'un ton menaçant à l'homme posté dans le couloir.

Celui-ci fit signe qu'il avait compris.

— Je me fiche de la manière dont il meurt, tout ce que je veux, c'est que vous vous en débarrassiez correctement. Compris ?

— Oui, docteur.

— Parfait. Allez-y, ordonna-t-elle en s'éloignant déjà.

Il s'élança en avant comme un chien auquel on vient d'enlever sa laisse.

Malgré sa crainte que Mme Munro revînt pendant son absence, Celluci sortit de l'appartement et se dirigea vers l'ascenseur. Plus vite ils auraient résolu cette affaire, plus vite ils rentreraient à Toronto.

Malheureusement, maintenant qu'ils savaient que la mafia n'avait aucun rapport avec le revenant d'Henry, ils n'avaient plus de suspects. Ou alors des millions...

Parmi lesquels Ronald Swanson, milliardaire philanthrope, mari inconsolable, et aimé de tous.

Une sonnette annonça l'arrivée de la cabine.

Vicki voulait continuer à explorer la piste du trafic d'organes. Ce en quoi elle n'avait peut-être pas tort, songea-t-il en appuyant sur le bouton du parking. Après tout, si la police n'avait toujours pas identifié le mort, cela signifiait qu'aucun hôpital du coin n'avait trace de l'opération. Or, si la victime, comme le suggérait son tee-shirt, était de Vancouver, l'intervention aurait dû être enregistrée quelque part… sauf, bien sûr, en cas de pratique illégale.

Ce qui visait directement une clinique privée. En consultant les pages jaunes avant de sortir, il en avait répertorié plusieurs assez bien équipées pour permettre des greffes. Parmi elles, la Clinique des veines et des artères de Vancouver avait retenu son attention à cause d'un gros encart publicitaire annonçant, entre autres, des analyses de cellules sanguines. Une photo montrait une jeune femme brune souriante, visiblement très satisfaite de son sang.

Au troisième étage, un homme chauve en pantalon blanc et chemise de golf entra. Celluci le salua d'un hochement de tête, notant au passage la Rolex et l'odeur subtile de l'after-shave, puis prit son attitude spéciale ascenseur, le regard fixé sur le tiers supérieur des portes closes.

Une fois en possession de la liste des patients en dialyse suffisamment riches pour s'offrir un rein, il suffisait de déterminer lesquels étaient prêts à payer pour une transplantation illégale et de les mettre en relation avec un donneur, réfléchit-il. Trouver ensuite un sujet compatible parmi la centaine de paumés qui zonaient en ville devait être un jeu d'enfant. À condition d'y mettre le prix, bien sûr.

Il avait remarqué un dispensaire à l'est de Vancouver qui proposait des dépistages HIV gratuits aux plus démunis. Pourquoi ne pas commencer par là ?

Arrivé au parking, il marcha jusqu'au van et s'installa au volant. Tout en réglant le rétroviseur, il se demanda si des traces de sang seraient visibles sur le tissu noir, puis chassa cette question de sa tête de peur d'avoir à descendre pour appeler un taxi.

L'établissement se trouvait juste après le quartier chinois. Se garer dans ces ruelles grouillantes de monde relevait de la gageure. Constamment bloqué par des nuées de piétons, Celluci se perdit dans les rues adjacentes, avant de trouver enfin une place trop petite, qu'il agrandit à coups de pare-chocs.

Dès qu'il ouvrit la portière, il fut assailli par les relents de poisson séché, de gingembre, d'ail et de gaz d'échappement. Une bouffée de nostalgie le submergea au souvenir du petit appartement que Vicki occupait dans le quartier chinois de Toronto avant sa transformation. La vie était tellement plus simple à l'époque !

Il lui suffit de traverser les deux avenues qui le séparaient du dispensaire pour changer totalement de paysage. Ici, plus de boutiques ni d'étals débordant de denrées, mais des bâtiments sales et délabrés entre lesquels s'élevait celui, guère plus rutilant, du Centre de Santé de Hastings.

Depuis le trottoir, Celluci jeta un coup d'œil à l'intérieur, où trois Asiatiques attendaient sur des mauvaises chaises en plastique orange tandis qu'un adolescent discutait âprement avec une femme en blouse blanche derrière le comptoir. Tout à coup, celle-ci désigna d'un index péremptoire un siège libre, et s'éloigna d'un pas fatigué.

Le jeune homme la suivit un instant des yeux, l'air contrarié, puis il balaya d'une main rageuse le casier de prospectus près de lui, se pencha par-dessus le comptoir pour attraper un petit paquet, et fila vers la porte.

Celluci le cueillit au moment où il franchissait le seuil.

— Qu'est-ce… Putain, lâche-moi !

— Certainement pas.

Celluci repoussa le fuyard à l'intérieur du dispensaire, se plaçant entre la porte et lui pour parer toute retraite.

— T'es complètement ouf, le vieux ! Tu me laisses passer ou j'appelle les keufs.

— Pas de problème. Tu veux voir mon insigne ? répondit tranquillement Celluci en lâchant le tee-shirt douteux.

Le gamin se rejeta en arrière, s'arrêta le dos contre le comptoir et le dévisagea.

— Oh, merde ! fit-il en comprenant à qui il avait affaire.

— Qu'est-ce qu'il se passe ici ?

Celluci ouvrit la bouche pour répondre, mais resta muet de stupeur en découvrant face à lui la plus belle femme qu'il eût jamais contemplée.

— Tu perds ton temps, mec.

Avec un grand sourire, l'adolescent ouvrit sa paume sur une boîte de préservatifs.

— J'ai juste pas eu envie d'entendre encore un sermon sur les précautions à prendre, doc, expliqua-t-il à l'intention du médecin. Ce type m'a sauté dessus à la sortie.

La jeune femme posa son regard d'onyx sur Celluci.

— Vous êtes… ?

— Euh, Celluci.

Il secoua la tête pour remettre de l'ordre dans ses pensées.

— Inspecteur Michael Celluci, police de Toronto.

L'adolescent le considéra d'un air effaré.

— De Toronto ? Tu déconnes, mec ?

— N'êtes-vous pas un peu éloigné de votre juridiction, inspecteur ?

Des reflets bleu nuit dansèrent sur ses cheveux noirs quand elle inclina la tête.

Celluci s'expliqua, sans préciser qu'il avait prévu de pénétrer dans l'établissement avant d'avoir vu le jeune homme chiper quelque chose derrière le comptoir.

Quand il eut fini, le médecin se tourna vers le chapardeur.

— En volant le dispensaire, tu voles tes amis.

— Eh ! Vous me les auriez donnés, de toute façon.

— Pas une boîte entière, dit-elle en sortant six carrés de plastique de la boîte en question pour les lui tendre. Maintenant, assieds-toi. La règle veut qu'il y ait un sermon et tu vas l'écouter avant de partir.

Les mains enfoncées dans les poches de son pantalon baggy, il obéit.

Le médecin rangea le reste de préservatifs et se tourna vers Celluci ; ses immenses cils noirs projetaient leur ombre sur une joue de porcelaine.

— Vous m'avez rendu service, inspecteur. Puis-je faire quelque chose pour vous remercier ?

— Déjeuner avec moi ?

Les mots étaient sortis de sa bouche avant qu'il ait pu les retenir. Le médecin faisait près de trente centimètres de moins que lui. Les femmes petites l'avaient toujours intimidé. Comme sa grand-mère, du haut de son mètre soixante. Déjeuner ? Que lui était-il passé par la tête ?

L'un des vieux assis murmura quelque chose en chinois. Les deux autres ricanèrent.

Le médecin redressa le menton.

— Pourquoi pas ? répondit-elle de ses lèvres sublimes.

Le Palais du jardin de jade était un restaurant de dim sum inconnu des touristes. Ceux qui échouaient par hasard dans ce coin de Chinatown, s'ils ne se laissaient pas décourager par le carrelage vert pisseux des murs, rebroussaient rapidement chemin en découvrant les carreaux manquants sur le sol et les tables en formica rayées. En plein boom de midi, les patrons de l'établissement se réduisaient à un vieil homme pieds nus dans des mules en éponge et une mère de famille à l'air harassé avec deux enfants de moins de trois ans. Le bébé et le grand-père mâchonnaient un ravioli à la vapeur.

— En général, je commande deux raviolis au porc, des crevettes sautées au tofu et un rouleau de printemps, indiqua le médecin en s'installant.

— Ça me va parfaitement, déclara Celluci.

Après avoir échangé sa chaise contre une autre plus stable, il s'assit avec précaution. Heureusement, l'odeur des lieux en faisait rapidement oublier l'aspect.

— À condition de doubler les portions, précisa-t-il.

— Ils ont de la bière chinoise, si vous voulez.

— Je ne bois pas d'alcool.

— C'est rare pour un policier, non ? Enfin, si ce que j'ai entendu dire sur ce milieu est vrai.

Le serveur déposa une théière de thé vert sur la table.

— Ça l'est pour certains. Tout le monde ne lâche pas la pression de la même manière.

Hypnotisé, il la regarda hausser les sourcils ; on aurait cru les ailes d'un grand oiseau noir.

— Et vous, inspecteur ? Comment lâchez-vous la pression ?

— Je me dispute.

Elle cilla.

— Pardon ?

— Je crie sur une amie.

— Qui crie sur vous en retour ?

Il sourit, commençant à se détendre.

— Pour ça, pas de souci. C'est très… cathartique, expliqua-t-il en sortant ses baguettes de leur étui en papier. Au fait, vous ne vous êtes pas présentée ?

— Oh. Excusez-moi, dit-elle en rosissant. Eve Seto.

— Ne soyez pas gênée. Après tout, vous n'avez accepté mon invitation que pour donner une leçon au vieil homme qui avait assuré que vous refuseriez.

— C'était visible à ce point ?

Celluci attendit que le serveur ait posé l'assiette de rouleaux de printemps et un ravier de sauce aux haricots noirs, pour répondre :

— Dans ma famille, je suis le seul garçon de ma génération et ma grand-mère a quatre-vingt-trois ans. Croyez-moi, je suis bien placé pour connaître le pouvoir que confère l'âge.

Le Dr Seto le considéra un instant, puis, une main devant la bouche, s'esclaffa.

Son rouleau de printemps à mi-chemin entre la sauce et les lèvres, Celluci sentit le souffle lui manquer. Il ne s'agissait pas vraiment de désir sexuel, c'était plutôt comme si la beauté de sa compagne retenait 100 % de son attention, lui faisant oublier des besoins aussi terre à terre qu'inspirer et expirer. Au bout d'un moment, il s'obligea à mordre, mâcher et avaler ; la familiarité de ces sensations l'aida à reprendre ses esprits.

Question recueil d'informations, le déjeuner fut un désastre. Le Dr Seto parut à la fois surprise et soulagée de la légèreté de leur conversation.

Sur le trajet du retour, Celluci, à court de banalités, désigna l'autre côté de la rue du menton en déclarant :

— Je me demande ce qu'ils fabriquent là-bas.

Là-bas, devant le Centre culturel chinois, deux hommes déchargeaient des monceaux de matériel électrique d'une camionnette jaune canari.

Soudain, l'un des deux - un grand maigre avec une queue-de-cheval - laissa tomber son chargement de câbles et commença à se disputer avec quelqu'un à l'intérieur du véhicule. La chicane tourna court quand Patricia Chou déboula de l'immeuble.

Quelques secondes plus tard, le déchargement reprenait.

— Elle a le don d'obtenir ce qu'elle veut des gens, commenta le Dr Seto.

— Vous la connaissez ? s'étonna Celluci.

Elle hocha la tête.

— Elle a fait un reportage sur notre centre il y a deux ou trois mois. Au final, c'était plutôt positif, même si elle pratique plutôt sans anesthésie.

Elle fit encore quelques pas, avant de reprendre d'un ton intrigué :

— En revanche, je suis surprise que vous la connaissiez. N'êtes-vous pas arrivé à Vancouver il y a deux jours ?

— La connaître est un grand mot. Je l'ai juste vue le soir où elle interviewait Ronald Swanson...

— Ronald Swanson, le promoteur ?

Subitement, Celluci se rappela pourquoi il était venu là. Pourquoi il avait invité le Dr Seto à déjeuner.

— Celui-là même. Vous le connaissez ?

— Ce n'est pas un proche, si c'est ce que vous voulez dire, mais, on s'est déjà croisés. C'est lui, ou plutôt sa société, qui a fait don des ordinateurs au dispensaire. Beaucoup d'organismes bénévoles de la ville dépendent de sa générosité. Il est également très impliqué dans la Société de Transplantation de Colombie-Britannique.

— C'est ce que j'ai cru comprendre à la télé.

Avant qu'elle puisse changer de sujet, il enchaîna :

— Ça me paraît incroyable d'arriver à prendre l'organe d'une personne pour le donner à une autre et lui sauver la vie.

— Ce n'est malheureusement pas aussi simple, commenta-t-elle en attendant que le feu passe au rouge.

— Vous avez déjà pratiqué une greffe ?

— Inspecteur, réfléchissez un peu. Croyez-vous que je travaillerais dans ce genre d'établissement si j'étais chirurgienne ?

— Non, je suppose que non.

— Soyez-en certain.

— J'avais entendu dire que les transplantations rénales n'étaient pas si difficiles que ça.

— En tant qu'opération, mais après, les risques de rejet ou d'infection sont aussi élevés que pour les autres, et l'on meurt vite d'une infection. Savez-vous quel a été le progrès majeur de la médecine depuis le XIXe siècle ? ajouta-t-elle en se tournant vers lui.

— Convaincre les médecins de se laver les mains.

Il ne put s'empêcher de se rengorger en la voyant sourire.

— Qu'est-ce que vous croyez ? Je ne suis pas aussi bête que j'en ai l'air.

Vicki aurait aussitôt répliqué à une remarque de ce genre. Le Dr Seto, elle, parut juste atterrée. Comprenant qu'elle avait pris sa remarque au sérieux, Celluci se confondit en excuses.

Une fois de retour au dispensaire, elle accepta de lui faire visiter les lieux.

— Mais rapidement, alors. Je dois me mettre au travail.

Les trois vieillards de tout à l'heure – du moins Celluci estima-t-il qu'il s'agissait des mêmes – épiaient chacun de leurs mouvements.

Sauf salle d'opération secrète au sous-sol, personne n'avait jamais pratiqué de greffes, rénale ou autre, ici. Néanmoins, de nombreux patients du centre de soins étaient le genre d'individus dont la disparition n'alerterait personne. D'ailleurs, à en croire le Dr Seto, plus d'un avait déjà disparu dans la nature.

— Un jour, on n'en entend plus parler, expliqua-t-elle en enfilant sa blouse avec un soupir. À la longue, ça devient décourageant.

— Vous avez une idée de ce qui leur est arrivé ?

— Dans le meilleur des cas, ils ont trouvé un hôpital ailleurs ou ils sont rentrés chez leurs parents.

Elle regarda des visages invisibles devant elle.

— Hélas, j'ai bien peur que la plupart n'aient fini dans les statistiques de la police, d'une manière ou d'une autre.

Lorsqu'il lui montra la photocopie du cliché de l'autopsie, elle secoua la tête :

— Non. Ce n'est pas un des miens.

Bien qu'il eût déjà vu des menteuses à l'air aussi sincère et presque aussi belles qu'elle, Celluci la crut.

Une femme camée jusqu'aux yeux entra en titubant, pliée en deux de douleur, en réclamant un docteur à grands cris. Celluci marmonna un au revoir que personne n'entendit et sortit. Tandis qu'il marchait en direction de la voiture, il sentit un accès de mélancolie le gagner. Vicki et lui avaient l'habitude d'aller manger des dim sum une fois par mois. Ils étaient souvent les deux seuls Blancs du restaurant et la vieille femme qui poussait les chariots de spécialités à la vapeur entre les tables s'arrêtait parfois devant la leur en secouant la tête en murmurant :

— Ça, pas vous plaire.

C'était une chose qu'ils ne feraient plus jamais.

L'amende de vingt dollars qui l'attendait sur le pare-brise n'améliora pas son humeur.

Il bouchonna quasiment jusqu'à la bibliothèque.

À l'époque où il n'était encore qu'un agent, l'un de ses supérieurs de la 14e division avait coutume de répéter : « Si vous entendez parler trois fois de quelqu'un dans une enquête, vous pouvez être sûr que c'est le fils de pute qui a commis le crime. » Le nom de Ronald Swanson était déjà sorti deux fois.

Une recherche rapide lui fournit le nom de la clinique mentionnée par Patricia Chou : «... un centre pour les patients souffrant d'insuffisance rénale terminale en attente de greffe... » Selon d'anciens numéros d'un hebdomadaire local, *Vancouver Business*, Ronald Swanson siégeait au comité de direction et subvenait pour une large part aux besoins financiers du Projet Espoir.

L'établissement n'apparaissait pas dans les pages jaunes, ce qui n'était pas surprenant puisqu'on n'y entrait sans doute que sur recommandation médicale.

Se détournant de la boîte de microfiches, Celluci sortit son téléphone et appela le centre Projet Espoir depuis le hall. Sans se présenter, il demanda s'il y avait un chirurgien sur place. L'infirmière de garde acquiesça d'un ton froid et professionnel. Il la remercia et raccrocha.

Tout en marchant, il passa en revue les éléments en faveur de la culpabilité de Swanson. Tout d'abord, le mobile : la femme du promoteur avait succombé à une insuffisance rénale tandis qu'elle attendait une greffe. Celui-ci pouvait alors avoir décidé de se venger du système ou, plus cyniquement, de profiter d'un marché porteur. Si tel était le cas, il n'aurait eu aucun mal, grâce à sa fortune et ses actions caritatives, à s'offrir les services d'un hacker pour accéder aux noms des donneurs éventuels. Surtout si, comme le laissaient supposer les paroles du Dr Seto, il fournissait gracieusement des ordinateurs aux établissements spécialisés dans l'accueil des plus démunis.

Mais un mobile et les moyens de passer à l'acte n'avaient jamais constitué des preuves, se rappela Celluci. Et sans le moindre indice, il ne pouvait espérer convaincre la police d'enquêter sur Swanson et empêcher Henry Fitzroy de jouer les justiciers.

Raison de plus, décréta-t-il en s'installant au volant du van, pour effectuer une petite visite au Projet Espoir.

Le centre Projet Espoir s'étendait sur un large terrain au nord-est de Vancouver. Celluci gara la camionnette dans Seymour Road, ouvrit le plan de la ville sur le volant et fit mine de l'étudier au cas où quelqu'un remarquerait sa présence. De là où il se tenait, il apercevait un immeuble bas banal, un parking à moitié rempli, une benne à ordures, et de magnifiques pelouses parsemées de bancs.

Avec un soupir, il sortit la paire de jumelles miniatures rangée dans le compartiment à gants. Vicki les avait commandées suite à une publicité affirmant qu'il s'agissait de la copie conforme de celles utilisées par le KGB. Bien qu'il eût des doutes sur le sujet, il devait reconnaître que, pour la taille, elles n'étaient pas mal.

Grâce à elles, il s'aperçut qu'il y avait des stores vénitiens derrière toutes les fenêtres et que la société de ramassage des ordures passait deux fois par semaine.

— Et maintenant, combien de temps vais-je rester assis ici ? s'interrogea-t-il à voix haute, conscient qu'il ne pourrait pas jouer au touriste perdu pendant une éternité.

Un homme à la silhouette imposante en jean délavé et tee-shirt rouge traversa le parking et monta dans un de ces utilitaires légers en vogue sur la côte Ouest. Il ne pouvait venir que de l'intérieur du bâtiment. Dans les jumelles, Celluci le regarda reculer vers celui-ci. Quand il s'arrêta, l'angle de l'immeuble dissimulait la partie arrière du véhicule.

— Qu'est-ce que tu fabriques ? marmonna-t-il. Tu charges quelque chose dans le coffre ? Qu'est-ce que c'est ?

Bien sûr, il pouvait s'agir de n'importe quoi. Les chances que ce soit un cadavre avec un rein en moins étaient infinitésimales.

Sauf que la vie réservait parfois de drôles de surprises...

Celluci suivit l'utilitaire des yeux jusqu'au bout du parking, puis, sur un coup de tête, jeta les jumelles sur le siège passager et mit le moteur en route. Faisant toujours mine d'étudier la carte, il attendit que l'homme au tee-shirt rouge passe devant lui avant de démarrer.

Le véhicule s'engagea dans le parc naturel du Mt Seymour. Celluci demeura à bonne distance, se fondant dans la circulation, jusqu'à ce que l'homme tourne dans un chemin forestier. Cette fois, plus moyen de le filer discrètement. Celluci effectua donc un demi-tour pour venir se garer avant le virage en espérant que les buissons suffiraient à le dissimuler.

Une heure et dix minutes plus tard, l'utilitaire réapparaissait en sens inverse.

— Parfait. Où qu'il soit allé, ça ne peut pas être à plus de trente-cinq minutes d'ici, calcula Celluci.

Après un quart d'heure de route, le chemin se divisa en deux. Par chance, des traces de pneus dans la boue lui indiquèrent la voie. Encore huit minutes à tressauter dans les ornières, et il atteignit une sorte de camp de fortune abandonné.

— Bon sang, on pourrait enterrer une armée dans un bordel pareil.

C'était souvent le désordre dans la végétation alentour qui permettait de retrouver les cadavres ensevelis dans la nature. Or, toute la zone n'était qu'une étendue de branches arrachées et de terre retournée. Des traces de pneus, récentes et anciennes, traversaient en tous sens la clairière artificielle à côté d'empreintes de bottes aussi visible que muettes.

— Bon sang. Pourquoi n'a-t-on jamais d'équipe technique sous la main quand on en a besoin ? jura Celluci avec un soupir.

Il avait le choix entre fouiller chaque parcelle de terre fraîchement remuée ou…

— C'est moi que vous cherchez ?

Il fit volte-face, prenant soin de plaquer un grand sourire sur son visage.

— Je cherche n'importe qui pourvu qu'il m'aide à retrouver mon chemin.

L'homme en tee-shirt rouge était un peu plus baraqué que lui, ce qui n'était pas courant. Et, bien sûr, c'est dans ce genre de circonstances que ça arrive. Il avait la silhouette de ces prisonniers qui tuent le temps en faisant de la musculation : un torse et des bras hypertrophiés au-dessus d'une paire de jambes normales. Ses gros yeux bruns contrastaient étrangement avec l'agressivité de son expression et la présence d'un semi-automatique dans sa main droite. Espérant encore se sortir de ce mauvais pas, Celluci contempla l'arme d'un air effaré.

— Eh ! Qu'est-ce qui vous prend ? Que faites-vous avec ce revolver ?

— Vous étiez garé devant le centre. Vous m'avez suivi jusqu'ici. C'est à vous de m'expliquer ce que vous traficotez.

— De quoi parlez-vous ? Je ne comprends rien à ce que vous racontez. Je cherche simplement le motel du parc.

— Lancez-moi votre portefeuille.

— Oh, je vois. Je suis paumé au milieu de nulle part et il faut que je tombe sur le seul voleur du coin.

Celluci sortit son portefeuille de la poche arrière de son jean et le jeta aux pieds de son agresseur. L'étui contenant son insigne et sa carte se trouvait dans sa veste. Il lui restait une chance.

— Vous voulez également les clés du van ? Avec deux cent mille kilomètres au compteur, c'est pas une affaire, je vous préviens.

— Ta gueule.

Le regard toujours fixé sur lui, l'homme en rouge s'accroupit pour ramasser le portefeuille. Il jeta plusieurs coups d'œil à son contenu, mais jamais assez longtemps pour que Celluci ait l'occasion de bondir sur lui.

Finalement, le type glissa un doigt dans une des poches intérieures et en sortit une petite photo. Il sourit, une lueur mauvaise au fond de ses gros yeux de chiot.

— C'est votre grand-mère à côté de vous, inspecteur Celluci ?

9

Avant même que le jour ait relâché son étreinte, Henry sentit les méandres glacés courir sur sa peau en une parodie macabre de caresse amoureuse. En soulevant les paupières, il eut presque l'impression de voir les courants froids se déplacer dans l'air tel un brouillard hivernal.

Le fantôme savait qu'il était éveillé. Il l'attendait.

Agacé, Henry alluma la lampe de chevet et s'assit.

Le spectre n'était pas seul. Un autre l'accompagnait.

Le nouveau venu était un peu plus jeune, plus proche de seize ans que de vingt. Une bague métallique brillait à l'une de ses narines. Le crâne couleur crème imprimé sur son débardeur noir souriait comme s'il s'amusait d'être arboré par un mort. À première vue, il avait toujours ses mains, constata Henry.

— Nom de D…

Il se mordit vivement la lèvre, mais il était trop tard. Il avait parlé et les fantômes lui répondaient.

Le son inaudible qui jaillit des deux bouches béantes emplit son âme d'une douleur innommable. Son cœur s'accéléra au point de battre presque aussi vite que celui d'un mortel.

Heureusement, la rage subite qui l'envahit se dressa comme une digue contre les vagues de désespoir. De quel droit ces revenants le rendaient-ils responsable des vies autour de lui ? Comment osaient-ils le faire chanter ainsi pour obtenir son aide ?

Un gémissement étranglé de l'autre côté de la porte l'atteignit soudain là où les esprits n'avaient pu pénétrer. Tony ! Il bondit hors du lit.

Il s'affaira sur les verrous, surpris de trembler, plus affecté par les morts hurlants qu'il ne voulait l'admettre. Quand, excédé, il pivota vers eux, ils avaient disparu. Seul demeurait l'écho de leur cri.

Arrachant presque le dernier verrou, il ouvrit la porte à la volée.

— Tony !

Recroquevillé sur le carrelage du couloir, Tony se frappait compulsivement le front sur les genoux en geignant. Henry s'accroupit près de lui et lui immobilisa la tête entre les mains.

— Tony, c'est fini. Écoute-moi. C'est fini.

Doucement, il l'obligea à le regarder. Ce n'est qu'en sentant ses propres muscles se détendre qu'il comprit combien il avait eu peur. Il s'assit sur les talons.

— Tout va bien. Je suis là.

— Hen... Henry ?

— Oui, c'est moi.

Glissant un bras sous les épaules de son compagnon, il l'attira contre lui.

— C'était plus sombre que...

— Je sais, coupa Henry en appuyant sa joue contre les cheveux trempés de sueur de Tony.

Celui-ci soupira et se pressa un peu plus contre lui comme pour se réconforter au contact de sa force.

— Henry ? appela-t-il en se redressant juste assez pour croiser son regard.

— Oui ?

— Qu'est-ce que tu lui as demandé ?

Henry s'apprêtait à répondre quand l'odeur de Vicki lui fit faire volte-face. Il réprima un grognement en sentant Tony se raidir contre lui.

— Pas lui, leur, corrigea-t-il en s'obligeant à reporter son attention sur lui.

— Tu veux parler du chœur des pleureuses ? intervint Vicki.

Il secoua négativement la tête.

— Putain de merde ! s'exclama-t-elle en comprenant alors ce qu'il voulait dire.

Surpris par la violence avec laquelle elle avait lancé le juron, Tony tressaillit. Henry le serra un peu plus fort.

— Si tu pouvais éviter ça, dit-il. Ça n'arrange rien.

— Tu as raison. Je suis désolée.

Elle inspira profondément avant d'enchaîner :

— Ça va, Tony ?

— J'ai connu mieux.

Le hurlement d'une sirène d'ambulance lui coupa un instant la parole.

— Mais, visiblement, ça aurait pu être pire, poursuivit-il tandis que le son strident se rapprochait.

Henry adressa un coup d'œil soucieux à Vicki.

— Et Celluci ?

— Par chance, il n'est pas encore rentré.

— Où est-il parti ?

— Comment veux-tu que je le sache ? Tu lui demanderas toi-même à son arrivée.

— Avec lui ou sans lui, il faut que nous parlions.

Elle opina du chef et pivota sur les talons.

— Où vas-tu ? s'étonna Henry

— M'habiller.

D'une main, elle retenait les pans d'une robe de chambre rose deux fois trop petite pour elle empruntée à la garde-robe de Mme Munro.

— À ce propos, tu devrais peut-être en faire autant, ajouta-t-elle en le considérant de bas en haut.

Il tressaillit à cette remarque, prenant brusquement conscience de sa nudité.

— On te rejoint dans une demi-heure, dit-il.

— Je croyais que c'était plus prudent de se retrouver chez toi.

— En effet. Sauf que nous ne sommes pas seuls en cause, rappela-t-il.

Il la vit se radoucir en comprenant ce qu'il voulait dire. Jetant un dernier regard sur Tony, elle hocha la tête et sortit.

Dès que la porte d'entrée se fut refermée, Tony se redressa.

— Henry, je ne vais pas pouvoir…

Il fallut un moment à Henry pour deviner à quoi son compagnon faisait allusion.

— Je ne pensais pas du tout à ça, se défendit-il, surpris.

Comment Tony pouvait-il imaginer qu'il allait lui demander son sang à un moment pareil ? S'était-il montré égoïste à ce point jusque-là ?

— Mais tu… tu ne viens pas de dire à Victory qu'on la retrouvait dans une demi-heure ?

— Si. Mais uniquement parce que je pensais que tu voudrais prendre une douche, déclara-t-il en baissant les yeux sur la grande tache sombre qui s'étalait à l'avant du jean de Tony.

Celui-ci suivit son regard.

— Oh, merde, s'écria celui-ci, rouge de honte. Tu crois que Victory l'a vue ?

— Ça m'étonnerait, affirma Henry.

… Sans préciser qu'avec son odorat, Vicki n'avait pas besoin de voir pour remarquer ce genre de détail.

— Celluci n'est toujours pas rentré ?

Vicki haussa les épaules.

— Pourquoi poses-tu la question ? Tu le sais, non ?

— Il doit suivre une piste.

— Merci, railla-t-elle. Je n'y aurais pas pensé toute seule.

Henry lui emboîta le pas jusqu'au salon et s'arrêta près du canapé pour conserver un maximum d'espace entre eux deux. Vu les événements de la nuit dernière, l'éloignement constituait leur meilleure protection.

— Tu te fais du souci ?

— Non, je suis juste contrariée. Ce connard aurait pu me laisser un putain de message.

Derrière elle, Henry et Tony échangèrent un sourire entendu. Elle se retourna juste à temps pour le surprendre.

— Quoi ?

— Tes gros mots : plus tu es inquiète, plus tu deviens vulgaire, rappela Henry.

En guise de réponse, Vicki lui fit un doigt.

— Et ça, ça compte aussi ?

— Vicki...

Elle poussa un soupir.

— Excuse-moi, soupira-t-elle en posant le front contre la baie vitrée. C'est à cause de tes foutus fantômes : j'ai les nerfs à cran. Mike a parfaitement le droit de ne pas être là au coucher du soleil. Après tout, il a presque quarante ans, il n'a pas besoin de chaperon pour veiller sur lui.

— J'imagine en effet qu'il se débrouille très bien tout seul.

— Ce n'est pas la peine de me rassurer, grogna-t-elle.

Tony ouvrit la bouche pour intervenir, mais Henry lui fit signe de se taire.

Un quart de seconde plus tard, Vicki soupirait de nouveau.

— OK, c'est vrai. Je me fais du souci.

Elle se tourna pour chercher ses notes, aperçut le carnet à spirale sur la table basse près d'Henry et fit un pas dans sa direction.

Henry se raidit.

Aussitôt, Vicki se pencha en avant, prête à bondir, même si elle était bien déterminée à ne pas attaquer la première. La conclusion inattendue du carnage de la nuit précédente lui avait rappelé dans quel état d'esprit elle était venue à Vancouver. S'ils le souhaitaient vraiment, ils parviendraient à se supporter. Ils y étaient déjà arrivés, d'ailleurs... en laissant plus d'une dizaine de morts dans leur sillage.

Le regard verrouillé au sien, Henry se baissa pour prendre le calepin et le lui tendit.

Tony sentit ses cheveux se dresser sur la tête. Il dut faire appel à toute sa volonté pour ne pas tourner les talons et s'enfuir tout en se demandant pourquoi il restait. À quoi diable pourrait-il servir si ces deux-là décidaient de s'étriper ? Si au moins il avait pu allumer le plafonnier ! Il ne leur venait donc jamais à l'idée que les personnes de leur entourage pouvaient avoir peur du noir ?

Lentement, d'une démarche guindée, Vicki traversa la pièce. Elle referma les doigts sur le carnet.

Incapable de supporter cette tension plus longtemps, Tony ferma les yeux.

— Tony ? Ça va ?

Il souleva les paupières. Vicki était assise dans le grand fauteuil près de la vitre, son calepin sur les genoux. Quant à Henry, il s'était installé sur le canapé, une jambe repliée sur l'un des montants. Il les considéra tour à tour : ils lui évoquaient deux félins avec leur air hautain et leur expression emplie de défiance.

— Nous nous sommes tous les deux nourris la nuit dernière, expliqua Henry devant son œil interrogateur. Apparemment, ça aide.

— Manger vous rend moins agressifs ? s'étonna Tony. C'est pas ce que j'avais remarqué le premier soir.

— Ça dépend de la quantité de nourriture absorbée, répondit Vicki en gardant les yeux baissés.

Tony eut l'étrange impression qu'elle aurait rougi si cela avait été encore possible. Bien qu'il soit dévoré de curiosité – qu'est-ce qui pouvait bien embarrasser ainsi Victory Nelson ? – il n'osa pas insister. Les onze cadavres découverts dans un entrepôt de Richmond avaient fait la une de tous les journaux et si Vicki ou Henry y étaient pour quelque chose, il préférait l'ignorer.

— Je me demande ce que je fous ici, soupira-t-il en se laissant tomber sur un tabouret.

Henry se redressa aussitôt dans l'intention de le rejoindre, inquiet. Après avoir pris sa douche et s'être changé, Tony lui avait assuré qu'il allait bien et que la plainte des revenants n'avait laissé aucune trace au fond de lui. Deux énormes mensonges, de toute évidence.

— Alors, quelle est l'histoire de notre nouveau fantôme ? interrogea Vicki à brûle-pourpoint.

Henry lui jeta une œillade assassine. Ne se rendait-elle pas compte que Tony avait besoin de lui ? Loin de se laisser impressionner, Vicki soutint son regard et fit non de la tête. Henry fronça les sourcils. Comment osait-elle ? Reste en dehors de ça. Tony est à moi, pas à toi, s'apprêtait-il à lancer à voix haute quand un coup d'œil sur son compagnon lui fit comprendre l'ampleur de son erreur. Non seulement Tony avait détourné les yeux, mais la position de son corps signifiait clairement qu'il préférait garder ses distances. Non, Tony ne lui appartenait plus.

Quatre cent cinquante ans de pratique lui permirent de dissimuler le choc qu'il en éprouva. S'obligeant à parler d'une voix neutre et posée, il répondit :

— Le nouveau spectre est plus jeune, dans les seize, dix-huit ans, et il a toujours ses deux mains. Il a l'allure d'un SDF, avec un piercing dans le nez, des bottes à lacets…

— Une tête de mort qui se marre sur son tee-shirt, coupa Tony.

L'écho du hurlement fantomatique s'entendait toujours dans le rythme de sa voix.

— Tu le connais ?

Le regard brillant, Vicki se pencha vers lui. Elle fit volte-face, les lèvres retroussées sur ses dents, en entendant Henry grogner.

— Qu'est-ce qu'il y a encore ? Si Tony le connaît, ça signifie qu'on va peut-être enfin élucider cette histoire.

— Ça signifie surtout qu'il vient de perdre un ami.

— Et nous sommes en mesure d'empêcher que ça se reproduise !

— Je ne le connais pas et il ne faisait pas partie de mes amis ! cria Tony, à bout de nerfs. C'est bon, ça vous va comme ça ?

Les coudes sur les genoux, il enfouit son visage dans les mains avant de reprendre d'un ton plus calme :

— Je l'ai aperçu dans la rue, c'est tout. Je lui ai même jamais parlé.

— Comment se fait-il que tu t'en souviennes ? Il n'a pas vraiment un look très original, s'étonna Henry.

Surveillant Vicki du coin de l'œil, il traversa la pièce pour venir s'accroupir aux pieds de son compagnon. Certes, les choses changeaient – avaient changé – entre eux, mais ce n'était pas une raison pour ne pas tenter de le réconforter.

— Il ne s'agit peut-être pas du même.

— Si.

— Tu en es certain ?

Aussi certain qu'il était possible. Et si Henry avait ajouté que la tête de mort avait hurlé avec les spectres, Tony n'aurait pas été surpris.

— Ouais. Je l'ai vu dire au revoir à un de ses potes en face de la boutique. Il lui a serré la main, un truc qui se fait quasiment jamais entre zonards.

Sans comprendre vraiment pourquoi, il ne trouva pas le courage de leur parler du crâne qui souriait. Il y avait pourtant toutes les chances qu'ils le croient. N'avaient-ils pas vu des trucs plus tordus ? Tu parles, eux-mêmes sont plus tordus. N'empêche, il avait eu sa dose de bizarreries pour la soirée, estima-t-il.

— Tu crois que tu pourrais retrouver son pote ? interrogea Vicki avant qu'Henry ait pu ouvrir la bouche.

— Je sais pas. En tout cas, je le reconnaîtrai si je le croise. Tu penses qu'il sait où allait… le mort ?

— Ça vaudrait la peine de le lui demander.

— Si c'est trop dur pour toi, commença Henry en lui saisissant l'épaule, tu n'es pas ob…

— Je peux le faire, coupa Tony d'un ton déterminé. Je dois faire quelque chose, je ne peux rester assis comme ça à attendre que ce fichu fantôme disparaisse tout seul.

En sentant le tissu du canapé se déchirer sous ses doigts, Vicki s'obligea à se détendre. Voir Henry à genoux l'avait toujours profondément troublée. C'est peut-être pour cette raison que nous chassons seuls, se dit-elle tandis qu'il se relevait et caressait la joue de Tony. Ensemble, on se rappellerait sans cesse que notre intimité d'avant est perdue à jamais. Chaque vampire devient notre ex.

— Désolée de vous interrompre, lança-t-elle, elle-même surprise par l'agressivité dans sa voix, mais la nuit est courte et il nous reste beaucoup à faire.

— Vraiment ? ironisa Henry en laissant retomber sa main.

— Il y a presque trois millions d'habitants à Vancouver, Henry. Or, Tony n'a pas tes capacités.

— Je vais l'accompagner.

— C'est prudent ?

— Il vaut mieux qu'il ne reste pas seul.

— Eh ! Vous avez fini de parler de moi comme si j'étais pas là ! intervint Tony en se levant. Je commence à en avoir par-dessus la tête de votre supériorité de « créature de la nuit qui en sait toujours plus que tout le monde ». Foutez-moi la paix ! Je vais aller mettre une tenue un peu plus adéquate pour traîner dans la rue. Si tu veux venir avec moi, parfait, ajouta-t-il à l'adresse d'Henry, j'ai rien contre un peu d'aide, sinon...

— Tony, on s'inquiète juste pour toi.

Il leva les yeux au ciel.

— OK. Merci.

Le dos voûté, les mains enfouies dans les poches de son jean, il pivota et sortit en marmonnant.

Un silence gêné suivit son départ.

— Bon, déclara finalement Vicki. Comme le disait un de mes anciens profs de socio, tout est toujours en changement.

— Sauf nous. Nous restons tels que nous sommes.

— Conneries ! Sombres et mélodramatiques conneries, Henry ! Tu changes, tu t'adaptes ou tu meurs.

Ou tu meurs. L'instinct brisa la surface civilisée qu'ils avaient réussi à maintenir. Le regard d'Henry s'assombrit, sa voix devint glaciale.

— C'est une menace ?

À son corps défendant, Vicki se sentit répondre au défi. Elle n'en avait pas envie, voulait préserver la paix fragile que le massacre et le sexe avaient installée entre eux – non seulement parce que cela prouverait qu'elle avait raison depuis le début, mais surtout parce qu'il s'agissait d'Henry et qu'il lui manquait. Je ne renonce pas facilement, prévint-elle silencieusement. Nous réussirons à nous entendre, même si je dois le tuer pour ça !

Soutenant son regard, elle réprima son inclination naturelle et attendit de pouvoir se faire confiance pour répondre :

— Non. Ce n'est pas une menace.

La sonnerie du téléphone l'interrompit.

— Ça doit être Celluci. Excuse-moi.

Le stylo entre ses doigts se brisa en deux, mais elle parvint à se détourner d'Henry pour aller répondre. Elle réprima un soupir. Ils n'étaient pas passés loin : Henry avait bien failli briser les digues et libérer le flux d'agressivité qui bouillonnait en elle. Néanmoins, elle n'avait pas succombé. Le récepteur craqua sous sa poigne quand elle décrocha.

— Oui ?

Henry s'éloigna en se rappelant à chaque pas qu'il n'abandonnait pas son territoire à une rivale. À sa propre surprise, cette idée lui fut plus aisée à accepter que les soirs précédents. Apparemment, comme dans toute chose, la pratique portait ses fruits. Il s'agit de Vicki, dit-il au miroir de l'entrée. Elle ne veut pas te prendre ton territoire.

Son reflet lui renvoya un sourire ironique. Il s'agit de Vicki, là était l'essentiel. En tant que mortelle, déjà, elle était exceptionnelle, rien de ce qu'elle faisait à présent n'aurait dû le surprendre.

— Ce n'était pas Celluci. Juste une relation de Mme Evans qui ignorait qu'elle était morte.

Henry revint vers l'arche séparant le salon de l'entrée.

— Tu t'inquiètes pour lui ?

— Bien vu, Sherlock.

Les deux paumes contre la baie vitrée, Vicki contemplait la ville en contrebas. Sauf que, cette fois, elle n'avait pas l'allure d'un prédateur cherchant une proie.

— Pourquoi ?

— Je ne sais pas. C'est juste…

Elle termina sa phrase par un haussement d'épaules.

— Un pressentiment ? suggéra-t-il en regrettant de ne pas pouvoir la prendre dans ses bras.

— Ouais, un pressentiment. Ça ne fait pas très vampire, pas vrai ?

— Si, la preuve.

Vicki pivota vers lui.

— Tu te fiches de moi, là ?

— Pas du tout. Vicki, personne ne t'a jamais dit comment être humaine. C'est la même chose pour les vampires. Ne laisse personne t'expliquer ce qu'il faut faire ou non pour être ce que tu es déjà.

— Pas même toi ?

— Pas même moi. Je t'ai appris ce qui était nécessaire à ta survie pendant l'année suivant ta transformation. Tout ce que je pourrai ajouter maintenant sera juste de l'ordre de…

Ce fut à son tour de hausser les épaules.

— L'ego ?

— La tradition, corrigea-t-il en lui lançant un œil noir. Mais qu'on ait toujours réagi à une situation d'une certaine manière n'implique pas qu'on doive continuer *ad vitam aeternam*.

Vicki le dévisagea, incrédule.

— Mon Dieu, Henry, tu es en pleine évolution !

— S'il te plaît, n'en rajoute pas.

La menace contenue dans la voix d'Henry lui donna envie de grogner, mais elle se contint, consciente d'avoir reçu ce qu'elle méritait.

S'adossant à la vitre, elle mit les pouces dans la boucle de sa ceinture : la posture la plus inoffensive dont elle était capable. Ils étaient séparés par la longueur du salon et – sauf circonstances particulièrement sanglantes – devraient toujours respecter une distance physique minimale le entre eux. Néanmoins, constatat-elle avec satisfaction, l'écart avait un peu diminué sur d'autres plans.

— Tu ferais mieux de partir. Tony doit t'attendre.

Tony… Henry balaya ce rappel douloureux d'un geste de la main.

— Et pour Michael ?

— Je ne sais pas. Je pense que je vais rester là dans l'espoir qu'il appelle.

— Ce n'était pas censé se passer comme ça, n'est-ce pas ? Toi obligée de rester coincée ici pendant que c'est moi qui enquête.

— Ouais. Je ne peux pas tout faire.

Henry haussa un sourcil.

— On dirait que je ne suis pas le seul à évoluer, commenta-t-il.

Il était déjà dehors quand le coussin s'écrasa sur la porte d'entrée.

Bien qu'elle ne l'eût avoué pour rien au monde, Vicki éprouva un certain soulagement après le départ d'Henry. Lorsqu'il était près d'elle, elle devenait incapable de penser à autre chose qu'à lui, ce qui, dans l'immédiat, lui donnait la désagréable impression de trahir Celluci.

Tu voulais qu'Henry et moi arrêtions de nous étriper ? Eh bien, nous nous sommes retrouvés dans un carnage totalement improvisé où on a tué je ne sais combien de personnes avant de baiser sur leurs cadavres. Depuis, ça semble aller mieux entre nous.

Elle grimaça.

Mouais, ça m'étonnerait que ça lui plaise.

L'absence de Celluci la torturait ; elle était incapable de rester en place. Certes, elle n'avait aucune raison de croire qu'il lui était arrivé malheur, mais aucune non plus de penser le contraire.

Est-ce que je m'inquiéterais autant si je ne culpabilisais pas ? Peu importe. Question stupide.

Se laissant tomber dans le fauteuil face à la baie vitrée, elle sortit son calepin pour noter ses réflexions. Elle relut rapidement la description du deuxième revenant, puis jeta un coup d'œil autour d'elle à la recherche de son stylo. Les deux morceaux gisaient dans un angle du mur.

— Et merde !

La pointe d'un autre stylo dépassait de l'annuaire sur le guéridon du téléphone. Elle se leva pour aller le chercher et s'apprêtait à tirer dessus quand une idée la traversa. Et si Mike s'en était servi comme marque-page ?

Le bottin s'ouvrit à la section des établissements de santé privés. Apparemment, Celluci avait suivi ses conseils et cherché l'endroit où le mort aurait pu être hospitalisé lors de son opération du rein. Un trait de crayon entourait le nom d'un dispensaire à l'est de Vancouver.

Ce n'est pas si loin. Même en ayant fait la grasse mat jusqu'à 11 heures, il devrait être rentré. Elle consulta sa montre : 9 heures passées. Michael Celluci est flic depuis quatorze ans, il est capable de se débrouiller seul. Il a peut-être rencontré des gens là-bas et décidé de dîner avec eux.

— Et merde !

Elle jeta les deux morceaux du stylo sur le guéridon en se traitant d'imbécile. Il a besoin de se nourrir, lui aussi, Vicki. Tu es en train de faire un drame alors que, si ça se trouve, il mange tranquillement au restaurant.

Sans l'avoir prévenue ? En sachant pertinemment qu'à son réveil elle voudrait apprendre s'il avait trouvé du nouveau ?

N'y tenant plus, elle prit son manteau et sortit.

— On va où maintenant ?

Henry ralentit pour laisser passer un cycliste. Ils avaient recherché la trace du deuxième revenant en rayonnant autour du magasin de vidéos où travaillait Tony. Malheureusement, personne ne semblait avoir vu de jeune homme correspondant à la description.

— La Maison des Jeunes de l'Eastside, suggéra Tony. Il y est sûrement passé à un moment ou un autre.

— C'est à l'est de Gastown, ça ?

Tony continua à regarder par la vitre de la BMW.

— Ouais. Pourquoi ?

— Rien. Ça me paraît loin, c'est tout. Si tu l'as vu dans le coin…

— La Maison des Jeunes est un endroit sûr, Henry. C'est assez rare pour se fendre de quelques kilomètres à pied.

— Tony.

Bien qu'Henry n'eût pas utilisé sa voix de prince des Ténèbres, Tony y perçut une intensité qui lui fit tourner la tête.

— Tu es toujours en sécurité avec moi.

— Je sais.

Pour une fois, se détourner aurait été le plus simple : rien dans le regard bleu d'Henry ne retenait le sien. La gorge sèche, il trouva la force de répondre :

— Trop, peut-être.

L'espace d'un instant, il crut qu'Henry se moquait de lui, puis il se rendit compte que son sourire était plus empreint de tristesse que d'ironie.

— Tu parles de ta vie en général, j'imagine, pas de la situation immédiate.

— Quelle situation ? Celle où tu conduis sans regarder… devant toi ?!

Sous l'effet soudain de la peur, Tony avait presque crié. Il s'agrippa au tableau de bord tandis que son champ de vision se rétrécissait jusqu'à n'être plus qu'un étroit couloir de métal.

— Bon sang, Henry, c'était un camion ! Deux camions !

Henry se rabattit le long du trottoir.

— Je sais.

— Écoute, si tu ne veux pas en parler, ce n'est pas la peine d'amener le sujet sur le tapis.

Henry fronça les sourcils. Avait-il agi intentionnellement ? Il n'en avait pas l'impression. Il avait simplement vu une trouée dans la circulation et s'y était engagé. En tout cas, qu'il l'ait fait exprès ou non, le résultat était le même : le moment des confidences était passé.

Comme toutes les mégapoles, Vancouver possédait son lot de banlieues sordides. La zone à l'est de Gastown, réputée pour son taux élevé de pauvreté et de délinquance, était l'une des pires.

La ligne de démarcation entre les nantis et les autres était particulièrement nette. Un simple carrefour, et les lumières et attractions touristiques de Gastown disparurent dans le rétroviseur, laissant place à de vieux immeubles en pierre à l'abandon – les vestiges des sept premières banques de la ville – des hôtels miteux et des maisons couvertes de graffitis. Dans les années 1950, le cœur de Vancouver se trouvait ici, mais peu à peu, il s'était déplacé vers l'ouest, laissant un sillage de bâtiments vides derrière lui.

Tandis qu'ils roulaient le long de Cordova, où se succédaient hôtels et bars minables, Tony jeta un coup d'œil surpris à Henry.

— Pourquoi fais-tu cette tête-là ? Quelque chose te tracasse ?

— La voiture, répondit Henry d'un ton sec. Je n'ai pas très envie de la laisser dans le coin.

— Je comprends. À ta place, j'en aurais pas envie du tout.

Un barbu hirsute en haut de pyjama, pantalon de soirée et tongs descendit du trottoir. Ignorant le crissement des pneus sur la chaussée, il traversa devant eux en zigzaguant.

Henry redémarra.

— Vingt centimètres de plus, et je l'écrasais.

— Il ne s'en serait même pas rendu compte.

Devant la Maison des Jeunes, un groupe d'adolescents adossés à la vitrine grillagée d'une épicerie les regarda se garer.

— Laisse ouvert, ordonna Henry en voyant Tony tendre la main vers le mécanisme de verrouillage.

— T'es dingue ou quoi ?

— Non, mais je ne tiens pas à retrouver mes vitres cassées. Si quelqu'un ouvre, je serai là avant qu'il ait eu le temps de monter…

Levant les yeux sur la façade de la Maison des Jeunes, Henry reprit, perplexe :

— Il y a vraiment des gens qui vivent ici ?

— Qu'est-ce que tu crois ? Vancouver est une ville chère. Ce n'est pas avec le montant des aides sociales qu'on peut s'offrir un loyer normal.

Malgré lui, Tony sentit ses vieilles habitudes de SDF réapparaître ; il dut prendre sur lui pour ne pas se crisper dans l'attente d'un mauvais coup.

Enjambant un ivrogne endormi sur le trottoir, ils traversèrent la route dans les relents d'urine et de vomi transportés par la brise.

Comparé à la façade, l'intérieur de la Maison des Jeunes paraissait douloureusement propre. Le décor en contreplaqué et plastique témoignait peut-être d'un manque d'argent, mais sûrement pas d'implication.

Tony s'immobilisa sur le seuil.

— Ça va ? s'enquit Henry en lui posant une main sur l'épaule.

— Oui. Non. C'est juste… des souvenirs.

Il se dégagea d'un mouvement vif, agacé à l'idée qu'il en aurait été incapable si Henry ne l'avait pas laissé faire.

— Viens. Essayons de trouver le responsable.

— C'est lui, affirma Henry en montrant du menton un grand homme grisonnant avec une queue-de-cheval.

— Comment le sais-tu ?

— Le pouvoir reconnaît le pouvoir.

— Oh, quelle pensée profonde ! railla Tony en lui emboîtant le pas.

En dépit des apparences, il n'en menait pas large. Il avait l'atroce sensation d'avoir vécu en imposteur durant ces deux dernières années, et que sa véritable place était là, dans la misère et le sordide.

Henry surprit son regard avant qu'il ait eu le temps de se détourner.

— Tu en es sorti, lui affirma-t-il. Tu as fait trop de chemin pour pouvoir retomber en arrière.

— De quoi tu parles ?

— Ta peur a une odeur.

— Quoi ?!

Tony regarda autour de lui.

— Et tu la sens ? Dans cet endroit ?

Comme Henry acquiesçait, il poussa un soupir.

— Merde alors. J'ai intérêt à changer de tee-shirt en rentrant.

Ils se dévisagèrent un bref instant, puis Tony haussa les épaules en reprenant :

— Écoute, merci. D'accord ?

Il ne précisa pas pourquoi. Henry ne le demanda pas.

S'il était plus clean physiquement et chimiquement que la majorité des personnes présentes, Joe Tait, le directeur de la Maison des Jeunes, se différenciait peu des nombreux SDF venus chercher là un café gratos et quelques heures de répit. Il arborait cette expression méfiante de ceux qui vivent dans la rue, même si ses traits volontaires indiquaient qu'il n'était pas homme à se laisser ébranler par l'adversité.

— Ouais, je les connais peut-être, déclara-t-il après avoir écouté la description des deux jeunes aperçus par Tony devant la boutique de vidéos. Qu'est-ce que vous leur voulez ? Ils ont des problèmes ?

— L'un d'eux en a. On pense que l'autre pourrait nous aider.

— À quoi ?

— Retrouver son compagnon.

Tait croisa ses bras musclés sur sa poitrine.

— Dans quoi s'est-il fourré ?

— Une affaire très dangereuse, déclara Henry en laissant pointer un peu de sauvagerie.

Il n'avait pas le temps de jouer au jeu des questions-réponses avec un type trop soupçonneux.

— J'ai besoin de leurs noms et d'une adresse.

— Kenny et Doug, lâcha l'autre à contrecœur. Pour l'adresse, je ne sais pas.

— Qui est Kenny ? Qui est Doug ?

— Lequel a disparu ?

— Le Blanc.

— Doug. Mais j'ignore où se trouve Kenny. Vous pouvez poser la question ici, ajouta-t-il en désignant la salle d'un geste vague, mais n'espérez pas trop. Ces gosses n'ont aucune raison de faire confiance à qui que ce soit.

Henry opina et remit son masque civilisé, libérant son interlocuteur.

— Merci.

Dès qu'Henry se détourna, Tait referma ses doigts couverts de grosses bagues autour du bras de Tony.

— Juste un mot.

À ces paroles, Henry pivota sur les talons, mais Tony lui fit signe de ne pas s'en mêler. Quel que soit le problème, il ne courait aucun danger.

Tait le lâcha et posa une fesse sur la table en contreplaqué. D'un accord tacite, ils attendirent qu'Henry s'adresse à une tablée d'adolescents pour se parler.

— Ça va ? s'enquit le directeur.

— Qui ? Moi ?

— Oui, toi. Ce type avec toi, là, je connais le genre. Ici, on les appelle des prédateurs.

Il leva une main calleuse pour empêcher Tony de l'interrompre.

— Je ne dis pas qu'il se comporte mal avec toi, mais on voit tout de suite que c'est lui qui commande.

— Y a pas de problème, assura Tony en réprimant un rire hystérique.

La nuit avait été longue et ce n'était pas terminé.

— Vraiment. Il n'est pas ce que tu crois.

— Tu en es sûr ?

Tony caressa la minuscule cicatrice sur son poignet gauche.

— Oui.

Personne dans la salle n'en savait plus que Tait, apprit Henry. Même s'il avait la certitude que trois d'entre eux mentaient.

— La moitié d'entre eux a dû les croiser, expliqua Tony en poussant la porte, mais de là à savoir leurs noms ou autre chose. Quand on vit dans la rue, on n'aborde jamais les sujets personnels. C'est plus prudent. Et maintenant, qu'est-ce qu'on fait ?

— Je pourrais attendre que les menteurs sortent pour les interroger plus en profondeur.

— Ouais. Ou demander à ces gars près de la voiture…

Ils étaient trois. À leur vue, Tony repensa à la remarque de Joe Tait : « Ici, nous les appelons des prédateurs. » S'il n'avait pas été conscient de la réalité, il aurait pu se laisser duper par leur allure et se sentir effrayé. Mais ils n'étaient que de pâles copies, beaucoup moins dangereux et terrifiants qu'ils ne le pensaient – du moins, comparés aux vrais prédateurs.

— J'ai un vampire avec moi, murmura-t-il. Et je n'hésiterai pas à m'en servir.

Henry sourit.
— On va voir ce qu'ils veulent ?
— Je crois que c'est évident, soupira Tony.
Le plus costaud des trois ôta ses fesses du capot de la BMW et se redressa, les pouces dans les passants de son jean. Des tatouages bleus couvraient les muscles de ses bras nus.
— On a entendu dire que vous posiez des questions.
— Ah oui ?
Super. Tony réprima un nouveau soupir en reconnaissant le ton d'Henry : celui qu'il réservait aux crétins. C'est ça, provoque-les. Comme s'ils en avaient besoin.
Les types échangèrent un coup d'œil triomphant, puis le plus grand reprit :
— On a peut-être les réponses.
— Vraiment ?
— Les deux gars que vous cherchez, ils s'appellent Kenny et Doug. Ils bossent pour moi. Si vous voulez leur parler, faudra passer par mon intermédiaire.
— Ils bossent pour vous ?
— Ouais. Pour moi, insista le tatoué avec un regard torve.
Les dents serrées, Tony résista à l'envie de s'abriter derrière Henry. C'est fini, je ne suis plus le gamin effrayé d'autrefois.
Henry se raidit en percevant la peur de son compagnon. Il dut se concentrer pour maintenir le semblant de civilité qu'il affichait depuis le début de cet échange.
— Vous savez où ils se trouvent ?
— Sûr. On peut vous y emmener. Ça dépend du prix.
— On paiera quand on les verra.
Les tatouages ondulèrent quand le chef de la bande haussa les épaules.
— Comme vous voulez.
La certitude de ce qui allait suivre empêcha Tony d'afficher la même nonchalance qu'Henry tandis qu'ils se dirigeaient tous les cinq vers une allée étroite.
Une benne à ordures en bouchait la sortie.
La bouche sèche, Tony se rencogna dans un coin.

Henry lui effleura doucement le bras et pivota.

D'un geste, il arrêta le poing lancé vers lui et serra. Il y eut un craquement d'os.

Le type aux tatouages écarquilla les yeux de stupeur en voyant son acolyte atterrir en hurlant à ses pieds.

— Putain d'enculé de merde !

Il se jeta en avant, un couteau à la main.

Un autre de ses compagnons l'imita.

Alors Henry tomba le masque. Bien qu'il soit encore repu du massacre de la veille, il n'éprouva aucune difficulté à laisser la Faim monter en lui, comme galvanisée par la peur de Tony. Ces types vivaient sur le dos de gamins qu'ils exploitaient, ils étaient des parasites de la pire espèce. Ils devaient disparaître.

Un instant plus tard, il s'accroupit près de l'homme au poing brisé et le saisit par la mâchoire pour l'obliger à le regarder. Le hurlement de douleur se mua en plainte.

— Tes copains sont morts, l'informa-t-il platement. Et toi aussi.

La puanteur de l'allée s'intensifia encore quand les sphincters du type lâchèrent.

— Où est Kenny ?

— Samson lui a passé une piaule, plus bas dans la rue. Doug… Doug est parti.

— Où ?

— Sais pas. Quelqu'un lui a donné du fric. Un gros paquet de fric. Plusieurs milliers de dollars.

Les mots sortaient à toute allure de sa bouche, comme s'il espérait les échanger contre sa vie.

— Kenny dit que c'est tout ce que lui a raconté Doug. C'est pas la première fois. Il paraît qu'y a un mec dans le quartier qui promet de vous sortir de la rue, de vous donner une nouvelle chance. Y paraît que faut avoir un truc spécial.

— La police est au courant ?

— Qui c'est qu'irait dire quelque chose aux flics ?

— C'est tout ce que tu sais ?

— Oui, je le jure.

Des larmes coulèrent sur ses joues sales.

— Je veux pas… Je veux pas mourir !

Henry lui lâcha la mâchoire, descendit vers son cou.

— Henry.

Tony enjamba un corps et toucha doucement les épaules raides d'Henry.

— Ne fais pas ça. S'il te plaît.

— Tu en es sûr ?

— Certain.

Se penchant en avant jusqu'à ce que les ténèbres engloutissent la volonté de l'homme à terre, Henry murmura :

— Tu nous oublieras, mais tu te souviendras de ce qui s'est passé ici cette nuit. De la raison pour laquelle c'est arrivé. Trouve un autre moyen de gagner ta vie.

Sur quoi, il se leva, remit son masque et demanda :

— Ça va ?

— Moi ? s'étonna Tony. Je suis resté tout le temps en dehors.

Passant devant Henry, il marcha rapidement vers le rectangle de lumière grise au bout de l'allée, à la fois satisfait de la mort du maquereau et pas très fier d'éprouver un tel sentiment.

— Dépêche-toi avant qu'on retrouve la voiture en pièces détachées.

Henry jeta les deux cadavres dans la benne en prenant soin de ne pas laisser d'empreintes sur le métal. Conscient de l'ambivalence dans la voix de Tony, il veilla à garder un ton neutre lorsqu'il déclara :

— Heureusement, les pilleurs attendent sûrement de voir si ces trois-là reviennent avant de se jeter sur le butin. J'ai comme l'impression que ces gars n'étaient pas des gentils.

— Tu m'étonnes.

La rue était étrangement déserte quand ils sortirent de l'allée.

— S'ils n'ont rien vu, ils ne seront pas obligés de mentir aux flics, expliqua Tony tandis qu'ils couraient vers la BMW.

La voiture était en parfait état hormis les jets d'urine de chat sur les deux enjoliveurs droits.

— Tu crois que quelqu'un a relevé le numéro ? demanda Henry en démarrant.

— Évidemment. Ils ont tous un carnet dans la poche pour noter leurs observations. Atterris, Henry, la plupart des types d'ici sont trop stone ou trop bourrés pour déchiffrer une plaque d'immatriculation. T'as déjà vu un cerveau de drogué, ajouta-t-il en faisant mine de casser un œuf.

Face au mutisme de son compagnon, il poussa un soupir et ferma les yeux.

— Regarde le bon côté des choses : apparemment, tes deux fantômes ne sont pas les premiers à avoir disparu, et pourtant tu reçois pas la visite des autres.

— Comment quelqu'un peut-il accepter de se vendre sans savoir précisément ce qu'il vend ?

— Quand on est prêt à baiser un inconnu pour vingt dollars, on ne chipote pas pour plusieurs milliers.

Tony essuya ses paumes moites sur son jean et ouvrit les paupières avant de reprendre :

— On va où maintenant ?

Henry haussa les épaules.

— Je ne sais...

Il tourna la tête vers la vitre entrouverte.

— Qu'est-ce qu'il y a ?

— Cette odeur...

— Tu veux dire, ce mélange de pisse et...

— Non. Vicki.

La clinique était fermée, la salle d'attente plongée dans le noir. Depuis le seuil, Vicki perçut néanmoins une présence à l'intérieur. Le nez collé à la porte vitrée, elle décela un rai de lumière sous une porte du couloir. Manifestement, quelqu'un faisait des heures sup. Un coup d'œil au système d'alarme ultramoderne la dissuada d'attaquer frontalement.

— Il existe forcément une autre entrée, se dit-elle à elle-même. Ne serait-ce que l'issue de secours.

Prenant soin de rester dans l'ombre, elle contourna l'immeuble et s'engagea dans la ruelle séparant le pâté de maisons en deux. Deux personnes dormaient dans la première benne à ordures qu'elle croisa. Une vieille femme fouillait dans la seconde. Elle sauta de son perchoir en l'entendant approcher, une boîte graisseuse de riz sauté dans une main, un bout de tuyau dans l'autre.

— Saletés de mômes ! Fichez-moi la paix !

Vicki huma le vent : aucun relent de drogue ni d'alcool ne se mêlait à l'odeur fétide de la pisse et des ordures. Il devait donc s'agir d'une de ces milliers de malades mentaux que les coupes dans le budget de la santé avaient envoyés à la rue.

— Je t'ai dit de foutre le camp !

Vicki saisit le tuyau, un peu surprise par la force du coup, et fourra vingt dollars dans les mains de la vieille. L'argent de la culpabilité des nantis, aurait commenté Celluci. Peut-être. Ça ne résolvait sûrement pas le problème, mais c'était toujours mieux que rien.

La femme renifla les billets et les lui rendit.

— J'viendrai pas avec vous, cria-t-elle. Même si vous envoyez le costaud.

— Le costaud ?

— Celui qui propose le fric. Une armoire à glace. Sacrément baraqué. Avec ses gros yeux de bœuf, on lui donnerait le bon Dieu sans confession, mais faut pas s'y fier. Je le sais, moi, je sens ces choses-là.

Changeant brusquement d'avis, elle fit disparaître les vingt dollars sous ses trois couches de vêtements.

— Faites gaffe à l'armoire à glace, prévint-elle.

Puis, sans crier gare, elle s'assit au pied du mur, glissa le tuyau sous un bras, et commença à manger.

— Saleté de gosses ! marmonna-t-elle encore la bouche pleine.

Vicki s'éloigna.

Le dispensaire disposait d'un petit parking et d'une sortie de secours fermée par une porte en acier. Les yeux irrités par la lumière de sécurité, Vicki repéra immédiatement les rayures sur le métal au niveau de la serrure. Quelqu'un avait visiblement cherché, sans succès, à pénétrer par là. « Quand la lumière est allumée, sonnez », annonçait un petit panneau. Une autre phrase était inscrite au-dessous en caractères chinois. Sans doute la même indication, estima Vicki.

Pourquoi pas ? Elle entendit la sonnette retentir à l'intérieur, sentit la présence se rapprocher.

— Oui ? Vous désirez ?

La voix était jeune, féminine. Fixant la caméra au-dessus de l'interphone d'un œil neutre, Vicki annonça :

— Mon nom est Vicki Nelson. Je suis détective privée et je recherche Michael Celluci.

— Michael Celluci ?

La surprise dans le ton de son interlocutrice semblait moins liée au nom de Celluci lui-même qu'au fait de l'entendre encore une fois.

— Oui. J'ai des raisons de croire qu'il est passé vous voir aujourd'hui. Nous travaillons ensemble et j'ai le sentiment qu'il a eu un problème.

— Une minute, s'il vous plaît.

La porte s'ouvrit.

Au moins, je suis dedans.

Les verrous claquèrent derrière elle et une silhouette apparut dans la lumière au bout du couloir.

— Dr Seto. C'est moi qui dirige cet établissement. Venez dans mon bureau, je vous en prie.

Les yeux de Vicki s'ajustèrent à la brusque luminosité.

— Ô mon Dieu…

Surprise par cette exclamation, le Dr Seto s'immobilisa, les mains sur le dossier de sa vieille chaise de bureau.

— Pardon ? dit-elle en repoussant une mèche de cheveux couleur d'ébène.

Vicki, qui ne s'était pas rendu compte qu'elle avait parlé à voix haute, marmonna une excuse, heureuse de ne plus pouvoir rougir. Si tu fais partie des méchants, Celluci est dans de sales draps. Ce gros balourd n'a jamais su résister aux belles femmes – surtout lorsqu'elles sont petites.

— Vous, euh… Je ne m'attendais pas à rencontrer quelqu'un comme vous ici.

Le médecin soupira, l'air pincé, visiblement agacée par cette référence à son physique.

— L'inspecteur Celluci ne m'a pas précisé qu'il travaillait avec une détective privée. Cela vous dérangerait de me montrer votre carte ?

— Vous auriez dû demander ça avant de m'ouvrir, commenta Vicki en fouillant dans la poche avant de son sac.

— Je l'aurais fait si vous aviez été…

— Un homme ? termina Vicki.

Elle lui tendit le rectangle de plastique.

— Oui.

Visiblement furieuse contre elle-même, le Dr Seto jeta un coup d'œil à la carte et la lui rendit. Maintenant, nous sommes à égalité, semblait indiquer son expression. Poursuivons.

— Vous n'avez pas eu de nouvelles de lui depuis cet après-midi, je suppose.

Comme Vicki opinait, le médecin s'appuya contre le bureau et croisa les bras.

— Il est passé ici ce matin vers 11 h 30. Il a rattrapé un jeune qui essayait de chiper une boîte de préservatifs. On a déjeuné ensemble et je lui ai fait faire le tour des lieux, après quoi, il est parti.

Vous avez déjeuné ensemble ?!

— Vous ne savez pas où il est allé ?

— À vrai dire, je ne l'ai même pas vu sortir. J'étais occupée avec des patients.

OK, ils ont déjeuné ensemble. Tu parles d'une histoire. Il faut bien qu'il mange, non ?

Vicki se concentra sur la reproduction d'un estomac punaisée au mur, consciente que si elle se tournait vers le Dr Seto, elle lui arracherait les informations de force.

— Vous vous souvenez de ce dont vous avez discuté ?

— De tout et de rien. Je ne me rappelle pas de sujet précis.

De tout et de rien ? De sa vie, Celluci n'avait jamais échoué à transformer une discussion légère en interrogatoire. Du moins était-ce ce qu'elle croyait…

— Des différences entre Toronto et Vancouver, par exemple, reprit le Dr Seto, manifestement gênée par le silence qui se prolongeait. À aucun moment il ne m'a dit qu'il était en service. Je pensais qu'il était venu en vacances ici.

— C'est le cas. Il me donne juste un coup de main.

— Vous le connaissez depuis longtemps ?

Quoi qu'il ait pu se passer entre eux, le ton avec lequel le Dr Seto avait posé la question indiquait clairement qu'elle n'était pour rien dans la disparition de Celluci. Si elle devait l'assommer et l'enfermer dans la cave, ce ne serait sûrement pas pour lui voler ses reins. Vicki tourna la tête – c'était plus fort qu'elle – et verrouilla son regard à celui du médecin.

— Oui. Très longtemps.

Le Dr Seto cilla, chancela, et posa une main sur le bureau pour se retenir. L'espace d'un instant, elle eut l'impression de tomber dans des ténèbres argentées, secouée par des vagues d'énergie pure, incontrôlable. Je ne dors pas suffisamment.

— Je crains de ne pas pouvoir vous être d'une grande aide, murmura-t-elle en se ressaisissant. Je n'ai aucune idée de l'endroit où il s'est rendu en partant d'ici.

Logiquement, il était allé dans d'autres cliniques – mais lesquelles et dans quel ordre ? La piste avait refroidi depuis longtemps à présent. Sans grande conviction, Vicki sortit une carte de visite d'Henry de son sac et la tendit à son interlocutrice :

— Merci. Si jamais quelque chose vous revenait, vous pouvez appeler ce numéro ?

— Je ne vois vraiment rien susceptible de me revenir, mademoiselle Nelson.

— J'ai dit « si », docteur.

— Très bien. Si.

— Je croyais que Victory voulait rester à l'appart au cas où Celluci appellerait.

— Il l'a peut-être fait.

Tony eut une moue sceptique.

— Ou elle en a eu marre d'attendre.

— Ce qui n'aurait rien d'étonnant.

La tête légèrement tournée vers la vitre, Henry filtra les différentes odeurs en provenance de la rue.

— C'est plus fort ici, dit-il entre ses dents en essayant de garder son sang-froid face à la présence d'un autre prédateur sur son territoire.

Tony se pencha pour regarder la façade du dispensaire.

— Tu crois qu'elle est entrée là ?

— J'ai l'impression que c'est elle au coin, là-bas.

Malgré ses efforts, Tony ne distinguait qu'une silhouette vague.

— Eh ! Pourquoi tu sors de la voiture ?

— Je préfère garder une distance de sécurité, répondit Henry avec un sourire maussade.

À moins d'y être retenu prisonnier, Celluci n'avait aucune raison de se trouver encore au dispensaire, Vicki le savait. Pourtant, cela ne changeait rien à sa contrariété. Un prisonnier, ça se libérait ! Alors que là, elle se retrouvait aussi démunie qu'au départ.

— Quand je mettrai la main dessus, il a intérêt à être ligoté ou je lui fais bouffer la bouche d'incendie la plus…

Elle fit volte-face vers le vent, les bras légèrement écartés, tout le poids sur l'avant des pieds.

— Il a appelé ?

— Non.

Henry hocha lentement la tête. Après tout, il connaissait déjà la réponse.

— Tu en as eu marre d'attendre.

— J'ai trouvé un papier laissant supposer qu'il pouvait être ici, dans ce dispensaire.

— Et alors ?

— Il n'y est pas.

Elle avait craché les mots en direction d'Henry, déviant sur lui sa colère, juste parce qu'il était là. Un cran de plus et elle lui sauterait à la gorge ; elle sentait déjà ses muscles se tendre, prêts à l'attaque.

Henry s'obligea à se maîtriser, conscient que la victoire était du côté de celui qui saurait garder son sang-froid.

— Vicki, ça ne va rien arranger.

— Tu crois que je ne le sais pas ? gronda-t-elle. En plus, ça me rend folle de ne pas pouvoir m'énerver contre toi sans avoir envie de t'égorger. Je...

Il leva la main pour l'interrompre. Elle demeura un instant immobile, essayant de retrouver la sensation de leurs retrouvailles après le massacre pour se calmer. À sa propre surprise, ça fonctionna.

— Et vous ? interrogea-t-elle en se dirigeant vers la BMW. Vous avez retrouvé la trace du type de Tony ?

— D'une certaine manière, répondit-il en lui emboîtant le pas à bonne distance. Le deuxième revenant s'appelle Doug. On a eu une petite discussion avec son souteneur.

— Que tu as éliminé.

Ce n'était pas une question : elle percevait la mort dans sa voix.

— Il t'a appris quelque chose ?

— Juste qu'un type proposait de l'argent à des jeunes qui avaient quelque chose de spécial.

— Spécial comme un groupe sanguin identique à celui du type qui achète le rein ?

— Peut-être. Mais comment le savent-ils ?

Vicki laissa passer le camion qui fonçait sur la route, puis désigna le dispensaire.

— Les dossiers d'admission.

— Ça implique de craquer les fichiers informatiques.

— Quand on a les moyens de s'acheter un rein, on peut sûrement s'offrir les services d'un informaticien véreux.

Elle lui relata sa conversation avec la vieille femme dans la ruelle.

— Apparemment, ils utilisent une espèce de gorille au regard bovin comme émissaire.

Elle s'arrêta près de la voiture.

— Et maintenant, qu'est-ce qu'on fait ?

— On rentre voir si Celluci est là, répondit-il en ouvrant la portière côté conducteur.

— Il ne le sera pas, affirma-t-elle en saluant Tony d'un hochement de tête. Sinon, il aurait appelé sur ton portable.

Portable qui, justement, sonna.

Tony tendit l'appareil à Henry. « Si c'est Celluci, sois poli », indiquait son expression.

— Fitzroy.

— Bonsoir, je suis le Dr Eve Seto. Mlle Nelson est passée me voir tout à l'heure ; elle m'a laissé votre numéro au cas où...

— Une seconde, docteur.

Souriant, il tendit le téléphone à Vicki.

— Pour toi.

Son sourire se volatilisa en s'apercevant qu'il lui était impossible de lâcher l'appareil, impossible de donner directement un objet lui appartenant à Vicki.

Avec un grognement frustré, il le passa à Tony.

— Tony, donne-le-lui.

Réprimant son envie d'écraser le téléphone imprégné de l'odeur d'Henry, Vicki le porta à son oreille.

— Allô ?

— Mademoiselle Nelson ?

— J'ai rencontré M. Fitzroy par hasard, docteur, expliqua Vicki en réponse à la question non formulée. Il arrivait en voiture juste au moment où je traversais le boulevard.

— Ah.

Le ton indiquait que le Dr Seto n'en croyait pas un mot.

— Je vous appelais parce que je me suis souvenue d'un détail. C'était au retour du déjeuner. C'est sans doute sans importance, mais...

— Au retour du déjeuner ?

— Oui. Sur le trajet, nous avons aperçu Patricia Chou devant le Centre culturel et...

— La journaliste ?

— C'est ça. L'inspecteur m'a dit qu'il avait vu son interview de Ronald Swanson et...

— Ronald Swanson, le promoteur ?

— Il est beaucoup plus qu'un simple promoteur, mademoiselle Nelson, fit remarquer le Dr Seto d'un ton sec – moins à cause de Swanson, semblait-il, que des interruptions constantes de son interlocutrice. Il a soutenu financièrement des centaines de projets sociaux à travers la ville. C'est lui qui a fourni tout l'équipement informatique du dispensaire et sans son appui, le Projet Espoir n'aurait jamais vu le jour.

— Le Projet Espoir ? Qu'est-ce que c'est ?

— Une maison d'accueil médicalisée au nord de Vancouver pour les patients atteints d'insuffisance rénale. Ils y sont pris en charge en attendant de trouver un donneur pour une greffe. M. Swanson l'a un peu créé en hommage à sa femme. C'est un endroit calme, joli.

— Sa femme est morte ?

— Oui, d'insuffisance rénale. Elle n'a pas trouvé de donneur à temps.

Vicki cilla, sous le choc.

— Vous avez dit tout ça à Celluci ?

— Non, mais nous avons parlé de transplantations rénales. Il voulait savoir si je pratiquais des greffes.

— Et vous en pratiquez ?

— Là où je travaille ? Vous plaisantez ?

Sans laisser à Vicki le temps de répondre, le docteur enchaîna :

— C'est drôle, l'inspecteur m'a posé la même question. Je suis peut-être complètement à côté de la plaque, mais votre enquête est-elle en rapport avec le cadavre retrouvé dans le port ? Celui qui n'avait plus de mains et auquel il manquait un rein ?

— Je n'ai pas le droit d'en parler.

— Très bien. Mais laissez-moi vous prévenir que si vous soupçonnez Ronald Swanson, vous faites fausse route. Ce type a distribué tellement d'argent dans le coin que tout le monde le prend pour un saint.

— Les saints qui font fortune dans l'immobilier ne courent pas les rues, ironisa sèchement Vicki.

— Je n'ai pas l'intention d'argumenter sur le sujet avec vous, mademoiselle Nelson. Je me disais juste que si vous recherchez l'inspecteur Celluci, vous devriez peut-être rencontrer les gens du Projet Espoir.

— Je croyais que vous ne lui aviez pas parlé de cet endroit.

— C'est un policier, mademoiselle Nelson, répliqua le Dr Seto. S'il s'intéresse à la fois à M. Swanson et aux greffes de rein, il aboutira forcément au Projet Espoir.

Montrant les dents, Vicki remercia le Dr Seto de son appel, coupa la communication et relata sa conversation à ses compagnons.

— Alors, on va jeter un coup d'œil à ce Projet Espoir ? demanda-t-elle.

Henry secoua la tête.

— Tout colle trop bien. J'ai l'impression que tu tires des conclusions hâtives à partir de simples coïncidences.

— Je me contente juste d'émettre une hypothèse. Hypothèse que je compte vérifier en me rendant sur les lieux de ce Projet Espoir pour découvrir combien de temps exactement les patients attendent leur rein. Et si je reconnais quelque chose dans le frigo, je fais un carnage, ajouta-t-elle, le regard étincelant.

— Qu'on aille là-bas tous les trois ? s'exclama Tony en dévisageant Henry d'un air inquiet. Dans une seule voiture ? C'est prudent ?

— Bonne question, répondit celui-ci. Vicki ?

— Ça ira, affirma-t-elle, agacée. Faut juste rester concentrés sur le fait de retrouver Mike et savoir qu'il risque d'y avoir du grabuge à la fin.

— Oh.

Tony ferma un instant les yeux, prit une longue inspiration, puis se tourna vers Henry.

— Je crois que je vais rentrer, annonça-t-il. Si Celluci est là, je vous appelle.

Il y eut un long silence.

— Comme tu voudras, déclara finalement Henry.

— Désolé, Victory, s'excusa Tony en pivotant vers elle, gêné. Je ne peux simplement pas.

Elle inspira longuement à son tour, expira... Quand elle prit la parole, sa voix était étonnamment douce.

— Je comprends. Il n'y a aucune raison pour que tu subisses les conséquences de notre difficulté à nous conduire en personnes civilisées.

Contournant la voiture en un clin d'œil, elle lui saisit le visage entre ses deux mains.

— Ça va aller si on te laisse ici ? Tu préfères qu'on te reconduise avant ?

Il lui écarta doucement les poignets ; elle laissa retomber ses mains.

— Vous devez partir à la recherche de l'inspecteur Celluci.

— Je n'ai pas l'intention de risquer ta vie pour sauver la sienne.

À ces mots, les yeux de Tony s'emplirent de larmes.

— Ça ira, assura-t-il. Je prendrai un taxi devant un restaurant du quartier chinois.

— Tu as assez d'argent ?

— Arrête, Henry !

Les joues écarlates, Tony recula au fond du trottoir.

— Bon, vous vous décidez à partir, oui ou non ?

Ils démarrèrent. Ils avaient tous deux ouvert leur vitre et prirent soin de garder leur tête dans le vent, légèrement à l'extérieur. Cela suffit. Tout juste.

— À ton avis, on va le trouver là-bas ? demanda Henry en engageant la voiture sur le pont.

— En tout cas, je suis sûre qu'il y est passé. Je sais comment il procède. Dans la police, les coïncidences n'existent pas : le nom de Ronald Swanson étant apparu plusieurs fois, Mike a dû se renseigner sur lui. Ses recherches l'ont sûrement conduit au Projet Espoir. Ce qui signifie qu'il est allé sur place.

— Tu crois qu'il lui est arrivé quelque chose ?

En réfléchissant à la question, Vicki eut l'impression qu'on lui arrachait la peau.

— J'en suis certaine.

10

— Il n'y a aucun endroit où cacher la voiture.

— Ne la cache pas. Entre dans le parking et gare-toi.

— Il est plus d'une heure du matin, fit remarquer Henry en franchissant l'entrée du centre Projet Espoir. Je ne voudrais pas mettre tes qualités de détective en doute, mais tu n'as pas peur qu'on nous remarque ? Je suis certain qu'il y a au moins une infirmière de garde.

— Et alors ?

— Alors tu comptes arriver et lui demander si l'inspecteur Celluci est ligoté sur un lit dans une de leurs chambres ?

— Pourquoi pas ?

La voix de Vicki ne ressemblait guère à celle d'un officier de police ou d'un détective privée, ni même à celle d'un simple mortel. Henry s'obligea à garder son sang-froid tandis qu'elle poursuivait :

— Je n'ai pas l'intention de laisser quiconque me mentir. D'ailleurs, s'il est là-dedans, je le sentirai.

— Et s'il n'y est pas ?

Elle eut un mauvais sourire.

— Je partirai en quête d'un grand gaillard avec des yeux de veau et lui poserai quelques questions.

Malgré son calme apparent, Vicki était sur le point d'exploser, Henry le sentait. Ce qui n'avait rien de vraiment étonnant, songea-t-il, vu leur proximité physique. La tension entre eux était si palpable qu'il sentait ses propres défenses s'affaiblir dangereusement. Si le grabuge escompté une fois sur place ne se concrétisait pas, ils risquaient de se sauter à la gorge avant même d'avoir quitté les lieux.

À peine la BMW arrêtée, Vicki bondit dehors et inspira une longue bouffée d'air. Quoi qu'il arrive par la suite, décida-t-elle, elle ne laisserait plus jamais Henry la conduire quelque part. Il ralentissait au feu orange, il mettait des plombes à passer aux carrefours, il levait le pied dans les virages... Il lui avait fallu une volonté de fer pour ne pas le tirer de force hors de son siège et prendre sa place derrière le volant. Il faut absolument que je récupère mon permis. Lèvres serrées, elle marcha vers le bâtiment.

— Souviens-toi, Vicki, mieux vaut passer inaperçu qu'avoir à rectifier une mauvaise image.

— Seigneur, Henry ! Arrête tes devises à deux balles.

Il verrouilla la BMW avant de s'élancer derrière elle.

— Je parle d'expérience.

— Je sais, je sais, plus de quatre cent cinquante ans d'expérience. Pas étonnant que tu conduises comme une mamie, ajouta-t-elle entre ses dents en poussant la porte de la clinique.

Elle fut assaillie par un parfum de fleurs surchauffées, de désodorisant aux senteurs « océanes » et de désinfectant.

Au-delà, elle perçut un peu plus de dix vies plongées dans le sommeil – naturel pour certaines, chimique pour d'autres. Parmi celles-ci, il lui sembla reconnaître celle de Celluci. Pourquoi n'en suis-je pas certaine ? Après avoir été tellement persuadée de pouvoir dire si oui ou non il se trouvait à la clinique, ce doute inopiné l'ébranla. Aurait-elle été plus sûre d'elle sans l'épisode de ses « retrouvailles » avec Henry dans l'entrepôt ?

Non, décida-t-elle avec un soulagement aussi irrépressible que malvenu en identifiant la cause de son trouble : le désespoir. Un désespoir si total malgré le nom de l'établissement qu'il noyait les individualités et l'empêchait d'avoir une vision claire de chaque existence. Or, comme Mike ne sortait pas du lot, il y avait peu de chances qu'il soit ici en simple visiteur...

La seule personne éveillée dans le bâtiment lui jeta un regard interrogateur derrière la cloison vitrée du bureau des infirmières.

— Je te l'avais dit, murmura Henry. On s'est fait repérer.

— Tant mieux, rétorqua-t-elle d'une manière un peu trop appuyée.

Incapable de rougir, elle grimaça. Depuis toute petite, les infirmières lui donnaient l'étrange sentiment de ne pas être à la hauteur. Peut-être parce qu'elles avaient toujours l'air si compétentes. À moins que ce soit leur blouse blanche. Quoi qu'il en soit, elle avait perdu toute sa superbe de créature de la nuit en s'avançant sous la lumière crue des néons du local.

— Oui ? Je peux vous aider ?

À en juger par la froideur du ton employé, la seule aide que la jeune femme comptait leur fournir était la direction de la sortie.

— Je cherche un ami.

— C'est un établissement privé, pas le service des urgences local. Votre ami n'est sûrement pas venu ici.

— Il aurait été admis cet après-midi.

— Nous n'avons pas eu d'entrée cet après-midi.

— Tu veux que je m'en charge ? proposa Henry d'un ton posé, incapable de dissimuler son amusement.

Il avait vu Vicki affronter des démons, des loups-garous, des momies et moult criminels mortels avec beaucoup plus d'assurance.

Elle grogna quelque chose d'inintelligible, captura le regard de l'infirmière et, poussée par la fierté, parvint à en prendre le contrôle.

— Vous êtes seule ici ?

Les pupilles dilatées, la femme secoua la tête.

— Il y a un garçon de salle.

— Où est-il ?

— Dans la salle de repos. Il dort.

— Que fait-il là ?

— Ça lui arrive de rester de temps en temps, au cas où il y aurait des problèmes.

— Quel genre de problèmes ?

Vicki posa les deux mains sur le bureau et se pencha en avant pour ajouter :

— Des problèmes avec les donneurs des organes achetés ?

L'infirmière se leva, le regard toujours plongé dans les profondeurs argentées de ses prunelles.

— Qu'est-ce que vous racontez ? Je ne comprends rien.

Ce n'était pas la réponse habituelle. Surprise, Vicki lâcha un peu la bride à la créature de la nuit, laissant tomber une partie de son camouflage de mortelle.

— Vous n'avez jamais rien remarqué d'anormal ? Des patients ne correspondant pas vraiment aux indications sur leur dossier ? Des salles fermées à clé ?

Le souffle haletant, l'autre secoua la tête.

— Quoi que vous soyez, vous ne m'effrayez pas. Vous voulez savoir ce qui me fait peur ? Perdre mon boulot avec deux ados à charge et un mari au chômage depuis six mois, voilà ce qui me terrifie. Vous n'obtiendrez rien de moi.

— Si vous mourez, menaça Vicki, à bout de patience, vous ne pourrez plus travailler.

— Vous représentez la mort pour certaines personnes, je le sens…

La peur monta enfin, se trahissant dans la voix tremblante, la gorge nouée. La femme déglutit et poursuivit :

— …Mais, quoi que vous soyez, vous ne me tuerez pas.

— Elle a raison, intervint doucement Henry, impressionné par la volonté de l'infirmière. Elle sait que tu ne l'élimineras pas sans raison. Elle joue au bluff.

Partagée entre la contrariété et l'embarras, Vicki lui lança un œil noir.

— Ça ne fait pas de moi une faible, prévint-elle en serrant les poings.

Henry se rapprocha.

— C'était un compliment envers elle, précisa-t-il, pas une insulte à ton égard. Tu devrais peut-être me…

— Non.

Cette mortelle était à elle. Qu'Henry parvienne à la faire parler ou non n'était pas le sujet. Les yeux plissés, Vicki reprit à l'intention de la jeune femme.

— Ça a l'air d'être un bon boulot.

— Oui. Pour l'essentiel.

Pour l'essentiel. Vicki sourit.

— Par les temps qui courent, j'imagine qu'on est prêt à beaucoup pour garder un travail rémunérateur. Y compris à fermer les yeux sur certaines choses.

— Eh ! je m'occupe des malades, et je m'en occupe très bien, se défendit son interlocutrice, les bras croisés sur la poitrine. Le reste ne me concerne pas.

— Évidemment. Oubliez notre visite.

Les lèvres pincées en un rictus désapprobateur, l'infirmière hocha sèchement la tête.

— Mike est ici.

La plaque sur la porte annonçait : « Local électrique ».

— Tu en es certaine ?

Sans répondre, Vicki fouilla dans les profondeurs de son sac à la recherche de son passe-partout.

— Je perçois de nombreuses vies, Vicki : en haut, en bas, tout autour de nous. La plupart sont droguées. Ensemble, elles se fondent en une masse amorphe. Comment peux-tu être sûre que l'une d'elles appartient à Michael Celluci ?

À genoux, elle inséra les deux plus gros crochets dans la serrure.

— Je suis plus proche de lui que toi.

— Et tu veux à tout prix le retrouver. Cela m'ennuie de te le rappeler, mais nous n'avons aucune garantie qu'il soit venu ici. On ne sait même pas ce que cache l'infirmière.

— Et on ne le saura pas si on ne jette pas un coup d'œil.

Le battant s'ouvrit sur un petit couloir menant à deux portes. L'une était celle du local électrique.

L'autre celle d'une chambre ressemblant à toutes les chambres d'hôpital si l'on exceptait les murs en parpaings et le grand soupirail en guise de fenêtre. Depuis le seuil, Vicki regarda le corps ligoté au lit, la tête étrangement légère tandis que toutes les pièces de son monde se remettaient en place.

Le visage de Mike était tuméfié, les articulations de son poing droit écorchées, et son rythme cardiaque modifié. L'odeur qui se dégageait de son souffle attestait qu'on l'avait drogué.

Malgré son envie de se précipiter sur lui pour le libérer, le prendre dans ses bras et l'emporter dans un endroit sûr, Vicki s'obligea à agir posément. Pour le bien de Mike, elle devait d'abord découvrir ce qu'ils lui avaient fait. Ensuite, elle donnerait libre cours à sa colère.

— Mike ? appela-t-elle en détachant les sangles qui l'enserraient.

Une rapide inspection lui assura qu'aucun organe n'avait été ôté.

— Mike, réveille-toi. Sors de cet état.

Son pouls était fort. Elle caressa sa joue couverte d'une barbe naissante.

Henry les contemplait depuis le pas de la porte, conscient d'être tombé dans l'oubli, et émerveillé de la douleur qu'il en éprouvait. Les impératifs territoriaux, les attaques et les contre-attaques, les instincts meurtriers à peine maîtrisés, tout cela s'était volatilisé face au souvenir de son amour pour elle. L'espace d'un instant, il haït Michael Celluci comme il n'avait jamais haï quiconque.

Puis l'instant passa.

Celluci ne connaîtrait jamais l'intimité ultime que lui et Vicki avaient partagée : sa vie recréée dans ses bras, leurs sangs mêlés dans leurs deux corps. Et la suite...

Il sourit malgré lui. La suite était la rupture de traditions qu'il pensait impossibles à briser, une passion sauvage et meurtrière, une paix noyée de sang et quelque chose qui avait une chance de devenir une amitié conquise sur le destin.

Il n'avait pas le droit de détester Celluci après avoir obtenu de Vicki plus que l'impossible.

— On lui a donné un somnifère. Tu n'arriveras pas à le réveiller.

Vicki fit volte-face, prête à s'interposer entre le danger et le corps étendu sur le lit. Il lui fallut un moment avant de s'apercevoir que c'était Henry qui avait parlé, et un autre pour se souvenir, qu'à ce moment précis du moins, il ne représentait pas une menace.

— Un somnifère ? Comment le sais-tu ?

— L'expérience.

— Je préfère ne pas savoir dans quelles conditions tu as acquis cette expérience, Henry.

Elle se retourna vers Celluci, lui ôta sa basket droite, prit la peau du dessous de son pied entre le pouce et l'index et pinça.

La jambe eut un mouvement convulsif.

— Qu'est-ce que tu fais ?

— C'est une technique de shiatsu. J'appuie sur des points précis pour l'aider à se libérer de l'effet des médicaments.

— Comment... ?

— J'en sais rien comment ! aboya-t-elle. C'est un de mes supérieurs qui m'a appris ça. On s'en servait pour les suicides aux barbituriques. Quand ça ne marchait pas, ça voulait dire qu'ils étaient morts. Allez, Mike, sors de là.

Elle le pinça de nouveau.

Cette fois, il grogna et retira son pied. Puis ses paupières clignotèrent et il ouvrit les yeux. Vicki lui prit le visage entre ses mains. Il cilla. Ses paupières retombèrent un peu, ses iris roulèrent vers le haut.

— Michael Frances Celluci, je t'interdis de fermer les yeux quand je te parle.

— Bon sang, Vicki... on dirait... ma grand-mère.

— Vraiment ?

Il avait les lèvres desséchées. Elle les humidifia de la pointe de la langue, léchant le sang aux commissures.

— Ce n'était pas... un défi, précisa-t-il quand elle se redressa.

— Je voulais juste m'assurer que tu n'avais rien de cassé avant qu'on t'emmène.

— Très attentionné de ta part, ironisa-t-il, avant de froncer les sourcils, perplexe. On ?

Balayant la pièce des yeux, il avisa Henry resté sur le seuil.

— Mais alors, ça veut dire que… ?

— Le van a disparu en même temps que vous, expliqua calmement ce dernier. Il fallait bien quelqu'un pour conduire.

— Vous auriez pu lui prêter votre voiture.

— Sûrement pas. La dernière fois que j'ai commis cette erreur, elle s'est fait rentrer dedans par un camion.

— Sauf que ce n'était pas elle mais le loup-garou qui conduisait.

— Ça suffit, tous les deux ! intervint Vicki en prenant Mike par la mâchoire pour l'obliger à la regarder. Vu que nos voleurs de reins ne vont sûrement pas tarder à revenir, je propose qu'on se tire de là au plus vite. C'est bon, on peut te porter ?

— Non.

— Non quoi ?

— Non, vous ne pouvez pas me porter.

— Quel est le problème ? Qu'est-ce qu'ils t'ont fait ? s'enquit-elle d'une voix laissant supposer que les responsables seraient punis au moins à la hauteur de leur méfait.

— Jusqu'ici, rien d'autre que me kidnapper.

Il avait repris tous ses esprits, mais son corps restait engourdi. Aussi ne protesta-t-il pas quand Vicki l'aida à s'asseoir dans le lit et lui plaça l'oreiller dans le dos.

— Il faut que vous me laissiez ici, déclara-t-il. C'est le seul moyen de découvrir ce qui s'y passe réellement.

— On sait ce qui s'y passe.

— Non. Tout ce dont on est sûrs pour l'instant, c'est que certaines personnes n'ont pas envie d'être suivies par la police.

Il leur relata rapidement ses mésaventures. Lorsqu'elle comprit qu'il ignorait où se trouvait le van, Vicki poussa un cri.

— Écoute, tu ne crois pas qu'on pourrait s'occuper de la camionnette plus tard ? dit-il. Quand on aura le temps.

— On aurait tout le temps nécessaire si tu n'étais pas aussi têtu...

— Tu n'as qu'à voir ça comme une opération d'infiltration.

Elle eut un sourire pincé.

— Désolée, mais ça me fait plutôt penser à une opération suicide...

— Vicki, rien ne prouve qu'il s'agit bien d'un trafic d'organes. Ça pourrait aussi bien être une histoire de drogue. Tout ce que nous avons, c'est un enlèvement et une détention illégale.

— Et un vol de voiture, rappela-t-elle. Avec agression physique, ajouta-t-elle en lui caressant la joue.

— Sur ce point, il pourra plaider l'autodéfense.

— Mike, tu es venu jusqu'ici pour la même raison que nous : le nom de Ronald Swanson est apparu trop souvent dans cette affaire pour qu'il s'agisse d'une simple coïncidence. D'abord, nous découvrons qu'il finance une clinique privée réservée aux personnes atteintes d'insuffisance rénale, et pour finir, on te retrouve ligoté à un lit. Personnellement, ça me suffit.

Il lui saisit le poignet pour la calmer.

— Arrête de t'énerver et réfléchis un peu. Imagine que tu entres chez Swanson de force et lui arraches une confession. À quoi cela te servira-t-il devant un tribunal ? Pour qu'il soit condamné, il te faut des preuves. Nous devons donc poursuivre l'enquête.

— À ton avis, je fais quoi, là ? Une promenade d'agrément ?

Onze morts dans un entrepôt de Richmond... Oui, Celluci préférait s'accrocher à l'idée d'une balade inoffensive.

— Mouais, pour l'essentiel. Élucider cette affaire demanderait des moyens que nous n'avons pas.

— Si Ronald Swanson avoue, je t'assure que j'aurai tout ce qu'il faut pour m'occuper de lui.

— Non !

Il avait mis tant de force dans cette exclamation que la lueur argentée vacilla dans le regard de Vicki.

— Si tu tues Swanson, ce sera trop pour moi. Je ne pourrais pas faire comme si je n'étais au courant de rien.

Elle libéra sa main de la sienne et se frotta le poignet. « Je ne pourrais pas faire comme si je n'étais au courant de rien. » Cela sonnait comme un adieu.

— Mais...

— Il n'y a pas de « mais », Vicki. Ma limite se situe là.

Un battement de cœur. Deux.

— Je n'aime pas beaucoup les ultimatums, Mike.

— Pas plus que moi les meurtres prémédités.

Elle non plus, admit-elle à contrecœur en son for intérieur. Du moins, lorsqu'elle n'était pas aveuglée par la fièvre de la sauvagerie. Avec un sourire ironique, elle repoussa une mèche sur le front de Mike.

— Toute relation implique des compromis, soupira-t-elle.

Le soulagement qu'elle lut sur le visage de Celluci la surprit. À quoi s'était-il attendu ? Elle posa la main sur son torse, rassurée à son tour par le battement régulier de son cœur.

— Maintenant que ce point est réglé, qu'attends-tu de moi exactement ?

— Que tu me laisses ici...

— Hors de question !

— Bon sang, Vicki, tu vas m'écouter une seconde ? Si on les effraie, on ne découvrira jamais ce qui se passe. Laisse-moi comme tu m'as trouvé... D'accord, ce n'est pas nécessaire de me redonner un somnifère, plaisanta-t-il, mais ça mis à part...

Comme elle ne souriait pas, il poussa un soupir et poursuivit :

— Rentre à l'appartement et appelle la police. Dis-leur que tu t'étais arrêtée pour chercher ta route quand tu as vu un grand type en tee-shirt rouge jeter un corps dans le coffre de sa voiture. Ils iront vérifier et découvriront...

— Rien. Cette chambre est cachée. Même l'infirmière de garde n'est pas certaine de son existence. Comment veux-tu que la police te retrouve ?

— OK. Dans ce cas, raconte que tu rendais visite à un ami hospitalisé quand tu as vu ce fameux type avec le corps et que tu l'as suivi discrètement jusqu'à cette pièce. Tu es partie avant qu'il te repère, puis après une ou deux heures d'hésitation, tu as décidé de les prévenir.

— Je peux te poser une question ?

Alerté par le ton de Vicki, il fronça les sourcils.

— Quoi ?

— Tu es flic, alors, mets-toi à leur place. Tu croirais à un truc aussi tarabiscoté ?

— Qu'ils y croient ou non n'est pas le problème tant qu'ils vérifient.

— Je pense que je peux inventer une histoire crédible.

Vicki pivota vers Henry.

— C'est vrai que vous écrivez des romans d'amour, lança Celluci avec mépris.

— Ne te mêle pas de ça, Henry.

— Je te rappelle que tu travailles pour moi. Or, à mon avis, l'inspecteur a raison : s'ils se sentent repérés, ils s'évanouiront dans la nature avant qu'on ait une seule preuve contre eux.

— Donc tu es d'accord pour mettre la vie de Mike en danger ?

Vicki avait parlé les dents serrées, légèrement de biais sur le lit comme pour défendre son bien.

Celluci soupira.

— Vicki, calme-toi. Quelles que soient leurs intentions envers moi, ils ne passeront pas à l'action avant demain matin.

— Qu'est-ce que tu en sais ?

— J'ai entendu les méchants parler dans le couloir avant qu'ils m'administrent un somnifère.

— Les méchants ?

— Le type qui m'a conduit ici...

— Il avait des yeux de bœuf ?

— Si tu veux dire de gros yeux doux et un peu bêtes, oui. Mais je te rappelle que mes relations avec la race bovine se limitent aux hamburgers. En tout cas, il discutait avec une femme. J'ai l'impression que c'est elle qui m'a administré le sédatif, mais il a mis un oreiller sur ma tête avant que j'aie pu voir. Précaution qu'ils ne prendront pas la prochaine fois.

Il bougea, essayant de trouver une position moins inconfortable pour sa tête douloureuse.

— Tout ce que tu as à faire maintenant, c'est t'assurer que la police vienne ici avant demain. Je les conduirai à l'endroit où le type m'a assommé et je ne doute pas qu'ils aboutiront aux mêmes conclusions que moi.

— Qui sont… ?

— Qu'on pourrait enterrer une armée entière dans ces bois. Je te promets qu'il ne m'arrivera rien avant leur apparition, ajouta-t-il en se radoucissant. Tu dois juste trouver une histoire suffisamment convaincante pour qu'ils se déplacent. Je m'occupe du reste.

— Pourquoi ne vas-tu pas leur raconter ton histoire toi-même ?

— Comment expliquerai-je mon évasion ?

Elle balaya l'air d'un geste de la main.

— Qu'est-ce que j'en sais, moi ? Tu n'as qu'à réfléchir.

— C'est toi qui devrais réfléchir un peu, rétorqua-t-il en plongeant les yeux dans les siens. Il est fondamental que nous… que je puisse répondre à leurs questions sans avoir à mentionner votre existence. Fitzroy et toi ne pouvez pas être impliqués.

Le raisonnement était imparable. Mentionner leur nom reviendrait à les citer comme témoins. Or, il y avait peu de chances que les interrogatoires et le procès se déroulent la nuit. À bout d'arguments, Vicki se tourna vers Henry : manifestement, les deux hommes étaient d'accord.

— Tu es complètement shooté par les sédatifs, ripostat-elle alors avec mauvaise foi. Tu n'es pas en état d'élaborer un plan.

— J'ai peut-être les jambes en coton et la tête comme une enclume, mais mes facultés cognitives sont en parfait état.

— Tu parles !

Avec un soupir, elle lui lissa les poils de l'avant-bras à l'envers.

— Ton plan ne me plaît pas.

— Arrête ça ! fit-il en lui saisissant la main. Vicki, ça va te prendre combien ? Une heure pour rentrer à l'appartement ? On est en juin, le soleil se lève à 4 h 14. Alors, je t'en prie, laisse la police se charger de tout ça.

— Les fantômes veulent être vengés par Henry.

— Dans ce cas, laisse-le appeler, lui. Il n'y a pas d'autre moyen pour que les responsables récoltent ce qu'ils méritent.

« Je ne pourrai pas faire comme si je n'étais au courant de rien… Ma limite se situe là. »

Les mots restaient suspendus dans l'air au-dessus d'eux.

Si elle sortait Celluci de force de la clinique, il ne le lui pardonnerait jamais, c'était certain. Si elle l'y laissait et qu'Henry téléphonait tout de suite à la police, quel risque y avait-il ?

Malgré l'odeur persistante d'une autre femme – elle espérait pour Mike qu'il s'agissait de celle qui lui avait administré les somnifères – elle sentit le désir monter en elle tandis qu'elle lui rattachait les poignets.

— Tu sais, ça donne des idées.

Tout en lui caressant l'intérieur du bras, elle prit la ceinture de son jean entre ses dents et tira.

— Vicki !

— Michael…

— Fitzroy, vous voulez bien la sortir d'ici ?

Elle fit volte-face, une expression menaçante sur les traits. Henry haussa un sourcil dubitatif.

— Je reconnais qu'il est très appétissant, déclara-t-il, mais le moment n'est peut-être pas idéal.

Celluci poussa un grognement quand Vicki bondit soudain sur le lit, les deux mains posées sur lui.

— Touche-le et je te déchire en pièc…

Elle se tut brusquement, embarrassée.

— Tu as fait exprès de dire ça, pas vrai ?

— Oui.

Malgré leurs progrès, il en fallait toujours très peu pour réveiller leur instinct de propriété, songea Henry. Avant de se demander si, finalement, Vicki n'aurait pas agi exactement de la même manière à l'époque où elle était encore mortelle.

— Ne vous en faites pas, inspecteur, je n'ai pas faim pour l'instant, lança-t-il, railleur. Dis au revoir, Vicki, on y va.

Tout en marmonnant, Vicki se retourna vers Celluci. Au moment de l'embrasser, elle s'arrêta à deux doigts de ses lèvres pour murmurer :

— Je ne suis pas sûre de réussir à partir en te laissant ici.

— Arrête de dire des bêtises. Tu peux toujours tout ce que tu veux.

— Ne te fiche pas de moi, Celluci.

— Dans ce cas, arrête de dramatiser. Je ne risque rien jusqu'à l'arrivée de la police. Maintenant, va-t'en, articula-t-il contre sa bouche

— On devrait sortir par l'entrée principale. La sortie de secours et probablement reliée à une alarme.

Vicki tâtonna tout autour de la porte.

— Je ne sens pas de câble. Écoute, la voiture est juste là sur le parking. Suivons le conseil de Mike et filons.

Sur quoi, elle appuya sur la barre et poussa. Aucun son strident ne s'éleva.

— Tu vois, pas d'alarme. Ils ne veulent pas prendre le risque d'effrayer les malades en cas de problème. Allez, viens, papy. Je parie que j'arrive avant toi à la voiture.

Oui, décidément, il en fallait très peu pour réveiller leurs instincts, songea Henry en s'élançant à toute allure derrière elle. Trop rapides pour la vision d'un simple mortel, ils atteignirent la BMW avant que la porte de la clinique soit refermée.

Il ouvrit les yeux et bondit sur ses pieds, sûr d'avoir entendu un bruit. S'il y avait bien une chose qu'il avait apprise en prison, c'était à dormir sur une seule oreille. Le son étouffé d'une portière de voiture le propulsa vers la fenêtre de la salle de repos juste à temps pour voir une BMW faire marche arrière et s'éloigner. Le conducteur et sa passagère semblaient en pleine dispute. Il ne reconnut la silhouette d'aucun d'eux.

Sans doute des gamins à la recherche d'un endroit tranquille pour se peloter, estima-t-il. Il bâilla, prêt à retourner se coucher, quand la crainte de la réaction du toubib en cas de problème le fit changer d'avis. Après tout, ça ne coûtait rien d'aller vérifier si tout se passait bien du côté de leur invité impromptu.

Bien qu'il fût certain de l'avoir fermée à clé, la porte d'accès au local électrique était déverrouillée.

Progressant sans bruit sur ses semelles de crêpe, il pénétra dans la chambre secrète, s'attendant déjà à la trouver déserte. Mais non, le flic était toujours là, ligoté et dans les vapes. Il alluma, une main au-dessus des yeux pour se protéger de la lumière crue. Le corps sur le lit ne réagit pas. Il se rapprocha pour l'examiner de plus près : apparemment, rien n'avait bougé depuis son départ.

Pourtant, un détail clochait. L'inconnu n'avait-il pas une mèche sur le front tout à l'heure ? Immobilisé comme il l'était, il était impossible qu'il l'ait repoussée lui-même. Dubitatif, il examina les liens. La sangle autour du poignet gauche était serrée au niveau du quatrième trou, celle du droit au troisième. Généralement, il les attachait de manière identique. Mais il est vrai que le flic, malgré son état, s'était débattu comme un diable, alors…

Le flic s'agita en marmonnant. Parfait. L'effet des somnifères commençait à se dissiper, cédant la place au sommeil naturel. À présent, son poitrail se soulevait et s'abaissait plus rapidement.

Soudain, il fronça les sourcils. Juste au-dessus de la hanche gauche, un demi-cercle plus sombre s'étalait sur le bleu pâle du jean. Ça avait l'air mouillé, comme si quelqu'un avait refermé ses dents dessus.

Il toucha le tissu. Il était légèrement humide. Saisissant la zone entre le pouce et l'index, il tira.

— Je voudrais bien savoir ce qui s'est passé ici, murmura-t-il.

Il redressa la tête en sentant le poids du regard du flic sur lui.

— Dis donc, tu as de drôles de copains, toi. Tu peux m'expliquer pourquoi ils t'ont laissé là ?

— Je ne comprends pas de quoi vous parlez.

— C'est ça, fous-toi de moi !

Dans l'impossibilité de parer le coup, le type reçut la gifle en pleine face.

— Va te faire foutre, gros lard.

L'insulte le fit sourire.

— Attends un peu que la toubib me donne le feu vert, répondit-il avec une suavité inquiétante.

Sur ce, il sortit téléphoner.

— Tu vas où là ? lança Vicki entre ses dents.

Au moment de monter en voiture, elle avait voulu conduire, mais Henry s'y était opposé par un « non » définitif. Pour le bien de Celluci, elle avait donc fini par s'installer côté passager, ce qu'elle ne cessait de regretter depuis.

— L'appartement est dans cette direction.

— Je sais, mais il y a un café à l'angle là-bas, je suis sûr qu'on y trouvera un flic.

— Bon sang, Henry, on est à Vancouver. Des cafés, y en a partout ! s'exclama-t-elle, à bout de patience.

D'un geste vif, elle saisit le volant pour tourner, mais Henry le maintint fermement et elle dut lâcher prise sous peine de provoquer un accident.

— Contrairement à la plupart, celui-ci a un parking, expliqua-t-il.

Comme il l'avait escompté, une voiture de police était garée devant l'établissement. À l'intérieur, un homme et une femme en uniforme discutaient, un gobelet à la main.

— Bravo pour les clichés ! grommela Vicki tandis qu'Henry arrêtait la BMW derrière eux. Et maintenant ?

— Maintenant, je vais interrompre les deux agents pendant leur pause-café et leur raconter la scène à laquelle j'ai assisté en passant devant la clinique.

Elle sortit en même temps que lui, soulagée d'échapper enfin à l'espace exigu de l'habitacle.

La nuit sentait le CO_2 et le métal chaud. Elle jeta un regard derrière elle en direction de la bâtisse du Projet Espoir.

— Putain, je n'arrive pas à croire que j'aie accepté de le laisser là-bas, soupira-t-elle. Il peut lui arriver n'importe quoi.

— Vicki, on l'a laissé parce qu'il nous l'a demandé, rappela Henry. Et puis, il n'y a aucune raison que les choses tournent mal.

Aucune raison ? Vraiment ?

Préférant ne pas énoncer ses craintes de peur qu'elles ne se réalisent, elle s'accouda au toit et appuya le menton sur ses avant-bras.

— Vas-y. Et tu as intérêt à être crédible et persuasif.

Henry ne doutait pas de pouvoir inventer une histoire suffisamment convaincante pour amener les policiers à se rendre à la clinique sur-le-champ. Quant à la crédibilité, peu importait puisque ce n'était pas ce qu'il disait qui comptait, mais comment il le disait.

— Excusez-moi, vous avez une minute ?

Posant instantanément sa tasse de café, l'officier de police assis au volant se tourna vers lui.

— Bien sûr, monsieur.

Intriguée par le ton déférent de son collègue, la jeune femme assise à sa droite se pencha pour apercevoir leur interlocuteur… et ressentit à son tour l'impérieux désir de répondre au plus vite à la requête de celui-ci.

— J'ai quelques informations qui, à mon avis, méritent une investigation.

En entendant Henry rentrer, Tony s'assit sur le canapé et se frotta les yeux.

— Vous l'avez trouvé ?
— Oui.
— Victory doit être soulagée.
— Pas exactement.
— Quoi ?! Ne me dis pas que tu l'as tuée avant d'arriver à la clinique.
— Je ne vois pas à quoi tu fais allusion.
— Arrête, Henry ! Je ne suis pas d'humeur à jouer aux devinettes. Si tu l'as pas tuée et si vous avez retrouvé Celluci, je vois pas pourquoi Vicki est encore contrariée.
— Parce qu'on a laissé Celluci à la clinique.
— Hein ?!
— C'est l'idée de Celluci. D'après lui, les responsables de l'établissement risquaient de prendre peur en constatant qu'il s'était enfui. Il a préféré qu'on avertisse la police pour qu'ils se rendent sur place et le découvrent eux-mêmes.
— Ah ouais ? Et comment vont-ils faire le rapprochement entre lui et le cadavre du port ? À moins qu'on lui ait déjà retiré un rein…
— Non. Mais il pense savoir où sont enterrés les autres corps.
— Et Victory a accepté de partir sans lui ?
— Plus ou moins. On a dû faire appel à sa raison.
Tony émit un ricanement.
— J'ignorais que c'était possible, surtout concernant Celluci. Vous êtes allés voir les flics ?
— Oui. Je pense qu'ils ont assez de détails pour découvrir ce qu'il faut.
Jetant un coup d'œil à sa montre, Henry reprit :
— Pourquoi n'es-tu pas couché ? Tu ne travailles pas demain ?
— Si, mais je voulais être sûr que Celluci allait bien avant de rentrer chez Gerry et John.
Il se leva, plia la couverture et demeura immobile, les yeux fixés sur ses pieds.
Henry poussa un soupir. À quel moment les choses avaient-elles pris cette tournure bizarre entre eux.

— Tony, il est tard, il fera bientôt jour. Pourquoi ne pas finir la nuit ici dans ta chambre ?

— Je ne…

— Je sais.

Tony redressa la tête, touché par le ton compréhensif d'Henry.

— Quand cette histoire sera finie, ce qui sera probablement le cas demain soir, il faudra qu'on parle. Mais pour l'instant, tu n'as aucune raison de partir.

— Oui, tu as sûrement raison.

Jetant un coup d'œil au réveil sur la chaîne, Tony tressaillit.

— Henry, le soleil va se lever dans moins de cinq minutes !

— Je sais, répondit Henry en se dirigeant vers sa chambre. Dis, tu veux bien jeter un coup d'œil au journal télévisé demain ? Ou même l'enregistrer avant ton départ ? Je suis certain que l'inspecteur Celluci ne mentionnera pas le nom de Vicki ni le mien, mais je serai plus rassuré si j'en ai la preuve.

— Pas de problème. Je programmerai le magnétoscope pour les journaux de midi et de dix-huit heures.

— Ça ne perturbera pas l'enregistrement de *Batman* ?

Tony sourit. C'était cet aspect-là d'Henry qui leur avait permis de rester ensemble si longtemps, songea-t-il, ce côté « normal, » très éloigné du vampire et du prince des Ténèbres.

— T'en fais pas. Tu l'auras ton dessin animé.

Henry avait la main sur la poignée. Dans un instant, il s'enfermerait à clé jusqu'au coucher du soleil. Soudain, Tony éprouva l'envie de prolonger ce moment.

— Tu… as préparé une question pour les fantômes ? Une qui marcherait pour tous les deux ?

— Vicki m'a suggéré de leur demander s'ils avaient été assassinés par la même personne.

— Tu crois qu'elle sait de quoi elle parle ?

— Autrement, je n'aurais pas réclamé son aide. De toute manière, ça ne devrait plus avoir d'importance.

Si tout se passe bien, les deux spectres reposeront en paix demain soir.

Henry ouvrit la porte et caressa la joue de Tony. Les seuls mots qui lui vinrent à l'esprit étaient « au revoir ». Préférant ne pas les prononcer – pas déjà – il resta silencieux.

— C'est insupportable. Cette chambre pue le rose même dans le noir.

Vicki donna un coup dans l'oreiller et reposa la tête dessus, consciente que la couleur de la pièce n'avait pas vraiment de rapport avec sa mauvaise humeur.

Rentrer à l'appartement en compagnie d'Henry s'était révélé moins difficile que rouler avec lui jusqu'à la clinique du Projet Espoir. Plus ils passaient de temps ensemble, mieux cela allait, avait-elle remarqué. Malgré tout, elle avait toujours envie d'assassiner quelqu'un.

Pas Henry.

Mike.

— On n'aurait jamais dû le laisser là-bas, je le sens. Après toutes ces années, qu'est-ce qui m'a pris d'écouter les conseils de…

L'aube engloutit la suite de ses pensées.

11

— Que se passe-t-il ici ?

La question créa un brusque silence dans le bureau des infirmières. Les deux officiers de police et l'infirmière de garde pivotèrent vers celle qui l'avait posée avec la même expression de soulagement sur les traits. « Dieu merci, enfin quelqu'un capable de prendre les choses en main », semblaient-ils tous penser.

L'infirmière fit un pas en avant.

— Docteur Mui, ces monsieur dame aimeraient jeter un coup d'œil à la clinique. Apparemment, quelqu'un leur a dit avoir vu un homme entrer par l'issue de secours avec une personne inconsciente sur le dos cet après-midi.

— Vraiment ?

Le Dr Mui toisa les deux agents de police avant de déclarer d'un ton péremptoire :

— Je crains que votre informateur ne se soit trompé. Nous n'avons eu aucune admission cet après-midi.

— Il ne s'agissait pas d'un malade. L'homme qui le transportait – un grand type en tee-shirt rouge – l'avait jeté sur son épaule comme un paquet. Je doute que vos patients arrivent ici de cette manière, docteur…

— Mui. Et vous êtes ? s'enquit-elle en haussant l'arc parfait de ses sourcils.

— Agent Potter, madame. Et voici l'agent Kessin, répondit la jeune policière en désignant son équipier du menton. Êtes-vous toujours aussi matinale, docteur ? Il est à peine cinq heures. C'est un peu tôt pour commencer la journée.

Le Dr Mui lui lança un œil noir.

— Je suis souvent ici à des horaires inhabituels. Vous pouvez demander à Damone, l'infirmière de garde, si vous ne me croyez pas. Il se trouve que l'un de mes patients vient de passer en stade quatre. À moins de trouver un donneur compatible, il mourra avant la fin de la semaine. Je suis venue voir comment il allait. Vous avez tous deux signé votre carte de donneur, j'imagine ?

Pris au dépourvu par la question, les deux officiers acquiescèrent d'une même voix :

— Oui, docteur.

Mui eut un hochement de tête approbateur.

— Parfait. Une fois mort, vous n'aurez plus besoin de vos organes. Des centaines de vies pourraient être sauvées chaque année si les gens prenaient la peine de signer leur carte. Maintenant, pour en revenir à ce soi-disant « corps », je suppose que vous avez un mandat.

L'agent Potter cilla, doublement déconcertée par le sermon et le brusque changement de sujet.

— Un mandat, docteur ?

— Un mandat de perquisition, agent Potter.

— Euh, à vrai dire, nous ne pensions pas en avoir besoin, admit Potter avec la désagréable impression d'être retombée une quinzaine d'années en arrière au collège des Sœurs.

— Ah. Je vois.

— Nous pouvons en obtenir un si nécessaire, intervint l'agent Kessin.

Ce qu'il regretta aussitôt quand le Dr Mui déplaça son regard sur lui, lui donnant le sentiment d'être le dernier des crétins. « On ne prendra pas ses organes. C'est un imbécile », semblait-elle penser.

— Je n'en doute pas, déclara-t-elle d'un ton suggérant exactement le contraire.

Puis, sans leur laisser le temps de déterminer s'il s'agissait ou non d'une insulte, elle reprit :

— Par chance, puisque je suis là, ce ne sera pas indispensable. Nous avons une quinzaine de patients actuellement, tous dans un état critique. Je suppose que vous ne vous attendiez pas à ce que l'infirmière de garde vous laisse vous promener seuls dans l'établissement ni à ce qu'elle quitte son poste. Heureusement, ma présence ici simplifie le problème. Par où souhaitez-vous commencer ?

« Juste devant l'issue de secours, le couloir tourne un peu à gauche. Vous verrez une porte marquée "local électrique." Derrière se trouve un autre petit couloir menant à une chambre… »

— L'issue de secours.

— Parfait. Infirmière…

Les deux agents suspendirent leur souffle, espérant que le médecin ordonnerait à sa subalterne de les accompagner.

— … je ne serai pas longue.

L'espoir s'évanouit.

— Cette porte n'est pas reliée au système d'alarme ?

— Comme je vous l'ai indiqué, agent Potter, nos patients sont dans un état grave. Nous n'avons pas envie que leur cœur lâche à cause du bruit juste parce que quelqu'un s'est trompé de sortie.

— Ils sont malades à ce point ?

— Tous ceux qui viennent ici n'ont plus que deux possibilités : une greffe ou la mort. Oui, ils sont malades à ce point.

L'agent Kessin fronça les sourcils face à la lourde porte en acier.

— Mais vous ne craignez pas qu'un intrus pénètre dans l'établissement par cette issue ?

— La porte ne s'ouvre pas de l'extérieur.

— Il y a des gens pour qui toutes les portes s'ouvrent, docteur.

Le Dr Mui eut un sourire guindé.

— Et qu'est censée faire une alarme contre ce genre de personnes ?

— Le local électrique est toujours fermé ?

— Un, ce n'est pas le local électrique, mais un couloir, agent Kessin, répondit le médecin en sortant son trousseau de clés. Deux, non, ce n'est pas toujours fermé.

— Dans ce cas, pourquoi l'est-ce aujourd'hui ?

— Je l'ignore.

« La pièce que vous recherchez ressemble à n'importe quelle chambre d'hôpital sauf que les murs sont en parpaings peints et l'habituelle fenêtre remplacée par un soupirail... Vous trouverez un homme sur le lit... »

L'agent Potter marqua une pause sur le seuil. Son coéquipier dut lui donner une chiquenaude pour la faire avancer. Elle éprouva une drôle de sensation, comme si elle émergeait d'un puits noir et sans fond. Sans doute à cause de la lumière aveuglante des néons qui étincelait sur le mobilier métallique, estima-t-elle.

L'homme étendu sur le lit cligna des paupières et s'assit en grommelant.

— Une chambre dissimulée, un homme qui, de toute évidence, n'est pas un patient. Comment expliquez-vous ça, docteur Mui ?

— À l'origine, cette pièce devait être la buanderie, mais nous avons finalement trouvé plus économique de faire laver le linge à l'extérieur. Comme les arrivées d'eau étaient déjà installées, nous avons décidé de l'utiliser pour loger des visiteurs temporaires. Quant à ce monsieur...

Son ton se fit désapprobateur.

— ... il s'appelle Richard Sullivan. C'est un de nos employés et il n'a rien à faire ici. Ce qui explique pourquoi la porte était fermée à clé.

Sullivan, qui avait bondi sur ses pieds, marmonna quelques mots incompréhensibles, les yeux baissés.

— Plus fort, Richard. Je n'ai pas compris.

— Le lit de la salle de repos est trop dur.

— C'est vous le garçon de salle dont nous a parlé l'infirmière : celui qui dormait dans la salle de repos ? interrogea Potter.

Pourquoi avait-elle l'impression d'avoir changé de chaîne en cours de programme ?

— Visiblement pas, déclara sèchement le Dr Mui. Lui c'est le garçon de salle qui est censé dormir dans la salle de repos.

Elle désigna la porte du menton.

— Allez m'attendre dans mon bureau, Richard. J'ai deux mots à vous dire.

— Un instant, monsieur Sullivan, intervint Potter.

Il se tourna vers elle. Il avait des cils longs et épais comme ceux d'une femme. Des cils qui soulignaient un regard brun d'une douceur totalement inattendue chez un homme de cette corpulence. Elle s'empourpra en se rendant compte qu'il attendait patiemment qu'elle poursuive.

« Demandez-lui comment il est arrivé dans cette chambre. »

À quoi bon puisqu'elle le savait déjà ?

— Avez-vous, euh… un tee-shirt rouge ?

Il hocha la tête.

— Vous le portiez cet après-midi ?

Nouvel acquiescement.

— Je ne porte jamais ma tenue de travail à l'extérieur. Je l'apporte dans un sac et me change à l'arrivée.

— Un sac.

De ses énormes mains, il dessina un rectangle devant lui.

— Un sac militaire, vous voyez ?

— Un sac militaire

En jetant un coup d'œil à son équipier, Potter constata qu'il était arrivé à la même conclusion qu'elle. Depuis la rue, il était tout à fait possible de confondre un homme en tee-shirt rouge portant un sac militaire sur le dos avec un homme en tee-shirt rouge portant un homme inconscient sur le dos.

« Quand vous aurez trouvé la chambre et l'homme et découvert ce qui se passe là-bas, je suis certain que vous saurez comment régler le problème. »

Elle grimaça. Quel problème ?

— J'espère que ce pauvre bougre ne va pas avoir d'ennuis par notre faute, déclara l'agent Kessin en roulant vers le nord de la ville. Ce Dr Mui n'a pas l'air commode. Bon sang, ce qu'ils peuvent m'insupporter tous ces médecins avec leurs grands airs ! Ils te font poireauter trois quarts d'heure dans la salle d'attente, et poussent des cris d'orfraie si, par malheur, tu arrives cinq minutes en retard.

Tout en se grattant la moustache, il jeta un œil à sa coéquipière.

— Qu'est-ce qui te tracasse ?

Potter, qui était restée silencieuse depuis la sortie de la clinique, haussa les épaules.

— Je me disais juste qu'on ne l'a jamais vu, ce sac militaire.

— ... et vous êtes suivi dans les bois par un inspecteur venu de l'autre bout du pays. Cette nuit, deux intrus pénètrent dans la clinique, laissent leur petit camarade là où ils l'ont trouvé et envoient des flics du coin jeter un coup d'œil sous prétexte qu'ils vous ont vu entrer ici avec un type inconscient sur le dos.

Les mains croisées sur le bureau, le Dr Mui interrogea Sullivan du regard.

— Qu'en concluez-vous ?

Il soupira. Pourquoi lui posait-elle toujours des questions dont elle connaissait la réponse ?

— Qu'on est foutus ?

— Non. Que les amis de l'inspecteur Celluci n'ont pas envie d'avoir affaire à la police.

— Ce ne sont pas de très bons amis pour l'avoir laissé attaché là.

— Ils s'attendaient à ce que la police le découvre. Si cela avait été le cas, nous serions bel et bien foutus, comme vous le dites si élégamment.

— Pourquoi m'avez-vous demandé de m'allonger ?

— Parce qu'ils se seraient rendu compte que le lit était encore chaud.

— Et maintenant ? s'enquit-il. Je vais le chercher dans le coffre de votre voiture et je le ramène ici ?

— Non. Ses amis risquent de revenir, et cette fois ils ne le laisseront pas. Il faut le conduire dans un endroit sûr. Un des bungalows réservés à nos clients.

Elle sortit une clé du tiroir du bureau et la lui jeta.

— Installez-le dans le plus éloigné de la maison.

Sullivan attrapa la clé au vol et la mit dans sa poche.

— M. Swanson va pas aimer ça.

— Ne vous préoccupez pas de M. Swanson.

— Je pourrais nous en débarrasser, suggéra-t-il, une lueur brillante au fond des yeux.

— De qui ? L'inspecteur de police ? Ne soyez pas ridicule, Richard. Il possède deux reins en parfait état. Deux reins de bonne taille et en bien meilleure forme que ceux de nos SDF habituels.

— Vous voulez que je reste là-bas avec lui ?

— Oui. Veillez à vous garer assez loin pour qu'on ne vous voie pas de la maison. Je passerai tout expliquer à Swanson d'ici deux ou trois heures dès que j'aurai terminé ce que j'ai à faire.

L'esprit enveloppé d'une ouate épaisse, Celluci s'accrocha de toutes ses forces au point lumineux qui brillait au fond des ténèbres. Il parvint à soulever les paupières juste assez longtemps pour distinguer des arbres derrière une fenêtre et un mur couvert de lambris. Puis la nuit se referma. On l'avait kidnappé, se souvint-il avec la conscience vague que quelqu'un était en train de le déplacer. Il aurait dû se débattre, il le savait, mais son corps refusait d'obéir.

Son dos percuta un matelas ; un léger parfum de chèvrefeuille s'éleva quand sa tête atterrit sur l'oreiller.

Manifestement, il avait quitté la clinique.

Tandis que des mains l'attachaient au lit sans ménagement, il chercha les différentes possibilités qui s'offraient à lui, et n'en trouva aucune. S'abandonnant à son corps défendant aux somnifères, il eut presque un élan de pitié pour ses ravisseurs.

Vicki va piquer une de ces colères.

— Docteur Mui, quelle surprise !

Avec une froideur courtoise, Ronald Swanson s'effaça pour laisser sa visiteuse pénétrer dans l'entrée.

— Je suis désolée de vous déranger chez vous, s'excusa le médecin, mais ce que j'ai à vous dire est trop important pour utiliser le téléphone. Vos voisins connaissant vos liens avec le Projet Espoir, j'imagine qu'ils ne s'étonneront pas de me voir ici.

— Probablement pas. D'ailleurs, à mon avis, ils n'ont même pas remarqué votre arrivée.

Au moment de fermer la porte, il avisa la décapotable blanche scintillant sous le soleil dans l'allée.

— Vous avez une nouvelle voiture ?

— Je l'ai achetée la semaine dernière.

— Vous avez encore les moyens de vous offrir un véhicule aussi luxueux après la récente acquisition de votre appartement, docteur ?

— C'est vous-même qui m'avez conseillé d'investir à Yalestown, monsieur Swanson. Quant à la voiture, n'avez-vous pas l'habitude de dire qu'il faut payer le prix si on veut de la qualité ? Les moteurs allemands sont construits pour durer. En outre, vous me versez un très bon salaire.

— Parce que j'aime la qualité, répondit-il avec un sourire nerveux.

Il tendit le bras vers la cuisine.

— Je terminais mon petit déjeuner. Voulez-vous un thé ou un café ?

C'était la première fois qu'il recevait une visite informelle depuis la mort de Rebecca. Celle-ci aurait poussé des hauts cris si elle l'avait entendu inviter son hôte dans la cuisine. Mais aller au salon l'aurait obligé à laisser rassir un délicieux bagel, ce dont il n'avait aucune envie.

— Non merci.

— Cela ne vous dérange pas si je continue ?

— Absolument pas.

Elle s'installa sur la chaise qu'il lui désigna, et attendit qu'il soit assis à son tour pour annoncer :

— Nous avons un nouveau donneur.

Les yeux plissés, il reposa le bagel dans son assiette.

— Déjà ? Cela fait deux en un peu moins d'une semaine. Trois en deux mois. Ne craignez-vous pas d'attirer l'attention ? Quand les choses se répètent, les gens finissent par le remarquer.

— Vous avez raison. Mais vu la taille du rein dont nous avons besoin, nous ne pouvons pas nous permettre de laisser passer une pareille occasion. Le donneur mesure près d'un mètre quatre-vingt-dix et doit peser dans les cent kilos. Il a la trentaine et il est en parfaite santé.

Estimant avoir donné suffisamment d'informations pour satisfaire son employeur, le Dr Mui attendit patiemment que celui-ci parvienne à la bonne conclusion.

— Vous pensiez qu'on ne trouverait jamais de donneur de cette taille, fit remarquer Swanson.

— Je me trompais.

— Malgré tout…

Il secoua la tête.

— Trois en deux mois, ça m'inquiète. Si on se fait prendre, ça ne sera bon pour personne. Encore moins pour nous, ajouta-t-il en grimaçant.

Le Dr Mui s'accouda au bureau, le menton posé sur ses doigts croisés.

— Ce donneur est arrivé jusqu'à nous dans des circonstances inhabituelles. Je sais, nous avions établi une procédure très précise, ajouta-t-elle en voyant Swanson prêt à protester, néanmoins, je me permets de souligner que si nous ne saisissons pas cette opportunité maintenant, elle ne se représentera pas. C'est pourquoi j'ai pris la liberté de modifier un peu notre méthode afin de ne pas éveiller les soupçons.

— Ce serait une honte de passer à côté…

Elle laissa Swanson réfléchir en silence, confiante. N'avait-il pas la réputation de n'avoir jamais laissé filer une bonne affaire ?

— D'accord, acquiesça-t-il enfin. Alors, qu'avez-vous fait ?

On arrivait à la partie la plus délicate…

— J'ai demandé à M. Sullivan de conduire le donneur dans l'un des bungalows réservés à nos clients. Notre homme ignore où il se trouve et ne risque plus d'attirer l'attention à la clinique.

Swanson reposa vivement sa tasse, éclaboussant la table de thé.

— Et vous craigniez que mes voisins imaginent des choses s'ils vous apercevaient !

— Il est arrivé à l'aube, ça m'étonnerait que quelqu'un l'ait remarqué. Même si c'était le cas, qui songerait à s'en étonner ? Vous recevez régulièrement des invités, après tout.

Après leur greffe, les acheteurs étaient en effet automatiquement transférés vers l'un des bungalows de Ronald Swanson. Présentés comme des relations du milliardaire, ils pouvaient ainsi effectuer leur convalescence en toute tranquillité sans risquer d'attirer l'attention par un trop long séjour à la clinique.

— Je vous rappelle qu'il s'agit de notre seule chance pour ce patient particulier, insista-t-elle.

— Je sais, mais...

— Je peux m'occuper de tous les préparatifs ici. Nous ne le déplacerons qu'au dernier moment.

Elle regarda Swanson se lever pour gagner la fenêtre et contempler l'un des chalets à travers le feuillage des arbres.

— Bien sûr, c'est à vous de décider.

— J'imagine que si je dis non et que l'opération est annulée, ça ne changera pas le montant de ma facture.

Puisqu'il ne semblait pas attendre de réponse, elle ne lui en donna pas.

— Bien, soupira-t-il finalement. Comme je le disais tout à l'heure, ce serait du gaspillage de payer un spécialiste pour ne pas suivre ses conseils. C'est vous le médecin. Si vous estimez que c'est notre seule chance pour ce patient...

— J'en suis certaine.

— Dans ce cas, allez-y. Je vais appeler l'acheteur. Vous êtes bien sûre que le donneur est en bonne santé ? ajouta-t-il en pointant l'index vers elle.

— Totalement.

— Tant mieux. Parce que après notre dernier fiasco, nous avons besoin de revaloriser notre image.

— ... nuages matinaux se disperseront en milieu de journée et la région de Vancouver bénéficiera d'un bel après-midi avec des températures proches de vingt-sept degrés. Le département des Parcs et Loisirs signale...

Tony coupa le son, les sourcils froncés. En général, la télévision était une source d'informations quasi instantanée. Il arrivait même que les reporters soient sur une scène de crime avant la police. Alors pourquoi le journal ne mentionnait-il pas la découverte d'un inspecteur de Toronto ligoté à un lit dans une clinique de Vancouver ?

Selon ses dires, Henry avait envoyé les flics sur place immédiatement. Ils étaient donc allés là-bas, il ne pouvait en être autrement.

— Alors pourquoi n'en parlent-ils pas ?

Il remonta le son au moment des résultats du baseball, régla le magnétoscope pour enregistrer les informations de midi et dix-huit heures, et coupa la télé avec la désagréable impression qu'un malheur s'était produit.

— Il est réveillé ?

— Ouais. Il a pissé et bu un verre d'eau. On lui donne à manger ?

— Évidemment. Allez voir ce qu'il y a dans la kitchenette.

— Qu'il compte pas sur moi pour lui faire la bouffe, grommela Sullivan.

Le Dr Mui pivota vers lui.

— Pardon ?

Piétinant nerveusement sur place, Sullivan soutint son regard un moment, puis baissa les yeux avant de gagner le réfrigérateur en maugréant.

— Préparez-vous quelque chose pour vous aussi. Vous resterez ici avec lui.

— Et la clinique ? s'enquit Sullivan, l'air contrarié.

— Harry et Tom pourront se débrouiller quelques jours sans vous.

Elle attendit qu'il sorte les casseroles du placard pour se détourner et pénétrer dans la chambre.

— Je sais que vous êtes réveillé, inspecteur. Ouvrez les yeux.

Celluci avait déjà entendu cette voix, là-bas à la clinique. C'était celle de la femme qui lui avait administré le sédatif et discutait dans le couloir avec le garçon de salle. Bien qu'il ne l'eût pas mentionné – il avait déjà eu assez de mal à convaincre Vicki de le laisser sur place –, il avait pensé alors qu'elle possédait une voix de vampire : celle d'un être pour qui les autres sont avant tout du bétail. Sauf qu'il n'avait jamais rencontré de buveur de sang à l'intonation aussi froide et dépourvue d'émotion...

— Alors, quel est le programme ? demanda-t-il d'un ton faussement détaché.

— Alors, répondit le Dr Mui en l'imitant, que savez-vous exactement ?

Afin de déterminer si Richard Sullivan avait oui ou non paniqué pour rien, elle l'avait chargé de faire parler leur prisonnier. Malheureusement, ce dernier avait résisté à toutes les démonstrations de force et elle avait finalement décidé de ne prendre aucun risque. Après tout, l'inspecteur n'aurait pas suivi Sullivan s'il n'avait pas soupçonné quelque chose.

— De toute évidence, ce que je sais ou non n'a plus d'importance, dit-il. Autrement, je ne serais pas là.

— Très bonne déduction, inspecteur. J'ai analysé un échantillon de votre sang cette nuit. Malgré un taux de cholestérol un peu élevé, vous êtes en parfaite santé.

— En d'autres circonstances, cette nouvelle m'aurait ravi.

Fermement ligoté au lit, il dut se tordre le cou pour la regarder sortir le matériel de sa mallette. Il tressaillit quand elle posa sur le bord de la tablette de petits sachets en plastique transparent surmontés d'un tuyau. Des poches à sang !

— Mon Dieu !

Le Dr Mui haussa les épaules.

— Arrêtez de me regarder comme ça. Je ne suis pas un vampire. Votre sang sera employé à des fins très utiles, je vous l'assure.

Des fins très utiles ? À ces mots, Celluci comprit que, contrairement à ce qu'il avait pensé, dissimuler ce qu'il savait ne lui servirait à rien.

— Vous voulez transfuser le receveur pour diminuer les risques de rejet, c'est ça ?

— Oui, répondit laconiquement le médecin avant de se concentrer sur ses préparatifs.

Il considéra l'aiguille, certain de n'en avoir jamais vu d'aussi grosse. On aurait cru une paille de quinze centimètres de long. Il sursauta quand la femme lui frotta l'épaule avec un tampon d'alcool.

— Normalement, ça n'est pas douloureux, prévint-elle en le voyant éloigner le bras, mais si vous bougez, je serai obligée de recommencer jusqu'à ce que je trouve la veine.

Il s'immobilisa.

— Présenté comme ça, je n'ai pas le choix.

— Contente que vous en ayez conscience.

Le sang monta dans le tuyau, descendit vers la poche de plastique.

Vicki va vraiment péter les plombs.

Réconforté à cette pensée, Celluci se laissa aller contre l'oreiller.

— Comment dois-je vous appeler ? interrogea-t-il.

— Si vous devez m'appeler, « docteur » fera l'affaire.

— Je suppose que vous ne voulez rien me dire concernant vos mobiles, vos méthodes et les raisons pour lesquelles vous pensez pouvoir échapper à la police.

— Vous supposez bien.

Il n'y avait pas grand-chose à ajouter. Celluci décida donc de se taire. D'après son expérience, peu de gens supportaient le silence. Certains allaient même jusqu'à se confesser dans le seul but de le combler.

Mais pas son interlocutrice, manifestement. Alors, incapable de tenir plus longtemps, il déclara :

— Vous seriez passés à travers les mailles du filet si on n'avait pas trouvé ce cadavre dans le port.

— Le corps découvert dans le port n'a pas été identifié. En constatant qu'aucun hôpital de la région n'a pratiqué l'opération, la police conclura que la victime n'était pas du coin.

Avec une dextérité attestant son expérience, le médecin remplaça rapidement le sachet rempli de sang par un vide.

— Les mains coupées, ajoutées au récent carnage lié à la guerre de gangs, éloigneront encore plus les enquêteurs de la vérité. Comme, en outre, personne ne va réclamer justice, le manque de moyens et d'effectifs aura tôt fait de les convaincre de laisser tomber l'affaire.

— Il n'y a pas que la police, rappela Celluci.

— Si vous faites référence à votre propre investigation, je vous rappelle qu'elle est terminée, inspecteur. De toute évidence, vos amis ne veulent rien avoir à faire avec les autorités, et les agents qu'ils ont envoyés vous chercher...

Elle écarta les mains.

— ... ne vous ont pas trouvé. Vos amis n'ont aucune chance d'arriver jusqu'ici.

Vous les connaissez mal, songea Celluci. Ce qu'il se garda bien d'énoncer à voix haute de crainte d'éveiller la méfiance du médecin. Elle semblait du genre à suspendre une tresse d'ail à sa porte juste au cas où.

— D'ailleurs...

Une goutte écarlate scintilla sur la pointe de l'aiguille quand elle la retira.

— ... vous ne resterez pas longtemps ici.

Le temps de lui mettre un pansement sur le bras et elle se dirigeait vers la porte.

— Docteur ?

Elle pivota, visiblement agacée par ce contretemps.

Celluci sourit. Après tout, un peu de charme ne pouvait pas nuire.

— Je me posais juste la question: est-ce que je pourrai encore jouer du piano?

— Non.

Profitant de sa solitude, Celluci tentait de se libérer de ses liens quand la porte s'ouvrit. Il se détendit un peu en constatant qu'il ne s'agissait que de son geôlier. Celui-ci tenait un bol dans les mains.

— Le toubib a dit que je devais vous faire la bouffe.

— Et vous êtes?

— Sullivan. Vous avez pas besoin d'en savoir plus.

Il ne lui fallut pas longtemps pour comprendre pourquoi Sullivan arborait cette mine réjouie. Les flocons d'avoine étaient si brûlants que son premier réflexe fut de les recracher. Mais Sullivan lui saisit la mâchoire, l'obligeant à la garder fermée jusqu'à ce qu'il ait avalé. Puis il lui fit boire du jus d'orange, l'étouffant à moitié avec le liquide, qui ressortit douloureusement par le nez.

— Bon sang, où avez-vous appris à traiter les malades de cette façon? demanda Celluci entre deux quintes de toux.

— Au pénitencier de Kingston.

— Vous travailliez à l'infirmerie de Kingston?

Sullivan hocha la tête.

— Drôle de choix pour un type comme vous, non?

— Au contraire, répondit Sullivan avec un large sourire. J'aime faire mal. Vous connaissez une victime plus vulnérable qu'un prisonnier malade?

Un argument imparable, admit Celluci tout en poussant un grognement de douleur quand l'autre s'appuya de tout son poids sur lui pour se redresser.

Il dormit presque toute la matinée, ne s'éveillant qu'une fois pour avaler une bouteille d'eau déversée d'un trait dans son gosier.

— Vous devez remplacer vos fluides, expliqua Sullivan d'un air ravi en le regardant s'étrangler.

Le déjeuner se déroula comme le petit déjeuner avec de la soupe brûlante à la place des flocons d'avoine et une tentative d'évasion avortée. Celluci savait qu'il n'avait aucune chance, mais il fallait qu'il essaie.

— Recommence ça et je te brise les jambes, aboya le colosse en lui cognant la tête contre le mur.

Celluci cherchait encore une réplique spirituelle quand son crâne percuta une seconde fois le lambris.

— Tous les jeudis après-midi, Ronald Swanson visite les malades de l'établissement en hommage à sa femme morte des suites d'une insuffisance rénale...

Son cameraman sur les talons, Patricia Chou s'avança sur le parking et brandit un micro vers l'homme s'extirpant d'une Chevrolet dernier modèle.

— Monsieur Swanson, une déclaration, s'il vous plaît.

Le promoteur baissa les yeux sur le micro, les releva vers le cameraman, avant de les ramener finalement sur Patricia Chou.

— À quel sujet ?

— Le rôle de cette clinique ; l'importance de signer sa carte de donneur d'organes pour ne plus avoir besoin d'endroits comme celui-ci ; ou encore, ajouta-t-elle avec un sourire carnassier, la définition de ce magnifique oxymore qu'est le « don rétribué ». Pensez-vous sincèrement que le choix de ce terme modifie la réalité ? À savoir, que les organes s'achètent.

— Je n'ai rien à vous dire.

— Vraiment ? Tout le monde a quelque chose à dire, monsieur Swanson.

La confusion fit place à l'irritation sur les traits du milliardaire.

— Si vous souhaitez m'interviewer de nouveau, prenez rendez-vous avec ma secrétaire, lança-t-il en la poussant d'un coup d'épaule pour se diriger vers le bâtiment.

Le cameraman s'écarta d'un bond sans néanmoins le quitter de son objectif.

— On le suit ? s'enquit-il.

— Ce n'est pas la peine, répondit Patricia Chou en coupant le micro. J'ai atteint mon but.

— Qui était ?

— L'inquiéter et le déstabiliser. Les gens nerveux finissent toujours par commettre une erreur.

— Tu ne l'aimes vraiment pas, hein ?

— Les sentiments n'ont rien à voir là-dedans. Ce qui compte, c'est d'obtenir une bonne histoire. Et crois-moi, il y en a une sacrément bonne sous ces conneries de promoteur philanthrope.

— C'est peut-être Batman.

— Monte dans la voiture au lieu de dire des conneries, Brent. Faudrait surtout pas rater l'intervention sur les subventions aux bibliothèques.

L'intervention sur les subventions aux bibliothèques... Un sujet d'enfer, songea-t-elle, amère, en démarrant. Bon sang, il lui fallait à tout prix la peau de Swanson. Je me demande où est passé ce flic de Toronto...

— Je viens de tomber sur Patricia Chou, annonça Swanson en fermant la porte du bureau du Dr Mui derrière lui. Elle m'attendait sur le parking. Il faut faire quelque chose à propos de cette jeune femme.

— Ignorez-la.

Le Dr Mui se leva et lissa les plis de sa blouse blanche.

— Elle vous harcèle juste dans l'espoir de créer un scandale pour promouvoir son émission.

— Pourquoi moi ? La ville regorge d'acteurs et de chanteurs, elle n'a qu'à s'en prendre à l'un d'eux. Vous ne pensez pas qu'elle pourrait être au courant de quelque chose ? s'inquiéta-t-il en s'essuyant le crâne d'une paume moite.

Mui le dévisagea avec attention. Manifestement, sa rencontre avec la reporter l'avait ébranlé.

— Au courant de quoi ? demanda-t-elle comme s'il n'y avait rien à savoir.

— Imaginez qu'elle surveille ma maison et qu'elle vous ait vue ce matin...

— Elle en aura conclu, comme tout le monde, que je venais m'entretenir avec vous au sujet de la clinique.

— Mais...

— Vous devenez parano, monsieur Swanson.

Heurté par ces mots, il se ressaisit un peu.

— Excusez-moi, docteur Mui. Cette femme a un effet terriblement destructeur sur moi.

— Sur beaucoup de monde, j'ai l'impression. Alors, avons-nous un acquéreur ?

— Oui. Il sera là demain après-midi.

— Parfait. Je commencerai les transfusions dès son arrivée. Si tout se passe bien, nous pourrons opérer le lendemain. On y va ? suggéra-t-elle en en passant devant lui pour ouvrir la porte.

— Auparavant, j'aimerais savoir s'il s'est passé quelque chose de particulier à la clinique cette semaine.

— Matthew Singh est mort ce matin.

— Matthew Singh, répéta Swanson.

Sa voix tremblante de tristesse et de colère contrastait avec la froideur clinique de celle du médecin.

— Il n'avait que trente-sept ans.

— Ça faisait un moment qu'il était sous dialyse. Il était passé au stade quatre il y a deux jours.

— C'est criminel. Totalement criminel !

Comme à chaque fois, un élan de colère écrasa la tristesse qu'il ressentait.

— C'était une opération facile, avec très peu de risques de rejet, et on n'a même pas réussi à lui trouver un rein à temps ! À quoi servent nos députés s'ils ne sont même pas capables d'imposer le consentement présumé. Regardez la France, ils l'ont depuis 1976, leur société ne s'est pas effondrée pour ça !

Tandis que Swanson entonnait son refrain préféré, le Dr Mui réfléchit aux prochaines quarante-huit heures. S'ils n'avaient jamais été repérés jusqu'alors, c'était en grande partie grâce à l'attention qu'ils portaient aux détails. Or, bien qu'il y ait peu de risques que leur donneur involontaire soit source de problèmes, il restait un élément secondaire à prendre en considération : le pourcentage de réussite d'une greffe d'organe vivant était de quatre-vingt-dix-sept contre quatre-vingt-douze pour un mort. Pourtant, dans ce cas particulier, elle serait peut-être obligée de renoncer aux cinq pour cent supplémentaires…

Celluci émergea en sursaut d'un cauchemar dont il ne lui resta aucun souvenir sinon qu'il y avait du sang partout. Il demeura immobile à écouter les battements affolés de son cœur, étonné d'avoir réussi à dormir malgré les circonstances. À en juger par les ombres sur le mur face à lui, il devait être aux environs de 16 ou 17 heures. Le soleil se coucherait à 19h48. À 21 heures maximum, Vicki volerait à son secours.

Elle dévasterait la clinique et tout ce qui se trouverait sur son passage pour le retrouver. Dommage que Sullivan ne soit pas resté là-bas, regretta-t-il en s'imaginant, juste pour le plaisir, le face-à-face entre Vicki et son gardien.

Si elle ne trouvait personne sur place, Vicki filerait tout droit chez Swanson. Si ce dernier était mouillé, le calvaire s'arrêterait avant minuit. À partir de là, une fois sain et sauf, il pourrait se préoccuper d'alerter la police. En revanche, si Swanson était innocent, Vicki n'arriverait pas ici avant un bon bout de temps.

Or, elle n'avait qu'une nuit devant elle.

Il frissonna, avec la désagréable impression que le lever du jour représentait une limite sur plus d'un plan. La piqûre dans le creux de son coude le grattait sous le pansement, comme pour l'inciter à agir au lieu de se contenter d'attendre du secours. Après son sang, que prévoyaient-ils de lui prendre ? Pour quand était prévue l'opération ? Et après l'opération… ?

— Oh, merde, il ne manquait plus que ça : hanter Fitzroy pour l'éternité.

12

Ils étaient toujours là. Henry en eut la certitude avant d'ouvrir les yeux en sentant la pression de leur présence remplacer celle du jour finissant. Il y avait deux explications possibles, estima-t-il. Soit les ravisseurs de Celluci étaient parvenus à s'échapper, soit d'autres personnes étaient impliquées. Dans ce cas, il restait une chance que la police soit déjà sur leurs traces.

Il existe, bien sûr, une troisième possibilité… Immobile, il écouta un moment le bruit des vies alentour, filtrant l'atmosphère au-delà des revenants au pied de son lit. Ils exigent une vengeance plus absolue, moins… « légale » fut le seul mot qui lui vint à l'esprit. Ce qui veut dire que la dernière scène devra se jouer sans l'inspecteur Celluci.

Mais ne savait-il pas depuis le début que cette histoire finirait dans le sang ? Pour garder l'honneur, il avait essayé de rester dans le cadre de la loi. Ça n'avait pas marché, tant pis pour l'inspecteur.

Et Vicki ?

Même avant de devenir immortelle, elle acceptait l'idée d'un écart entre loi et justice. Sans doute craignait-elle trop de franchir la limite tracée par Celluci pour donner le coup fatal, mais néanmoins, elle n'essaierait pas de retenir son bras, il en était certain.

Finalement, parce qu'il ne servirait à rien de repousser plus longtemps cet instant, il souleva les paupières.

Ils se tenaient au même endroit que les six nuits précédentes. Doug, le compagnon qu'il avait acquis dans l'au-delà, et autour d'eux, enveloppés dans des ténèbres impénétrables, le chœur invisible.

Henry soupira.

— Toujours présents au poste ?

Une question sans intérêt et fort différente de celle qu'il avait prévu de poser. Mais il était trop tard.

Celluci n'était pas rentré.

Vicki le sentit immédiatement. Montrant les dents, elle scruta l'obscurité comme si elle avait pu y puiser des réponses. Celluci connaissait l'heure du coucher du soleil. S'il en avait eu les moyens, il serait revenu à temps. Son absence signifiait qu'on l'en avait empêché.

Quelqu'un quelque part allait payer pour ça.

— Je ne dis pas qu'il n'y a pas eu de problème, gronda Henry. Juste que foncer aveuglément à sa rescousse n'est pas la bonne solution.

— Ah oui ? Que suggères-tu à la place ?

Passant devant Henry, elle fonça vers le salon, consciente de la rage que sa propre colère avait soulevée chez lui. Sauf qu'elle s'en moquait totalement. Dans l'immédiat, une seule chose comptait : Celluci.

— Tu veux quoi ? Qu'on attende de retrouver son cadavre dans le port ?

Henry se retint de claquer la porte d'entrée. S'efforçant de garder son calme, il annonça d'un ton ferme mais posé :

— Vicki. Un, je ne te passerai pas les clés de ma voiture, et deux, avant que nous allions où que ce soit, je crois que nous devrions nous informer un peu plus.

— Nous ? s'écria Vicki, hors d'elle. Je te rappelle que tu as eu l'occasion d'obtenir plus d'informations hier soir et que tu ne l'as pas saisie. C'est moi qui mène l'enquête. Toi, tu m'as juste demandé de l'aide. Et je ne vais pas te l'abîmer ta foutue bagnole !

— Tu ne conduiras pas ma « foutue bagnole ». Autrefois, tu étais bien contente de pouvoir faire appel à mes services, non ?

— C'était avant que je puisse m'offrir les mêmes toute seule.

— Avec moi, Vicki, ou pas du tout.

Elle se raidit, le regard étincelant.

— Tu me menaces ?

— Je veux t'aider ! cracha-t-il entre ses dents serrées.

Vicki le dévisagea, un peu surprise. La lueur argentée s'éteignit dans ses prunelles.

— Pourquoi ?

— Parce que nous sommes amis.

La manière dont il avait prononcé ces mots n'avait rien de très chaleureux, mais il n'avait pas tenté de l'égorger, ce qui, vu les circonstances, était déjà une preuve de bonne volonté, estima-t-il.

— N'est-ce pas ce que tu répètes tout le temps ? reprit-il. Qu'on est amis et qu'il n'y a aucune raison pour que cela change malgré notre nouveau style de vie ? Ça va sans doute t'étonner, mais je considère également Michael Celluci comme un ami – ou du moins un frère d'armes. Et je n'ai pas l'habitude de laisser tomber mes...

Il n'eut pas le temps d'achever sa phrase. Vicki bondit sur lui et referma une poigne d'acier sur ses épaules. Face à une telle rage, quatre cent cinquante ans d'expérience ne représentaient rien, constata-t-il en s'écrasant au sol une fraction de seconde plus tard. Les lèvres retroussées, des éclairs d'argent dans les yeux, Vicki lui enfonça les pouces à la base du cou.

— Michael Celluci est à moi !

Il n'y avait aucun espoir de compromis dans ces paroles. Et une seule réplique possible...

— Crois-moi, Vicki. Il n'est pas mon genre.

La réponse lui était venue, comme sortie de nulle part.

L'air encore plus étonné que lui, Vicki cilla. Puis elle desserra les doigts et s'assit par terre.

— J'aurais pu te tuer, articula-t-elle d'un ton hésitant entre la colère et la gêne.

— Non. Nous avons passé ce cap.

— Ah ! Alors, c'est moi qui avais raison.

Henry ne put réprimer un sourire. Créature de la nuit ou non, Vicki n'en restait pas moins une ado par certains côtés. Mais, après tout, elle n'était vampire que depuis trois ans, une enfant par rapport à lui…

— Oui, tu avais raison, concéda-t-il.

Il attendit qu'elle se relève et s'éloigne un peu pour se mettre debout à son tour.

— Celluci a toujours été à toi, Vicki. Il serait blessé d'apprendre que tu en doutes.

Si elle avait encore été mortelle, elle aurait rougi. En l'occurrence, elle se contenta de reculer jusqu'à ce que le canapé la bloque.

— À mon avis, il ne sauterait pas de joie non plus s'il savait que tu le considères comme un « frère d'armes ». Bon, si on jetait un coup d'œil à ce qu'a enregistré Tony, enchaîna-t-elle rapidement en s'installant devant la télé. Ça nous donnera peut-être un indice sur ce qui s'est passé.

L'introspection n'avait jamais été le point fort de Vicki, se rappela Henry en saisissant la télécommande. Même si la perspective de l'éternité avait fissuré la carapace, il restait encore du boulot. Mais ça, c'était le problème de Celluci, songea-t-il avec soulagement en allumant le magnétoscope.

Le journal télévisé ne faisait aucune allusion à un inspecteur de Toronto retrouvé ligoté dans une clinique de Vancouver. Ni au moindre trafic d'organes.

Les sourcils froncés, Henry arrêta la cassette.

— Je ne comprends pas, murmura-t-il pour lui-même. J'ai pourtant envoyé les flics sur place.

Vicki faillit répondre qu'avec l'âge, il commençait peut-être à perdre son pouvoir de persuasion, mais les nuits de juin étaient trop courtes pour provoquer une nouvelle bagarre inutile.

— Apparemment, ils ne l'ont pas trouvé.

— Ce n'était pourtant pas très difficile.

— Sauf s'il n'était plus là.

— S'ils l'ont déplacé…

Il n'acheva pas sa phrase. Vancouver était une ville immense. Il frissonna en imaginant Michael Celluci hanter ses nuits pour l'éternité.

— Je le retrouverai.
— Comment ?
Vicki bondit sur ses pieds, aussi agile et dangereuse qu'un félin.
— Tout d'abord, on va se renseigner discrètement sur ce qui s'est passé à la clinique après notre départ. Ensuite...
Son regard étincela.
— ... on improvisera.

Typique, songea Celluci en allongeant le cou pour tenter de lire l'inscription sur le sachet de perfusion. Bons ou mauvais, les médecins ne prennent jamais la peine d'expliquer ce qu'ils vous font. Comme si ça ne nous concernait pas.
— Excusez-moi, mais il s'agit encore de mon corps.
— En effet.
Surpris, il tourna la tête vers le visage impassible du médecin, avant de se rendre compte qu'il avait exprimé sa dernière pensée à voix haute. Même si ses tentatives précédentes n'avaient pas été très concluantes, il ne risquerait pas grand-chose à essayer de poursuivre la conversation.
— Dans ce cas, vous voudrez peut-être bien m'expliquer ce que vous fabriquez, demanda-t-il.
— Je remplace vos fluides.
Elle enferma la poche de sang dans une petite glacière.
— Vous savez qu'il y a une limite à la quantité de sang qu'on peut prélever à un être humain ?
Le Dr Mui referma le couvercle de la glacière et pivota pour sortir.
— Je sais.
— Il y a également un labo mouillé dans l'histoire, alors ?
La main sur la poignée de la porte, elle lui jeta un regard qui lui rappela celui de son institutrice en cours élémentaire. Institutrice qui, s'il avait bonne mémoire, ne l'aimait pas beaucoup.

— Ne soyez pas stupide. Les labos effectuent les analyses qu'on leur demande. On n'a pas besoin de fournir de détails.

D'accord, pas de labos dans le coup. Même si la nouvelle n'avait pas grand intérêt dans l'immédiat, c'était encourageant à plus grande échelle.

— Et pour la transplantation ? Vous aurez besoin d'un assistant, car, si efficace que vous soyez, vous n'avez pas trois mains. Et avec deux personnes à endormir, il vous faut également un anesthésiste.

— Qu'est-ce qui vous fait croire qu'il y aura deux personnes à endormir, inspecteur ? Conservé dans la glace en milieu stérile, un rein survit presque quarante-huit heures après son extraction.

— Deux opérations augmenteraient les risques de vous faire repérer.

Il parlait d'une voix égale, détachée, comme s'il n'était pas le premier concerné par le sujet.

— À mon avis, vous pratiquez les deux ensemble, continua-t-il. L'une après l'autre si ce n'est pas en même temps.

Le Dr Mui inclina la tête en signe d'assentiment.

— Bien vu, inspecteur. Mais où voulez-vous en venir ?

— Je me demandais juste comment vous vous débrouilliez pour empêcher vos collaborateurs de parler.

— Pourquoi ?

Haussant les épaules autant que ses liens le lui permettaient, il lui adressa un de ses regards les plus désarmants.

— Je n'ai rien d'autre à faire.

Il crut déceler un vague sourire sur ses lèvres, mais celui-ci avait disparu avant qu'il en fût certain.

— Les personnes concernées ne savent que le strict nécessaire, répondit-elle. Même si elles le voulaient, elles ne pourraient pas dire grand-chose. Et puis, elles aussi sont répréhensibles, ce qui devrait les inciter à rester discrètes. À ce propos, vous seriez surpris de découvrir combien il en faut peu pour convaincre quelqu'un de transgresser la loi.

Celluci émit un ricanement.

— Au contraire, je n'ai aucun mal à vous croire. Cependant, un meurtre…

— Qui vous parle de meurtre ? Ils savent juste le minimum. Maintenant, essayez de dormir, la journée de demain sera chargée.

Demain. Le mot resta suspendu dans l'air bien après le départ du médecin.

— Vérifiez la perfusion dans une heure et donnez-lui un bol de soupe.

— Dans une heure, c'est le début du match, protesta Sullivan, l'air boudeur.

Encore surprise de s'être laissée aller à discuter avec le policier, le Dr Mui ignora la remarque. Son monde était construit sur des certitudes et, sans celle que Sullivan lui obéirait au doigt et à l'œil, elle l'aurait laissé là où elle l'avait trouvé.

Les lèvres retroussées sur ses dents, Vicki ouvrit la porte de la clinique avec assez d'énergie pour briser la poignée d'acier.

Le battement familier de la vie de Michael Celluci ne participait plus au ronronnement sourd de l'établissement.

— Putain de merde !

— Voilà qui est très expressif.

Entrant derrière elle, Henry accéléra le pas pour la rattraper. Malgré le danger que cela impliquait, il préférait rester à proximité au cas où elle péterait les plombs.

— Manifestement, Celluci n'est plus ici, déclara-t-il. Ça signifie quoi, d'après toi ?

Vicki se tourna vers le bureau des infirmières.

— Que l'infirmière de garde est rentrée chez elle et que celle-là ne doit être au courant de rien.

— Remarque, on ne peut pas dire que la précédente nous ait été très utile, marmonna Henry pour lui-même.

Il conserva une distance prudente en la suivant dans le hall. Concentrée sur Celluci, elle semblait avoir oublié leur rivalité et, hormis quelques grognements vindicatifs, le trajet jusqu'à la clinique s'était plutôt bien passé. En fait, s'aperçut-il, elle s'était comportée avec lui comme elle le faisait avec Celluci. Était-ce le signe d'une amélioration ou d'une détérioration de leur relation ? Il n'aurait su le dire.

Inconsciente de la présence de la mort dans son dos, l'infirmière se détourna du placard de médicaments et chuta dans la lumière sombre d'un regard argenté. Le flacon en verre brun qu'elle tenait à la main s'échappa de ses doigts flasques.

Henry le rattrapa juste avant qu'il se brise.

— On est passés plus tard la nuit dernière, rappela-t-il à Vicki en se redressant. Je sens des vies saines en plus de celles des malades. Je suppose que certains visiteurs ne sont pas encore partis. Fais ce que tu as à faire rapidement sans attirer l'attention.

C'était la voix qu'il utilisait à l'époque où il lui apprenait à chasser. Avec un peu de chance, elle l'écouterait. Après avoir posé le flacon sur le bord du bureau, il alla l'attendre sur le seuil.

Sa conscience réduite à la vie qu'elle tenait entre ses griffes, Vicki perçut la voix d'Henry comme un élément du bruit de fond, un son étouffé par la soif de vengeance qui hurlait à ses oreilles.

— La nuit dernière, déclara-t-elle d'un ton menaçant, il y avait un homme dans la chambre secrète. Où est-il maintenant ?

La confusion se mêla à l'épouvante sur le visage de l'infirmière.

— Quelle chambre secrète ?

— Celle à l'arrière du bâtiment.

— Vous voulez parler de l'ancienne buanderie ? Il n'y a jamais personne là-bas.

La menace se fit plus précise.

— Il y était.

Enserrée entre sa propre vérité et celle qu'elle lisait dans les yeux argentés, son interlocutrice émit un gémissement sourd.

— Il y était ! répéta Vicki.

La colère gonfla en elle. Ses doigts se refermèrent sur l'épaule de l'infirmière, s'enfoncèrent dans la chair sous le tissu de coton blanc.

— Où est-il ?

— Je ne sais pas.

Des larmes se mirent à couler sur les joues blêmes de la jeune femme ; les mots franchissaient avec peine ses lèvres tremblantes.

— Dites-le-moi !

— Je ne veux pas… mourir, balbutia l'infirmière dans un sanglot étranglé.

Son cœur battait un staccato affolé, la panique l'empêchait de penser. Vicki sentit la Faim monter, indomptable, lui donnant envie de se repaître de la peur de sa proie, d'égorger, de déchiqueter… Elle fit un pas en avant, la tête haute, les narines dilatées pour s'enivrer des effluves sanglants d'une vie parfumée au sel de la terreur. Après l'expérience euphorisante de l'entrepôt, ce serait si simple de se laisser aller.

« Fais ce que tu as à faire rapidement… »

Oui.

« Ceux de notre espèce qui apprennent à contrôler la Faim ont l'éternité devant eux. Ceux que la Faim contrôle sont rapidement pourchassés et mis à mort. »

Encore la voix d'Henry, sortie d'une mémoire plus profonde. Une leçon ancienne.

Rien ne me contrôle.

Si Victory Nelson avait une maxime de vie, c'était celle-là.

Elle lâcha l'infirmière si brusquement que celle-ci tituba et serait tombée si elle ne l'avait saisie à nouveau pour déclarer :

— Vous ne nous avez pas vus et ne nous verrez pas tant que nous serons ici.

— Je ne vous verrai pas, répéta la jeune femme presque comme une prière. Je ne vous verrai pas.

Quand Vicki la libéra, elle s'effondra sur une chaise. L'instant d'après, elle était seule dans la pièce, certaine d'y avoir toujours été, et contemplait le flacon dans sa main en se demandant s'il était possible de cauchemarder tout éveillé.

— J'ai failli la tuer.

Vicki sentait la Faim se débattre dans ses chaînes. Elle s'obligea à l'ignorer, tout comme elle rejeta ce sentiment presque douloureux de tâche inachevée qui la tenaillait.

— Je sais.

— Pourquoi n'as-tu pas essayé de m'arrêter ?

— Ce n'était pas nécessaire, la preuve.

Henry jeta un coup d'œil au-dessus d'elle pendant qu'elle parcourait le cahier de transmission trouvé dans le bureau des infirmières. Ils étaient dans le couloir, près de la salle d'opération, à une distance raisonnable des vies qu'ils percevaient dans le reste du bâtiment.

— Je dois faire confiance à ce que je t'ai appris, sinon ce n'était pas la peine de te l'enseigner.

Elle se tourna vers lui.

— Tu devrais arrêter de regarder les rediffusions de Kung Fu, Henry. Tu deviens pompeux – je dis ça pour ton bien, parce qu'on est amis.

Avant qu'il ait pu répliquer, ou trouver quoi répliquer, elle ajouta :

— Tu aurais peut-être dû avoir confiance en ton enseignement tout du long.

— Tout du long ?

Elle sourit.

— Depuis l'instant où je suis arrivée à Vancouver.

— Si tu te rappelles bien, je t'ai appris qu'on ne pouvait pas partager un territoire.

— C'est exactement ce que je voulais dire, déclara-t-elle d'un ton triomphant.

Reportant son attention sur le cahier de transmission, elle désigna une ligne.

— Voilà. 5 h 09 du matin, passage de deux policiers, ainsi que d'un certain Dr Mui – apparemment, un de ses patients était sur le point de mourir. Elle a fait faire la visite de la clinique aux flics et ils sont partis. Ils avaient dû emmener Celluci ailleurs avant. Merde !

— Je ne vois pas comment... ?

— On s'en fout. Allez, viens.

Lançant le cahier dans la salle d'opération, elle retraversa le couloir en sens inverse.

— On va voir s'ils ont laissé un indice dans la chambre.

Hélas, il n'y avait rien à part l'odeur persistante de trois hommes et d'une femme.

Vicki s'immobilisa près du lit vide, s'efforçant de les identifier. L'un d'eux, bien sûr, était Celluci. Les autres...

— Le Dr Mui !

Henry fronça les sourcils, reconnaissant la menace dans la voix de Vicki.

— Quoi, le Dr Mui ?

— Elle est dans le coup. C'est...

Vicki agita la main pour diriger l'air vers son nez.

— C'est elle qui avait administré le sédatif à Mike.

— Tu en es sûre ?

— Fais-moi confiance. Je mets un point d'honneur à me souvenir de l'odeur des femmes qu'il rencontre.

Je crois que je dois des excuses à Celluci, se dit Henry en s'écartant pour laisser passer Vicki. Il est manifestement bien plus familiarisé avec l'instinct de propriété des vampires que je ne le pensais.

— On va où ?

— Dans le bureau de Mui.

— ... et il est sauvé à la deuxième ! Il avance à une vitesse incroyable. N'importe qui d'autre à sa place aurait frappé un simple.

Son attention tournée vers la télévision dans la pièce d'à côté, Sullivan écrabouilla la poche vide de substance saline et repoussa du pied la potence de la perfusion. Celle-ci oscilla, demeura un instant suspendue en équilibre et s'écrasa au sol dans un fracas assourdissant.

Avec un juron, Sullivan donna un coup dans les pièces métalliques éparpillées devant lui, puis sortit pour monter le son.

— Qu'est-ce qui t'amuse ? aboya-t-il à son retour. T'es pour Oakland ?

— Pas du tout.

Inconscient d'arborer une expression autre que de la douleur – l'aiguille avait été ôtée sans ménagement du dos de sa main et le pansement appliqué assez fort pour lui briser les os – Celluci grimaça en entendant le public du Kingdome hurler à en faire grésiller les haut-parleurs.

— Alors quoi ?

Il y eut un bref instant de silence, suivi d'un spot publicitaire dont le volume sonore fit froncer les sourcils à Sullivan. Maugréant dans sa barbe, il ressortit, cette fois pour baisser le son.

— Tu te disais que quelqu'un allait entendre, pas vrai ? Se plaindre du bruit, peut-être ?

Lui saisissant le nez de ses doigts calleux, il tourna de toutes ses forces. Celluci retint un cri de douleur quand le cartilage craqua.

— Ne me prends pas pour un con.

— Je n'y ai même pas pensé, répliqua Celluci, les dents serrées.

À vrai dire, il n'avait pas pensé à grand-chose depuis le début de la soirée. Il ignorait si c'était à cause du sang qu'on lui avait prélevé ou des sédatifs, mais son cerveau avait du mal à fonctionner de manière cohérente.

— Alors, pourquoi tu rigoles, face de rat ?

Malgré tout, il devait trouver un moyen de se sortir de là et, pour ce faire, en apprendre plus sur son geôlier. Tournant la tête vers le bol de soupe sur la table de chevet, il répondit :

— La toubib a dit que tu devais me donner à manger.

— Ouais, et alors ?

— Pour ça, tu vas devoir monter le son de la télé au risque d'attirer l'attention, ou rater le match. D'un côté comme de l'autre, je suis gagnant.

— Sauf si je te donne pas à bouffer.

— Ça risque de déplaire au docteur.

Ce qui, bien sûr, était inenvisageable. Le bol dans le creux de son énorme paume, Sullivan eut un rictus mauvais.

— Ouvre la bouche ou je te défonce les dents.

Exposés à la mort jour après jour, les flics n'avaient pas d'autre choix pour continuer que de l'ignorer ou y penser si souvent qu'elle finissait par perdre son mystère et devenir aussi banale que le fait de respirer. Tout en s'étranglant, Celluci se rendit compte qu'il n'avait jamais envisagé la possibilité de mourir en mangeant.

Il toussait toujours en cherchant son souffle quand Sullivan quitta la pièce en lançant :

— Tu pisseras plus tard.

Sur quoi, il claqua la porte.

Celluci mit un long moment à se battre contre ses entrailles pour ne pas vomir. Vu comme c'était parti, il était bon pour s'étrangler avec ses déjections ou, au mieux, tremper dedans pendant des heures, s'il ne se maîtrisait pas.

Enfin, les spasmes se calmèrent et il put recommencer à respirer normalement. Sauf qu'il était plus éreinté qu'après un combat avec Mike Tyson. Cependant, il se faisait une meilleure idée de la psychologie de Sullivan.

Et il avait un plan.

Ou quelque chose de ressemblant.

— Tu trouves quelque chose ?

— Vicki, je suis romancier. J'allume mon ordinateur, je joue parfois au solitaire, je réponds à mes e-mails, et j'écris. Tout le reste me passe au-dessus de la tête.

Le front plissé, Henry pianota sur le bord du clavier.

— Ce truc est trop compliqué pour moi.

Vicki abandonna un instant sa fouille des tiroirs pour jeter un coup d'œil à l'écran à l'autre bout de la pièce.

— Il n'y a que des points, grogna-t-elle.

— Tout est crypté. Je n'ai accès à rien sans le mot de passe du Dr Mui.

— Fait chier, cette garce parano. Elle ne peut pas classer ses cartes de visite sur un Rolodex, comme tout le monde ?

Elle referma un tiroir dans un claquement sec et en ouvrit un autre. Tout ce qu'elle voulait, c'était une adresse, avec de préférence, écrit dessus : « C'est là que nous gardons Michael Celluci prisonnier », ou encore : « C'est là qu'habitent les personnes impliquées et vous pourrez arracher les infos sur Michael Celluci à l'une d'elles. »

Avec la colère de Vicki se fracassant contre lui comme une houle déchaînée, Henry jugea plus prudent de ne pas répondre. D'ailleurs, elle avait raison, un Rolodex aurait été bien plus simple. Je n'arrive pas à croire qu'on fait ça. Ça, bien sûr, n'avait aucun rapport avec la fouille en règle du bureau du Dr Mui.

Non, ce qui ne cessait de l'étonner, c'étaient les conditions de leurs recherches : ils travaillaient ensemble, côte à côte. Certes, pas avec la même intimité qu'avant la transformation de Vicki, mais dans une vraie proximité physique. L'expérience était tellement ahurissante qu'il aurait eu envie d'en parler à quelqu'un. Malheureusement, seules deux personnes étaient capables de l'apprécier dans toute sa profondeur. Or, Vicki n'était pas intéressée, et cela n'avait pas grand intérêt d'en discuter avec lui-même.

— Il n'y a rien là-dedans, à part des dossiers de patients. Ah !

Vicki sortit une chemise du tiroir supérieur.

— Par chance, le gouvernement soutient toujours l'industrie du papier. D'après le service des immatriculations de Colombie-Britannique, notre cher docteur vient d'acquérir un nouveau véhicule. Il doit être plutôt pas mal, commenta-t-elle d'une voix traînante en parcourant les documents. Dis donc, tu savais que vous étiez voisins ?

Elle fit volte-face quand il lui prit les papiers des mains, mais s'empêcha de les lui arracher à son tour.

— Non, il est dans l'autre tour, celle de la phase deux. Ils ont mis les appartements en vente au printemps. C'était hors de prix.

Il raidit ses muscles pour ne pas saisir Vicki par le bras quand elle s'élança vers la porte. Le moment était mal choisi pour tester les limites de leurs nouveaux territoires respectifs.

— Où vas-tu ?

— On sait où vit le Dr Mui et le Dr Mui sait où est Celluci.

À présent, il y avait trois points lumineux dans le bureau : l'écran et les yeux de Vicki.

— Peut-être même qu'il est chez elle. Si ça se trouve, on a passé la journée à quelques mètres de lui.

— Ça m'étonnerait. L'un des arguments de vente de ces appartements, c'est le système de sécurité. Il y a des caméras partout. Elle n'aurait pas couru le risque d'être filmée en train de le transporter.

— Ça ne change rien au fait qu'elle sait où il est.

— Sauf qu'elle doit être avec lui, rappela-t-il sans préciser pour quelle raison.

Jetant un nouveau coup d'œil à la feuille dans sa main, il fronça les sourcils.

— C'est la boîte de Swanson qui lui a vendu l'appartement.

— Swanson ? Décidément, son nom revient sans arrêt. D'abord, cette émission de télé, puis les dons de matériel informatique aux dispensaires, le Projet Espoir, et maintenant ici…

L'idée les traversa au même instant ; Vicki fut la première sur le clavier.

En effet, Swanson apparaissait partout et son nom leur ouvrit l'accès aux fichiers du Dr Mui.

— Qu'est-ce que tu cherches ?

— L'adresse de Swanson.

La réponse sonnait comme une menace.

— Lui n'est pas médecin et n'a aucune raison d'être sur place. Le marionnettiste tire les ficelles dans l'ombre.

Malgré son désir de courir au secours de Celluci, elle parcourut rapidement l'intitulé des différents fichiers.

C'était peut-être là son unique chance d'obtenir des informations, elle n'avait pas le droit de la gâcher.

Le Dr Mui avait archivé des centaines de messages, classés avec soin et adressés pour la plupart à des organismes financiers.

— Des comptes dans des banques suisses ? s'enquit Henry.

— Entre autres choses. Apparemment, elle a envoyé de grosses sommes vers des paradis fiscaux.

— Les médecins gagnent bien leur vie.

— Ouais, sauf que là, ça dépasse les honoraires d'un avocat véreux. De toute évidence, Swanson l'a achetée, et à bon prix. Pour tirer un bénéfice de son trafic, il doit exiger une fortune de ses clients.

— La vie n'a pas de prix, commenta Henry.

Vicki pivota et le dévisagea. Le temps d'un battement de cœur, d'un lent et langoureux battement de cœur immortel dans un corps destiné à ne jamais revoir le jour, elle hocha la tête.

— C'est vrai.

L'espace d'une seconde, Henry eut l'impression qu'ils allaient se toucher, sans rage ni passion, juste comme deux amis. L'instant passa, mais le sentiment persista.

— En plus, Swanson peut réutiliser l'argent qu'il propose à ses donneurs.

— Encore un point pour toi.

Les lèvres pincées, Vicki éteignit l'ordinateur.

— Maintenant qu'on sait où il habite, allons-y !

Ils perçurent une présence dans le couloir au même instant. Les semelles de crêpe claquaient sur le carrelage, se rapprochaient, bloquant leur sortie.

— On jette le bureau dans la vitre ?

Henry secoua la tête.

— Ça ferait trop de bruit. Quelqu'un nous verrait monter en voiture et noterait le numéro de la plaque.

La porte s'ouvrit. Vicki bondit sur la droite, Henry sur la gauche, clignant des yeux sous la brusque luminosité en provenance du couloir. Vicki saisit la main qui cherchait l'interrupteur et tira l'inconnu à l'intérieur de la pièce.

Henry referma.

Le Dr Wallace pensait avoir presque tout vu. Il s'était engagé dans les Marines à 17 ans, avait combattu en Corée d'où il était rentré entier contrairement à nombre de ses camarades, s'était payé des études de médecine grâce à sa solde et avait travaillé plusieurs années en Afrique avec une organisation humanitaire avant de revenir finalement s'installer comme généraliste à Vancouver. Il avait vu la mort fondre sans prévenir sur sa proie ou s'installer le temps d'un lent et douloureux voyage, mais il ne l'avait jamais imaginée telle qu'elle se présentait à lui aujourd'hui dans le bureau du Dr Mui.

La lueur diffuse du parking en contrebas éclairait un visage aux traits indistincts autour de deux yeux argentés. Des yeux froids comme du métal poli ou l'éclat de la lune qui l'attiraient dans un puits aux profondeurs insondables.

Lui qui avait toujours pensé suivre calmement la mort le jour où elle viendrait le chercher, se sentit soudain prêt à tout pour rester vivant.

— Que savez-vous sur Ronald Swanson ?

Il sursauta, surpris de cette voix si humaine, si normale…

— Vous avez entendu ?

… mais pas moins menaçante.

— Il est riche, très riche, et dépense tout son argent pour des causes qui lui tiennent à cœur, répondit-il d'un ton neutre, clinique, afin de ne pas succomber à la panique. Après la mort de sa femme, il a commencé à soutenir plusieurs projets en faveur des transplantations rénales. Il finance leur publicité, leurs programmes d'information et un hospice.

— C'est tout ?

Impossible de ne pas en dire plus, même s'il n'avait rien à ajouter.

— Je ne le connais pas personnellement. Le Dr Mui…

— Que savez-vous sur elle ?

Wallace se visualisa soudain en train de jeter ses compagnons aux loups dans l'espoir insensé d'échapper aux crocs meurtriers.

— Swanson l'a choisie pour diriger cet endroit. Avant, elle était spécialisée dans les greffes. C'était une bonne chirurgienne, même si on l'a accusée de négligence. Finalement, il s'est avéré que l'attaque était sans fondement. Peu de gens ont entendu parler de cette histoire en dehors de l'hôpital.

— Et Swanson, il est au courant ?

— Je ne sais pas, mais ça s'est passé à peu près à l'époque où sa femme est décédée, répondit le médecin.

Une goutte de transpiration, brûlante, coula dans son œil. Il grimaça.

— Ça doit être pour ça qu'il lui a proposé de venir travailler ici.

— Une accusation injuste l'a fait se retourner contre l'establishment médical.

— Je n'irais pas jusque-là. Un jour où je passais rendre visite à un de mes patients hospitalisé ici, continua-t-il, conscient de parler pour ne rien dire mais incapable de s'arrêter, j'ai discuté un peu avec elle. Elle m'a confié qu'elle avait envie de travailler plus avec les gens et moins avec les administrateurs des hôpitaux et... Eh ?

Le regard argenté avait disparu. Les ténèbres se dissipèrent, et il se retrouva seul dans le bureau vide, en train de discuter tout seul. C'était fini. Mieux valait éviter de penser à ce qui s'était effectivement passé. Il était vivant, cela seul comptait. Essuyant ses paumes moites sur son pantalon, il se leva et se dirigea rapidement vers l'interrupteur pour allumer.

La pièce était remplie d'ombres. Des ombres qui semblaient habitées. Pour lui, soupçonna-t-il, elles ne seraient plus jamais vides.

— Tu as géré ça magnifiquement.

— Ce n'est pas la peine d'être condescendant, Henry.

— Je n'en avais pas l'intention.

Henry passa la marche arrière et sortit discrètement du parking. Il ne tenait pas à se faire remarquer : il n'y avait rien de tel qu'une plaque d'immatriculation pour être identifié.

— Il ne se souviendra de rien sauf de la peur. Je suis impressionné.

— Impressionné ?

— Je te rappelle que tu es encore très jeune dans cette existence. Tu possèdes des aptitudes évidentes.

Vicki ricana.

— Cette fois, tu es vraiment condescendant.

— Je voulais juste te faire un compliment.

— Les vampires font des compliments ? À un autre vampire ? Ce n'est pas contre le règlement ?

Henry tourna dans Mt Seymour et accéléra, se glissant entre deux camions de la file de gauche grâce à une manœuvre irréalisable par un simple mortel.

— Je sais que tu élimines ton stress en te bagarrant avec Celluci, dit-il entre ses dents. Sauf que je ne suis pas Celluci et que si tu me cherches, le résultat risque d'être très différent. Je crains en effet que ni toi ni moi ne soyons capables d'empêcher une dispute entre nous de dégénérer en pugilat.

— Je sais me maîtriser, moi.

— Vicki !

— Excuse-moi.

Penchée en avant, une main agrippée au tableau de bord, l'autre se serrant et se desserrant nerveusement sur sa cuisse, elle fixait la route devant eux.

— Bon sang, Henry, tu ne peux pas conduire plus vite ?

Soudain, il se souvint du soulagement mêlé de culpabilité qu'il avait éprouvé le jour où elle avait regagné Toronto après un an de formation à sa nouvelle existence auprès de lui. Cette fois, soupçonna-t-il, il ne ressentirait que du soulagement en lui disant adieu.

À condition, bien sûr, qu'ils retrouvent Celluci vivant.

13

— Enculés d'Oakland !

Les yeux mi-clos, Celluci regarda Sullivan approcher. C'est le moment. Maintenant ou jamais. Quand le colosse le saisit par l'épaule et le secoua, il laissa sa tête aller d'avant en arrière comme s'il n'avait pas la force de s'opposer au mouvement.

— Je vais te détacher, t'as intérêt à te tenir à carreau, parce que je suis pas d'humeur à supporter tes conneries. J'avais parié cinquante dollars sur les Mariners, et ces connards se sont fait mettre trois manches dans la vue.

Celluci poussa un grognement en sentant un pouce s'enfoncer jusqu'à l'os dans son avant-bras.

— T'as vu ce que ça fait ? Tant mieux.

Dès que le lien de cuir se desserra, il lança une main vers la gorge de Sullivan.

Un revers lui rejeta brutalement la tête en arrière. Sa lèvre éclata, lui emplissant la bouche du goût ferreux de son propre sang. Tu voulais le mettre hors de lui, se rappela-t-il en essayant de déglutir sans s'étrangler, eh bien tu as ga… Une douleur térébrante dans son poignet gauche coupa court à ses pensées. Les larmes lui montèrent aux yeux.

— T'as pas entendu ce que j'ai dit ? Je suis pas d'humeur pour ce genre de conneries.

La souffrance éclatait en étoiles écarlates devant ses yeux. Les os ne semblaient pas brisés, mais en cet instant, cela ne changeait pas grand-chose. C'est juste le gauche, je peux m'en passer. Bon sang, je n'aurais pas pu trouver un plan moins douloureux ? S'il ne s'était agi que de perdre un rein, il aurait été tenté de s'allonger et de laisser le pire advenir. Mais le pire, ici, c'était la mort, et l'éviter méritait bien de souffrir un peu.

Quand la dernière sangle tomba, il essaya de rouler hors du lit. Un coup de poing sur la joue le remit illico sur le dos. C'est ça, ton super plan ? Qu'il se déchaîne sur toi jusqu'à péter les plombs et que tu profites de la confusion pour t'échapper ? Avec un peu de chance, le martèlement sur sa tempe était dû à son pouls, pas à son cerveau s'éparpillant en morceaux à l'intérieur de son crâne.

La pièce se mit à tourner autour de lui quand Sullivan le souleva sur ses pieds en aboyant :

— Encore un truc comme ça et je te laisse sur le carreau, compris ?

Respirant avec difficulté, affaibli par les prises de sang et les raclées, Celluci tordit sa bouche ensanglantée en ce qu'il espérait être un rictus de dédain.

— Tu serais obligé... de... nettoyer, mais peut-être... que t'aimes ça.

Sullivan cilla plusieurs fois. La cruauté de son sourire contrasta avec la douceur bovine de ses yeux.

— Ouais, t'as raison. Je crois que je vais vraiment m'éclater.

Celluci n'eut pas le temps de répliquer quand le premier coup lui coupa le souffle. Il serait tombé si Sullivan ne l'avait pas rattrapé par la chemise, avant de lui expédier une nouvelle volée qui, cette fois, l'envoya au sol, le nez contre le carrelage. Ce qui était exactement l'endroit où il voulait arriver. Sauf qu'il avait espéré y parvenir en meilleur état.

— Tu sais ce que j'arrête pas d'oublier ?

La voix semblait venir de très loin.

— Que t'es un flic.

Oh, merde.

La brusque rafale de coups de pied qui suivit le frappa au niveau de la cuisse et de la hanche. Dieu merci, sa position protégeait la partie de son corps la plus délicate et Sullivan portait des baskets. Celluci se recroquevilla sur lui-même à chaque nouvel impact, exagérant sa douleur. Gémissant, il rampa en se tortillant jusqu'à ce qu'une de ses épaules heurte un pied de l'armoire, qui trembla sous la force de l'impact.

— Ouille, ça doit faire mal, ça, se moqua Sullivan.

Le bras droit tendu sous le meuble, Celluci s'étira au maximum. Au moment où il commençait à croire qu'il avait commis une erreur fatale, ses doigts se refermèrent autour de la barre de métal. S'il n'avait pas été aussi épuisé, il aurait souri.

— Normalement, je m'occupe des types quand le toubib en a fini avec eux, mais vu que toi tu vas pas te réveiller après la greffe, je suis content de passer ce petit moment avec toi.

Sullivan se pencha pour le saisir par la ceinture de son jean.

— Maintenant, reviens par ici.

Celluci se fit tout mou, ne cherchant ni à résister ni à accompagner le mouvement afin de conserver ses forces. Il garda le bras droit tendu hors de vue le plus longtemps possible, puis, quand sa main sortit du dessous de l'armoire, il roula vivement sur le côté, leva la potence et l'abattit sur l'entrejambe de Sullivan.

Les doux yeux de bœuf s'écarquillèrent. Ouvrant et fermant la bouche comme un poisson hors de l'eau, Sullivan s'affaissa lentement sur les genoux, les deux mains sur son sexe.

Agrippé au bord du lit, Celluci se hissa sur ses pieds et se retourna dans l'intention de frapper une nouvelle fois son geôlier. Mais celui-ci tendit le bras, stoppant net la barre métallique avant qu'elle s'écrase sur sa tête. La potence vola à travers la pièce.

En temps normal, les deux hommes auraient été de force équivalente, mais étant donné les circonstances, Celluci n'avait aucune chance sans arme.

Aussi tituba-t-il jusqu'à la pièce adjacente, son bras blessé fermement serré contre lui. Tandis qu'il se débattait avec la serrure de l'entrée, il entendit Sullivan se relever dans une bordée d'injures.

Enfin, il parvint à tourner le verrou et s'enfuit dans la nuit.

— Merde ! Il n'est pas chez lui !

À l'abri des regards indiscrets derrière une double rangée de cyprès, Henry éteignit les phares et suivit l'allée conduisant à la maison de Swanson.

— Il est peut-être couché. On ne peut pas le savoir tant qu'on n'est pas sortis de la voiture.

— Non, il n'est pas là, insista Vicki, frustrée.

Elle n'aurait su dire pourquoi, mais le regard vide des fenêtres obscures signifiait absent, pas juste endormi ou assis dans le noir. La BMW à peine arrêtée, elle bondit dehors, les sens en alerte.

— On aurait dû aller chez Mui, j'en étais sûre ! s'emporta-t-elle.

— Tu étais d'accord sur le fait qu'elle était probabl...

La main sur la portière ouverte, Henry se tut brusquement pour flairer le vent.

— Vicki ! Tu...

Elle s'était élancée avant qu'il eût terminé.

Celluci avait deux options : soit il courait droit devant lui dans l'espoir de croiser une route fréquentée, soit il se dissimulait dans les fourrés pour semer Sullivan. À une quinzaine de mètres du bungalow, titubant à chaque pas, il comprit qu'il n'était pas en état de distancer qui que ce fût, y compris un homme avec les couilles en miettes. Grimaçant de douleur à chaque mouvement, il s'enfonça dans l'obscurité des buissons.

La frondaison cachait les quelques rayons de lune filtrant par les trouées nuageuses. Il avança à tâtons parmi les troncs d'arbres et les broussailles, incapable de se diriger dans l'obscurité. « Quel imbécile ! Je n'aurais jamais dû passer par là. Je ne suis pas un homme des bois. » Il était trop tard pour rebrousser chemin.

Un craquement lourd derrière lui le propulsa plusieurs mètres en avant. Avec un peu de chance, Sullivan n'y voyait pas mieux que lui et couvrirait le bruit de sa fuite avec celui de sa propre course. Avec beaucoup de chance, corrigea-t-il, amer.

Il trébucha contre quelque chose qui lui égratigna la cheville, se rattrapa juste avant de tomber et se rendit compte qu'il se trouvait sur un talus. Qu'est-ce que je fais ? Je monte ou je descends ? Puisqu'il n'avait aucune idée de sa destination, il opta pour le plus facile. Autant profiter de la gravité.

Une branche lui fouetta douloureusement le visage ; des ronces qu'il ne pouvait distinguer déchiraient son jean et griffaient ses bras nus. Profitant de la déclivité de plus en plus forte, il accéléra.

Il n'eut que le temps de placer le bras gauche devant son visage pour se protéger d'une masse plus sombre face à lui et retint un hurlement de douleur quand son poignet endolori percuta le tronc d'arbre. Une vague de nausée l'assaillit ; les ombres se mirent à tanguer autour de lui. Il fit un faux pas et la nuit chavira.

Il dévala le long de la pente, heurtant arbres et pierres sans qu'aucun d'eux ne parvienne à stopper sa chute. Finalement, il roula à travers une haie et s'écrasa contre un mur.

Un instant, le monde s'éloigna…

— T'as intérêt à avoir rien abîmé, connard !

… et lui revint en pleine face.

Celluci prit une grande goulée d'air – modérément soulagé de constater que cela faisait moins mal qu'il ne l'aurait cru – puis, à la faveur d'une trouée nuageuse, dévisagea l'homme accroupi près de lui. Malgré la pénombre, il décela la peur sur les traits bovins de Sullivan.

— Le docteur ne va pas être content… si mes reins… sont foutus. Heureusement… il reste les tiens.

— La ferme ! Tu vas fermer ta grande gueule, oui ?

La paume gigantesque qui s'abattit sur sa joue faillit lui décoller la tête.

— Maintenant, tu vas rentrer dans ce putain de bungalow et je vais t'attacher si serré que tu auras besoin de ma permission pour respirer.

— Tu vas devoir… me porter.
— Je te traînerai s'il le faut.
— Attention à ne pas… endommager la marchandise.
Tout en parlant, Celluci se jeta dans les jambes de Sullivan pour essayer de le faire chuter. Peut-être que s'ils étaient tous les deux à terre…
Une poigne d'acier le saisit par le devant de sa chemise, le soulevant à demi du sol. Il vit le géant lever le bras, l'ombre d'un bâton se dresser contre le ciel, et soudain, son agresseur avait disparu. Il retomba sur le dos.
— Ça va ?
— Fitzroy ?
Celluci se redressa sur son bras valide, un goût de sang dans la bouche. Henry le prit par les épaules pour l'aider à s'asseoir.
Ce fut alors qu'il découvrit Vicki un peu plus loin. Elle avait empoigné Sullivan par les cheveux et lui tira si brutalement la tête en arrière qu'il tomba à genoux. Dans la clarté lunaire, elle ressemblait à un ange d'une beauté terrible et inhumaine.
— Vicki ?
Quand elle tourna son regard brûlant vers lui, Celluci comprit ce qu'elle s'apprêtait à faire. Malgré la nuit tiède, il frissonna.
— Vicki, non ! Ne le tue pas.
— Pourquoi ?
Sa voix ressemblait à son visage : séduisante, irrésistible, fatale.
— Parce que je te le demande. Laisse-le partir.
Vicki se raidit, plus touchée par cette supplique tranquille qu'elle ne l'aurait été par la peur ou la colère. Elle lâcha sa proie, qui s'effondra en sanglotant sur le sol.
— Le laisser partir ? s'étonna-t-elle. Tu as perdu l'esprit. Il est à moi !
— Pourquoi ?
— À cause de ce qu'il t'a fait.
— Dans ce cas, il devrait être à moi.
Une certaine confusion glissa sur les traits d'une terrifiante beauté.

— Vicki, je t'en prie.
« C'est là que se situe ma limite. »
L'odeur de la peur la fit se retourner vers Sullivan. Aussitôt, celui-ci cessa de ramper et, hypnotisé par le regard argenté, poussa un gémissement étranglé.
La Faim chantait une chanson de carnage et de sang.
Vicki banda ses muscles pour bondir…
… et tout fut terminé.
Henry laissa Sullivan retomber sur l'herbe, la nuque brisée. Tranquillement, comme s'il ne s'était rien passé, il la regarda.
Quand il hocha la tête, elle pivota vers Celluci. La Faim s'apaisait maintenant que l'effroi s'était tu et que le sang refroidissait. Au lieu de la rage attendue, elle éprouva du soulagement. Et de la reconnaissance. Elle était au bord d'un précipice et Henry était intervenu avant qu'elle s'y jette. Elle serra les poings pour empêcher ses doigts de trembler.
— Il est mort ?
— Oui.
Celluci considéra tour à tour Henry et Vicki, comprenant qu'il avait eu exactement ce qu'il avait demandé : Vicki n'avait pas tué Sullivan, Henry l'avait fait pour elle. Or, il avait déjà vu Henry à l'œuvre une fois, dans une grange de London, en Ontario. Il savait depuis longtemps quel genre de créature il était : un vampire, un immortel. Henry. Pas Vicki. Il ferma les yeux. Ses paupières étaient à peine closes quand il sentit un bras familier lui entourer les épaules et le souffle tiède de la voix de Vicki murmurer à son oreille :
— Ça va ?
Il eut une moue sceptique.
— Je me suis déjà senti mieux.
— Tu veux qu'on appelle un médecin ?
À sa propre surprise, il parvint à sourire.
— Non.
— Alors, filons d'ici. La voiture d'Henry est garée devant la maison.
Au moment de le soulever, elle hésita.

— Je peux ?
— Si tu n'en fais pas une habitude.
Lui frôlant la joue de ses lèvres, elle l'emporta avec précaution. Il garda les yeux fermés. Parfois, l'amour a besoin d'un coup de pouce pour rester aveugle.

Swanson s'engagea sur la route traversant la résidence, soulagé d'arriver enfin chez lui. Cette soirée de collecte de fonds pour la Société de Transplantation avait été épuisante. Pas une conversation ne s'était terminée sans que soit évoquée au moins une fois la mort de Lisa Evans et combien on les regretterait, elle et son carnet de chèques.

Il faillit ne pas remarquer la BMW qui tourna sur la route devant lui, avant de se rendre compte qu'elle sortait de son allée. Il lui sembla distinguer trois silhouettes à l'intérieur, mais eut juste le temps d'apercevoir le visage du conducteur. « Dangereux » fut le terme qui s'imposa à lui, sans qu'il soit vraiment capable d'expliquer pourquoi.

Il arrêta la Bentley devant le garage pour examiner la façade éclairée par les spots. Tout paraissait normal. Il descendit donc de voiture et se dirigea vers le porche.

Le système de sécurité était toujours en place, mais cela ne signifiait pas grand-chose sinon que les voleurs – si voleurs il y avait – étaient passés par une autre entrée. Au total, il y en avait quatre – non, cinq, rectifia-t-il au souvenir de la porte-fenêtre que Rebecca avait voulu installer dans le salon et qui était restée close depuis sa mort.

Les lampes s'allumèrent automatiquement sur son passage tandis qu'il inspectait le rez-de-chaussée. Ça aussi, c'était une idée de Rebecca, et s'il n'avait pas craint de heurter sa mémoire, il aurait démonté cette installation qui lui donnait la désagréable impression de partager les lieux avec des fantômes.

À l'étage, la boîte à bijoux de Rebecca n'avait pas bougé de place. Swanson en connaissait le contenu par cœur ; de toute évidence, rien n'avait été touché.

Pas des voleurs, donc.

Alors qui ?

Il gagna la fenêtre. Elle donnait sur la pelouse, le jardin, et tout au bout, blottis entre les arbres de la pente boisée, les bungalows. Malgré la distance, il lui sembla que le plus éloigné des deux était éclairé.

Le Dr Mui avait installé un donneur dans l'un d'eux.

Peut-être que les trois individus dans la BMW étaient des collègues à elle.

Ses doigts serrèrent un peu plus fort le double rideau de velours. Il ne voulait pas de donneur dans sa propriété. La pauvre Rebecca avait eu suffisamment à faire avec les hôpitaux durant sa vie sans que le Dr Mui transforme sa maison en annexe de clinique après sa mort. Peu importe que cette décision soit juste ou non sur le plan professionnel, il n'aurait jamais dû accepter. C'était une chose d'accueillir un acheteur ici le temps qu'il se rétablisse et une autre d'ouvrir sa demeure au genre d'individus qui fournissaient la marchandise.

— Je vais aller voir là-bas ce qui se passe. Le Dr Mui ne peut pas me conseiller d'éviter tout contact avec les donneurs et, dans le même temps, en installer un sous mon nez.

En se détournant de la fenêtre, il aperçut son reflet dans le miroir et hésita à se changer avant de se rendre jusqu'au chalet. Si Rebecca l'avait vu sortir dans les bois en smoking, elle se serait gentiment moquée de lui. Mais Rebecca était morte. Alors, après avoir caressé le camée commandé pour elle à un joaillier de Florence, il quitta la pièce, les épaules voûtées.

Sur le seuil de la porte de derrière, il s'immobilisa, soudain inquiet. La voiture qu'il avait croisée devant chez lui n'était-elle pas liée d'une manière ou d'une autre à Patricia Chou ? Lorsqu'il était arrivé à la soirée caritative tout à l'heure, la journaliste l'avait accosté en lui demandant comment un groupe de nantis assemblés autour d'un bon repas pouvaient venir en aide à qui que ce soit hormis les traiteurs du coin. Jusqu'alors, elle avait fait toujours fait attention à l'aborder dans des lieux publics, mais il n'aurait pas été surpris qu'elle risque un procès pour obtenir un scoop. Cette jeune femme devenait de plus en plus agaçante ; il faudrait trouver un moyen de s'en débarrasser.

Il scruta la zone éclairée à la recherche d'une caméra cachée, puis, une fois sûr de ne pas être observé, sortit dans le jardin.

Son malaise s'intensifia à mesure qu'il se rapprochait du bungalow. Quand enfin il arriva devant la porte grande ouverte, il eut la certitude que quelque chose clochait.

— Toutes les pièces sont allumées, maugréa-t-il en entrant. Qu'est-ce qu'ils croient ? Que l'électricité est gratuite ?

Le chalet était désert. Le donneur et le garçon de salle qui devait s'en occuper avaient tous deux disparu. Swanson fronça les sourcils à la vue des sangles sur le lit, essayant de comprendre ce qui avait pu se passer. Finalement, les occupants de la BMW n'étaient peut-être pas des collègues du médecin, mais des amis du donneur. Si ça se trouve, celui-ci n'était pas un SDF, mais un de ces jeunes-turcs victimes de la récente récession et qui avait besoin d'argent frais pour maintenir son niveau de vie.

Cela expliquerait pourquoi le Dr Mui préférait ne pas le garder à la clinique.

Peut-être avait-il changé d'avis au dernier moment et demandé à des proches de venir le chercher.

Mais alors, où était passé le garçon de salle ?

Et surtout, qu'allait-il dire à son client demain en l'accueillant à l'aéroport à 14 h 17 ?

Les lèvres pincées, Swanson éteignit les lampes, ferma à clé, et reprit le chemin de la maison. Il n'aurait pas remarqué les rhododendrons écrasés si une branche cassée n'avait failli le faire tomber.

Malgré les nuages, la nuit était assez claire pour se rendre compte qu'un gros animal était passé par là. Sans la disparition du garçon de salle, il aurait immédiatement pensé à un puma égaré et téléphoné à la police, mais étant donné la situation, il préféra aller jeter un coup d'œil par lui-même.

La piste était facile à suivre même dans le noir. Les plantes les plus basses étaient tassées, les grandes brisées. Puis la lune s'éclipsa.

Descendant avec précaution le talus, il parvint à la petite clairière près du mur de soutènement. Un juron lui échappa quand sa chaussure vernie noire glissa sur l'herbe humide. À genoux, il s'appuya sur ce qu'il pensait être une branche morte pour se relever, et tressaillit au contact d'un tissu.

La lune réapparut.

— Ô mon Dieu. Mon Dieu !

— Alors, qu'est-ce qu'on fait maintenant ? interrogea Vicki.

Celluci s'allongea sur le lit, les dents serrées. Il avait marché de la voiture à l'ascenseur et de l'ascenseur jusqu'à l'appartement sans aucune aide. Ou presque.

— On cherche un moyen de prévenir la police sans vous mouiller, Henry et toi.

— On a déjà essayé, rétorqua-t-elle en saisissant le kit de premier secours apporté par Henry. Ça n'a pas fonctionné.

— Eh bien, on recommence. Puisqu'il y a un cadavre sur la propriété de Ronald Swanson...

ce sur quoi je préfère ne pas m'appesantir...

— ... autant s'en servir.

La délicatesse avec laquelle elle lui bandait le poignet contrasta avec le ton employé lorsqu'elle répliqua :

— Swanson est trop riche et respecté pour qu'on le suspecte. D'autant qu'il n'était pas chez lui au moment du crime et possède sûrement un alibi en béton. En outre, il n'est pas le seul en cause, et rien ne permet de relier Sullivan au Dr Mui hormis le fait qu'il était employé à la clinique. Clinique, par ailleurs, subventionnée par Swanson, ce qui les aidera, j'en suis sûre, à trouver une explication à la présence du garçon de salle dans le bungalow.

— Dans ce cas, je devrais peut-être m'entretenir avec le Dr Mui.

Celluci écarquilla ses yeux injectés de sang en direction d'Henry.

— Vous entretenir avec elle ?

Henry hocha la tête.

— Puisqu'elle habite à côté, je peux aller frapper à sa porte. Ce sera plus facile de prendre une décision en ayant toutes les informations.

— Vous comptez juste lui parler ?

Comme Henry opinait de nouveau, Celluci poussa un long soupir, et déclara :

— Dans ce cas, pourquoi ne pas simplement lui demander de se rendre à la police ?

— Vas-y ! lança Vicki sans laisser à Henry le temps de répondre. J'explique à Mike pourquoi ce n'est pas possible.

Tant que son attention était concentrée sur Celluci, Vicki n'avait pas eu trop de difficultés à supporter Henry, mais à présent que Mike était hors de danger, elle sentait leur ancienne animosité revenir au galop. Ils devaient mettre un peu de distance entre eux deux s'ils ne voulaient pas recommencer à s'écharper.

Comprenant immédiatement le sous-texte, Henry se détourna sans autre commentaire. Cela n'aurait aucun sens d'être jaloux de la manière dont elle restait collée à Celluci. Surtout après l'épisode de l'entrepôt. Cela n'aurait eu aucun sens et risquerait d'être dangereux, se répéta-t-il en s'éloignant.

Celluci attendit que la porte claque avant de prendre la main de Vicki dans la sienne, l'empêchant de verser de l'alcool sur ses bras couverts d'égratignures.

— D'accord. Explique.

— C'est tout bête.

D'un geste vif, elle se dégagea et tamponna les griffures les plus profondes en ignorant ses protestations.

— On ne peut forcer personne à aller contre son instinct de survie.

— Tu te fiches de moi, Vicki. Il suffit que vous le demandiez pour que n'importe qui vous expose sa gorge.

— La plupart y prennent plaisir.

Onze morts dans un entrepôt de Richmond.

— Mais pas tous.

Soupçonnant la teneur des pensées de son compagnon, Vicki poussa un soupir.

— Si Henry ordonne au Dr Mui de se rendre, elle sortira de chez elle, ira peut-être même jusqu'à sa voiture, mais pas plus loin. Ensuite, à moins de ne posséder aucune volonté – ce qui serait étonnant vu son parcours –, elle se réveillera brusquement en se demandant ce qu'elle fiche là. Pour que ça marche, il faudrait qu'Henry reste près d'elle jusqu'au bout – ce qui est impossible, n'est-ce pas ?

— Mais tant qu'il est là, il peut la contrôler ?

— *A priori.*

Elle repensa au mafieux qui était allé chercher son revolver bien qu'elle l'eût libéré. Or, Henry avait beaucoup plus d'expérience qu'elle...

Henry ne pensa aux caméras de surveillance qu'une fois au milieu du parking. Certes, il se déplaçait trop rapidement pour qu'elles enregistrent son image, mais comment leur échapperait-il une fois devant la porte du Dr Mui ? Il ne reste plus qu'à espérer qu'elle ouvrira tout de suite, se dit-il en grimpant jusqu'au onzième étage. C'était l'une des situations typiques où il regrettait que les particularités attribuées aux vampires par Bram Stoker ne s'appliquent pas à la réalité. Se transformer en nuage de brume lui aurait été particulièrement utile en cet instant.

Il n'accorda aucune attention au couple qui apparut dans le couloir, avant de se rendre compte qu'il venait de l'appartement voisin de celui du Dr Mui. Tout de noir vêtus, l'homme et la femme sortaient en riant et parlant nerveusement, sans avoir la moindre idée de la cause de leur nervosité. Henry se glissa entre eux avant qu'ils referment la porte.

Une fois à l'intérieur, il s'arrêta pour reprendre son souffle. Se déplacer à cette vitesse exigeait un effort particulier qui l'obligerait à se nourrir bientôt.

Sur le crâne d'une gargouille d'un mètre de haut – où les propriétaires avaient-ils déniché une statue pareille ? – il trouva une pile de courrier. Apparemment, Carole et Ron Pettit possédaient un goût prononcé pour l'ésotérique, constata-t-il en parcourant le nom des expéditeurs sur les enveloppes.

— Ils seront sans doute désolés de m'avoir manqué, murmura-t-il, amusé, en reposant les lettres.

Dans la chambre, il découvrit sans surprise un grand lit aux draps de soie rouge entouré de deux candélabres ornés de bougies. Un coup d'œil sur le dressing lui permit d'apprécier toutes les nuances possibles de noir.

Le front posé contre le mur le séparant de l'appartement voisin, il se concentra. De l'autre côté, quelqu'un – sans doute le Dr Mui – dormait profondément.

Il songea un instant à défoncer la cloison, avant d'opter pour une solution plus discrète et de se diriger vers le balcon. Au moment où il s'apprêtait à enjamber la cloison de séparation, le téléphone du Dr Mui sonna.

Le cœur endormi s'accéléra. Henry revint appuyer l'oreille contre le mur du placard.

Elle avait horreur d'être réveillée au milieu de la nuit. Les gardes représentaient d'ailleurs l'une des raisons pour lesquelles elle avait quitté l'hôpital. Une raison mineure, certes, mais une raison tout de même. Malgré tout, les vieilles habitudes reprenant vite le dessus, elle ouvrit aussitôt les yeux.

— Docteur Mui. J'ai trouvé votre garçon de salle assassiné sur ma propriété. Le bungalow est vide.

Elle alluma la lampe de chevet et regarda le réveil. Trois heures.

— Docteur ? Vous m'entendez ?

Elle éloigna le combiné de son oreille en grimaçant.

— Oui, je vous entends, monsieur Swanson. Et le donneur ?

— Il n'y a plus personne ! Juste un cadavre !

— S'il vous plaît, calmez-vous. Une crise d'hystérie n'arrangera rien.

Comment s'est débrouillé ce crétin pour se faire tuer ? À cause de lui, tout va tomber à l'eau !

— Vous avez téléphoné à la police ?

— La police ? Euh, non, je...

Il inspira longuement au bout du fil. Quand il reprit, sa voix était un peu plus ferme.

— Après l'avoir découvert, je suis tout de suite rentré vous appeler.

Donc, la situation n'était pas désespérée. Un instant déstabilisée par la nouvelle, le Dr Mui se ressaisit. Soit le flic était moins affaibli qu'elle ne l'avait estimé, soit les amis qui l'avaient laissé à la clinique étaient parvenus à retrouver sa trace jusque-là, conclut-elle. Ce qui, finalement, n'avait pas grande importance. L'essentiel, c'était que Sullivan soit mort et l'inspecteur dans la nature. Et surtout que ce dernier et ses amis souhaitaient manifestement éviter de mêler la police à cette histoire, songea-t-elle avec soulagement. Autrement les flics seraient déjà sur place.

— Docteur Mui ? Vous êtes toujours là ?

Elle leva les yeux au ciel. Où voulait-il qu'elle soit ?

— Je propose, monsieur Swanson, de classer cette affaire en pertes et profits.

— Quoi ? !

Il semblait sur le point de perdre les pédales. Tant mieux : un homme à bout de ressources était plus facile à manipuler.

— Mais la police...

— Si vous aviez voulu prévenir la police, ce serait déjà fait. Puisque vous m'avez appelée moi, je vous suggère de m'écouter. Retournez près du cadavre et enterrez-le.

— Quoi ? !

— En-ter-rez-le ! Sullivan n'a pas d'amis ni de famille. Personne ne remarquera sa disparition sauf le personnel de la clinique, et ça, j'en fais mon affaire.

— Je ne peux pas l'enterrer comme ça !

— Ni le ramener à la vie. Puisqu'il est mort et que nous ne tenons ni l'un ni l'autre à ébruiter nos activités, je vous conseille d'aller chercher une pelle.

— Je ne peux pas l'ensevelir ici. Pas sur la propriété.

Elle compta jusqu'à trois pour se calmer avant de répondre :

— Dans ce cas, mettez-le dans votre voiture et emmenez-le dans la montagne. Il y a un tas de gens qui disparaissent dans la montagne.

— Mais où dans la montagne ? gémit-il. Il faut que vous veniez. Vous devez m'aider.

— Monsieur Swanson, Richard Sullivan mesurait plus de deux mètres, je fais un mètre soixante-deux. Je ne vois pas en quoi je pourrais vous être utile.

— Mais je ne peux…

— Dans ce cas, téléphonez à la police.

Il y eut un long silence.

Le Dr Mui s'adossa à l'oreiller. Elle savait que Swanson n'appellerait jamais les flics, autrement, elle ne l'aurait pas suggéré.

— Alors, écoutez-moi bien, je vais vous aider du mieux que je peux.

Plus Ronald Swanson dépendrait d'elle, mieux ce serait.

— Il y a un ancien chemin de bûcherons dans le parc du Mt Seymour…

Ils s'étaient installés dans le salon. Vicki s'agita sur le canapé, rendue nerveuse par la présence d'Henry devant la seule issue possible.

— Si je résume, Ronald Swanson va enterrer Richard Sullivan à l'endroit où Mike pense avoir localisé les autres corps.

Henry hocha la tête.

— C'est ça.

— Eh bien, allons-y.

Elle voulut se lever, mais Celluci la retint près de lui.

— Qu'y a-t-il ? demanda-t-elle d'un ton brusque.

— Tu as vu l'heure ?

— Mike, il nous reste plus d'une heure.

— Pour faire quoi ?

Elle le considéra un long moment, avant de se laisser finalement retomber contre le dossier du sofa.

— OK. J'ai compris. Tu veux qu'Henry aille raconter une autre histoire à la police.

— Non. Avec la quantité de pluie qui tombe par ici, il faudrait une équipe scientifique hors pair pour déterrer toutes les preuves nécessaires. Ce que je veux, c'est que l'affaire éclate au grand jour sans que personne puisse en étouffer un seul détail.

— Vraiment ? fit-elle, sceptique. Et comment comptes-tu t'y prendre ?

Avec une grimace de douleur, Celluci extirpa son portefeuille de la poche arrière de son jean. Il en sortit une carte de visite.

— Je vais sortir Patricia Chou du sommeil. Après tout, je lui ai promis cette histoire.

— Parce que tu crois qu'elle va crapahuter dans la montagne à trois heures du matin pour tes beaux yeux ?

— Pour mes beaux yeux, non, mais pour Swanson, oui. Elle veut sa peau.

— Je vois. Et que feras-tu si elle cite ton nom ?

— Elle ne le citera pas.

Vicki secoua la tête d'un air incrédule.

— Tu parles !

— Apparemment, elle a déjà risqué la prison pour protéger une source.

Elle eut un ricanement méprisant, mais lui tendit néanmoins le téléphone.

— Eh bien, tu as intérêt à ce qu'elle soit prête à prendre de nouveau le risque cette fois-ci.

Les mains crispées sur le volant, Swanson s'engagea sur l'ancienne piste de bûcherons. Malgré l'heure tardive, il avait toujours eu au moins une voiture derrière lui depuis son entrée dans le parc. Si on le suivait maintenant…

Il poussa un soupir de soulagement en voyant les phares disparaître de son rétroviseur.

L'œil fixé sur le miroir, il faillit s'enliser dans une des nombreuses ornières sur la route. La Bentley rebondit lourdement dans un bruit de suspensions écrasées.

Sans doute aurait-il été plus simple de prendre le 4×4 garé devant le bungalow, mais c'était déjà assez stressant de transporter un mort sans avoir en plus à conduire son véhicule. Si seulement il avait pu être aussi détaché que le Dr Mui, pensa-t-il. Mais les images qui tournaient sans cesse dans sa tête – la découverte du corps, le moment où il l'avait hissé dans le coffre – l'empêchaient de réfléchir calmement.

Comme l'avait indiqué le docteur, la route débouchait dans une clairière. Il se gara près d'une grosse souche, coupa le moteur et éteignit les lumières. Aussitôt, les ténèbres l'enveloppèrent, plus sombres que l'Enfer.

Selon le Dr Mui, il devait agir dans le noir total pour ne pas attirer l'attention d'éventuels promeneurs.

Au bout d'un moment, il se décida à descendre et ouvrit le coffre.

Les rebonds de la route avaient déplacé la tête de Sullivan, qui le fixait de son regard mort et pourtant effrayé comme un bœuf qu'on mène à l'abattoir.

Incapable de s'en détourner, Swanson recula d'un pas, un goût de bile dans la bouche. Qu'est-ce que je fais ici ? Je dois être devenu fou. J'aurais dû appeler la police. Il s'essuya le front d'une main tremblante. Non. Si je leur avais téléphoné, toute l'histoire serait sortie au grand jour. On m'enverrait en prison et je serais ruiné. Le Dr Mui a raison : j'enterre le corps, et personne ne sera au courant de rien. Durant sa longue carrière, il n'avait jamais hésité à faire ce qui était nécessaire, il n'allait pas commencer maintenant.

Les dents serrées, il sortit le cadavre en s'efforçant d'oublier que la centaine de kilos de chair qui s'effondra dans un « floc » mou à ses pieds avait été vivante. Il le tira sur cinq ou six mètres, retourna chercher la pelle, et se mit à creuser.

— C'est débile. Complètement con.

— Ne sois pas vulgaire, Brent. Et tais-toi ou il va t'entendre.

— Qui ?

Patricia Chou saisit son cameraman par le bras pour le retenir quand il trébucha dans une ornière, déstabilisé par le poids du matériel.

— Ronald Swanson, évidemment.

— Attends, rien ne te prouve que c'est bien lui dans la voiture que nous avons suivie.

— Je le sais.

— À cause de ce coup de fil à trois heures du matin ?

— Oui.

— C'est tout ?

— Ça et mon instinct de journaliste. Maintenant, ferme-la !

Ils s'approchèrent de la clairière à pas de loup. Habitués à l'obscurité grâce à leur longue marche, ils distinguèrent immédiatement la forme massive d'une voiture parmi les ombres environnantes.

L'oreille tendue vers le bruit rythmique un peu plus loin devant eux, Patricia Chou leva une main. Brent s'immobilisa aussitôt.

— C'est un raclement de pelle ? chuchota-t-elle.

Brent eut une moue ignorante, mais hissa néanmoins la caméra sur son épaule.

L'aidant à contourner le véhicule, elle lui désigna la silhouette face à eux. Cette fois, c'est gagné ! se dit-elle en donnant le signal.

Ronald Swanson, enfoncé jusqu'aux genoux dans la terre, redressa vivement la tête. Il avait le regard affolé d'un animal pris au piège. Le corps allongé devant lui, manifestement sans vie, était plus qu'elle n'aurait osé imaginer. Plissant elle aussi les yeux dans la clarté aveuglante du spot, elle brandit son micro.

— Une déclaration pour les téléspectateurs, monsieur Swanson ?

Swanson ouvrit la bouche, la ferma, la rouvrit, sans émettre aucun son. Puis ses yeux s'écarquillèrent, ses pupilles se contractèrent jusqu'à disparaître, et il lâcha la pelle pour porter les mains à son cœur. L'instant suivant, il s'effondrait en avant à côté du cadavre.

— Monsieur Swanson ?

Sans lâcher le micro, elle s'agenouilla pour lui tâter le pouls. Il était vivant, mais semblait mal en point.

— Ce connard aurait pu répondre quelque chose avant de faire un infarctus.

— Je continue de filmer ?

— Non. Économise les batteries, on en aura sûrement besoin quand la police arrivera.

Avec un sourire triomphant, Patricia Chou sortit son portable de sa poche et composa le 911.

14

Tony saisit le combiné à la première sonnerie.

— Henry ?

— Tu attendais mon coup de fil ?

— J'avais réglé mon réveil une demi-heure avant le lever du soleil pour être sûr d'entendre au cas où tu appellerais.

Il s'adossa à l'oreiller en bâillant.

— Vous avez retrouvé Celluci ?

— L'inspecteur Celluci est de retour, sain et sauf, et sous la garde de Vicki. Elle a insisté pour qu'il reste au lit toute la journée.

— Au lit ? Pourquoi, il est blessé ?

— Non, juste affaibli. Apparemment, quelqu'un l'a forcé à donner son sang à haute dose.

Tony fit la grimace.

— Oh, ça n'a pas dû plaire à Vicki.

— C'est le moins qu'on puisse dire. Sinon, on a coincé Swanson.

— Super ! Donc, finis les fantômes.

— Je l'espère. Euh, Tony…

En percevant la gêne dans la voix d'Henry, Tony devina aussitôt ce qui allait suivre. Le fils bâtard d'Henry VIII avait beau évoluer sans problème au fil des siècles, certains objets du XXIe siècle lui restaient désespérément étrangers.

— … je me demandais si tu pourrais passer régler le magnétoscope pour enregistrer les infos.

— Je t'ai montré des centaines de fois comment ça marchait.

— Je sais.

Réprimant un autre bâillement, Tony regretta de ne pas s'être préparé un thermos de café avant de se coucher.

— Bon sang, Henry, tu vas faire comment quand je serai parti ?

Parti... L'écho du dernier mot persista dans le silence qui suivit. Parti. Ce n'était pas ainsi qu'il avait prévu d'en parler. Oh, merde, il est beaucoup trop tôt pour moi, je dis n'importe quoi, songea Tony en fermant les yeux.

— Henry ?

— Devrai-je me battre pour te garder ?

Adressée avant tout à lui-même, la question d'Henry n'en possédait pas moins l'attrait des eaux sombres et dangereuses.

— Henry, ne...

Ne quoi ? L'ignorant, Tony laissa sa phrase inachevée.

Quand Henry reprit finalement la parole, ce fut d'une voix normale, sans trace d'arrogance, humaine ou autre.

— Après ton départ, déclara-t-il, tu me manqueras. Alors, comme Vicki, je te rappellerai que l'amitié peut être plus forte que tout. Si elle et moi avons réussi à sauver la nôtre, il n'y a pas de raison que toi et moi n'y parvenions pas.

Cherchant un Kleenex dans son sac au pied du canapé, Tony émit un petit rire chevrotant.

— Je t'avais bien dit que notre Victory était un vampire particulièrement malin, pas vrai ?

— Je t'ai surtout entendu dire qu'elle était un vampire particulièrement effrayant.

— C'est pareil. Je... euh, passerai te voir avant de m'en aller.

— Oui.

La promesse contenue dans cet acquiescement le fit frissonner.

Arrêtée à la sortie du parking, le Dr Mui attendait que la voie soit libre pour sortir quand quelqu'un cogna à sa vitre.

Patricia Chou appuya le micro contre le carreau.

— Docteur Mui, Ronald Swanson a été découvert ce matin en train d'enterrer le corps de Richard Sullivan, un garçon de salle travaillant sous vos ordres au Projet Espoir. Avez-vous un commentaire ?

Incrédule, le Dr Mui abaissa la vitre de quelques millimètres. Sans un regard pour son interlocutrice, elle aboya :

— Vous êtes complètement cinglée !

Sur quoi, elle démarra, regrettant de ne pas avoir écrasé les pieds de Patricia Chou au passage.

D'autres journalistes l'attendaient dans l'allée menant à la clinique. Elle passa devant eux sans ralentir, les obligeant à bondir en arrière pour ne pas être renversés.

En revanche, il lui fut impossible d'ignorer les deux officiers de police devant le bureau des infirmières.

— Qu'est-ce que tout ça signifie ? s'écria-t-elle en avançant à grandes enjambées vers eux.

Plus tard, elle ressentirait les effets de l'adrénaline, mais pour l'instant elle se sentait incroyablement calme. Garder son sang-froid était impératif.

Les policiers se présentèrent et proposèrent d'aller discuter dans son bureau.

Elle les considéra un moment, sourcils froncés, avant de déclarer :

— Ne me dites pas que ce parasite a dit vrai.

Le plus jeune des deux hommes interrogea son collègue du regard, puis reporta son attention sur elle pour demander :

— Parasite ?

— Patricia Chou s'est pratiquement jetée sous mes roues ce matin en me racontant que Ronald Swanson avait été découvert avec le cadavre de Richard Sullivan, un garçon de salle de la clinique.

— Patricia Chou, soupira le policier le plus âgé.

— Bizarrement, je ne suis pas surpris, renchérit l'autre.

Est-ce parce qu'ils avaient vu l'un de leurs collègues se faire laminer dans l'émission de Mlle Chou ? Ils se dégelèrent soudain et devinrent presque attentionnés à son égard, s'empressant d'accepter quand elle leur suggéra, l'air de rien, de la suivre dans son bureau pour laisser le personnel travailler.

— Docteur, quand avez-vous parlé pour la dernière fois à Ronald Swanson ?

— Ce matin, un peu après trois heures, répondit-elle aussitôt, consciente que l'appel serait rapidement repéré.

— Vous vous souvenez de ses paroles ?

— Je n'ai rien compris à ce qu'il me racontait. J'étais encore à moitié endormie, et il m'a débité je ne sais quoi comme un hystérique avant de raccrocher sans que j'aie pu saisir ce qu'il voulait.

— Vous êtes certaine de l'heure ?

— Inspecteur, quand on me réveille au milieu de la nuit, je regarde automatiquement mon réveil. Pas vous ?

Si, reconnurent-ils tous les deux.

Elle n'avait aucune idée de la raison de la présence de Richard Sullivan dans le bungalow de Ronald Swanson, et haussa les sourcils à la mention des sangles sur le lit.

— Vous avez travaillé avec Richard Sullivan au pénitencier de Stony Mountain, n'est-ce pas ? demanda le plus âgé des policiers.

— En effet. Il avait été affecté comme garçon de salle à l'hôpital de la prison. À sa libération, je lui ai proposé de venir ici et j'ai veillé à ce qu'il se rende régulièrement à ses rendez-vous chez le surveillant de liberté conditionnelle. À part ça, ajouta-t-elle d'un ton hautain, je n'étais pas en charge de sa vie.

— Puis-je savoir pourquoi vous avez proposé sa candidature ici, docteur ?

— Garçon de salle est une profession peu valorisante et très pénible. M. Sullivan effectuait les tâches qu'on lui assignait sans jamais rechigner ni se plaindre et, croyez-moi, c'est assez rare pour mériter une seconde chance.

Fronçant les sourcils, elle plongea soudain les yeux dans ceux du plus jeune de ses interlocuteurs pour reprendre :

— Au fait, vous ne m'avez pas dit de quoi il est mort.

— Euh, non, docteur, répondit celui-ci, mal à l'aise. Nous n'avons pas le droit de divulguer cette information. Bon, eh bien, je crois qu'on a tout ce qu'on voulait, pas vrai ? ajouta-t-il en jetant un regard impatient à son équipier.

Avant leur départ, les policiers lui conseillèrent de dire quelques mots aux reporters si elle voulait se débarrasser d'eux. Elle rédigea donc une brève déclaration, qu'elle lut à contrecœur sur le parvis de l'hôpital. À sa surprise, les journalistes s'en contentèrent et remballèrent micros et caméras sans poser plus de questions. Manifestement, la nouvelle ne ferait pas la une des quotidiens.

Pour l'instant…

Afin de ne pas attirer les soupçons, elle travailla jusqu'à 16 h 15, s'affairant comme d'habitude autour des malades au cas où on la surveillerait. Enfin, estimant avoir suffisamment donné le change, elle prit quelques dossiers sous le bras et s'en alla.

Même si Ronald Swanson décédait, il était probable que la police reviendrait la voir au moins une fois. Bien qu'elle eût veillé à laisser un minimum d'indices concernant ses activités, elle ne se faisait pas d'illusions : en cherchant bien, ils trouveraient forcément quelque chose. La prudence aurait voulu qu'elle file sur-le-champ à l'aéroport. Mais alors, elle devrait dire adieu à son argent et ses investissements – une solution inenvisageable. Elle préféra donc rentrer chez elle et élaborer un plan.

Henry n'eut pas besoin d'ouvrir les yeux pour savoir que ce coucher de soleil ressemblait aux précédents. Les spectres se tenaient toujours au pied du lit, réclamant justice.

— Vous êtes au courant pour Ronald Swanson ?

Apparemment, ils l'étaient.

Et s'en moquaient.

— Le promoteur milliardaire Ronald Swanson est toujours dans le coma à l'hôpital Lion's Gate. La police n'a toujours pas révélé l'identité ni la cause du décès de l'homme retrouvé près de lui. Les circonstances de l'affaire restent mystérieuses même si l'inspecteur Post affirme que l'enquête progresse.

L'inspecteur, un bel homme d'une trentaine d'années, affronta la caméra avec l'aisance d'un professionnel.

— Malheureusement, nous possédons peu d'éléments pour le moment. Ronald Swanson a été découvert tôt ce matin à la lisière du parc naturel du Mt Seymour aux côtés du corps sans vie d'un autre homme. D'après les premières conclusions médicales, M. Swanson aurait été victime d'un infarctus. Tout le reste n'est que suppositions.

Il adressa un sourire rassurant aux journalistes.

— Nous en saurons plus, bien sûr, dès que M. Swanson sera sorti du coma et que nous pourrons l'interroger.

Henry appuya sur le bouton avance rapide du magnétoscope pour passer la fin du JT. Il remit le mode lecture à la vue du générique des infos de dix-huit heures.

— Ronald Swanson, le milliardaire philanthrope, est toujours dans le coma à l'hôpital Lion's Gate. Tôt ce matin...

— Bon sang ! Quand vont-ils se décider à fouiller cette putain de clairière ? grogna Celluci en cherchant une position moins inconfortable sur le canapé.

Vicki se pencha pour lui remettre le bras gauche dans l'écharpe.

— Ils n'ont aucune raison de le faire. Pour l'instant, la police croit à un incident isolé, une dispute qui a mal tourné. Ils n'ont même pas retenu de charges contre Swanson. En tout cas, ajouta-t-elle, le regard perdu dans le vague, Swanson dans le coma et aux mains de la police ne suffit pas aux fantômes. Je me demande ce qu'ils veulent de plus pour laisser Henry tranquille.

— Pas quoi, déclara soudain Celluci en se tournant de nouveau vers la télévision, mais qui. Fitzroy ! Rembobinez jusqu'au passage avec la femme médecin devant l'hôpital.

— ... suis, bien sûr, consternée par cette nouvelle. Richard Sullivan était un collaborateur efficace et compétent qui était parvenu à reconstruire sa vie après un passé difficile.

— Il a fait de la prison, expliqua Celluci. Et c'est elle, le médecin qui…

— … t'a prélevé le sang, termina Vicki en bondissant sur ses pieds. Le Dr Mui. Maintenant, nous en sommes certains.

Soudain hésitante, elle s'immobilisa et le regarda. Il referma ses mains autour de la sienne.

— Moi aussi, je veux me venger, dit-il. Mais pas de cette manière. Tu n'as pas le droit de la tuer.

Vicki frissonna – un long frisson qui parcourut son corps comme une vague.

— Tu commences à devenir vraiment lourd, tu sais, soupira-t-elle finalement.

— Waouh ! Ton sang-froid m'impressionne, Vicki.

Elle pivota vers Henry, qui la fixait d'un œil narquois.

— Toi, n'en rajoute pas ! prévint-elle, menaçante.

Se retournant vers Mike, elle reprit, agacée :

— Bon, alors, que proposes-tu ?

En guise de réponse, Celluci poussa une exclamation.

— Quel crétin je fais !

Vicki fronça les sourcils.

— Pourquoi ?

— Ce n'est pas Ronald Swanson qui les a assassinés. C'est pour ça que les fantômes continuent de hanter Henry.

— Il ne les a peut-être pas tués lui-même, mais il a payé quelqu'un pour le faire.

— Pas forcément. D'accord, on sait qu'il a mis en place un système visant à acheter des reins aux pauvres pour les vendre à des malades riches. Cependant, il est tout à fait possible de vivre avec un seul rein. Beaucoup le font dans le tiers-monde.

— Où veux-tu en venir ?

— Non contente de toucher un généreux salaire grâce à ses activités, le Dr Mui a eu l'idée ingénieuse d'empocher l'argent de la vente en se débarrassant du donneur.

— Tu crois ? Mais…

— Pourquoi aurait-elle attendu qu'ils se rétablissent si elle n'avait pas dû dissimuler leur mort à Swanson ? Dans ce cas, le cadavre retrouvé dans le port serait mort durant l'opération.

Regardant tour à tour Vicki et Henry, il répondit lui-même à sa question :

— Elle était obligée de garder les donneurs à l'hôpital jusqu'à la fin de leur convalescence pour ne pas éveiller les soupçons de Swanson.

— Donc, il ne serait pas au courant des meurtres ?

— Elle m'a dit elle-même que moins ses collaborateurs en savaient, mieux c'était. Euh, Vicki ? Je ne sens plus mes doigts.

Elle lui lâcha la main. Tout en se massant le bout des phalanges pour faire circuler le sang, il poursuivit :

— Le boulot de Swanson, c'était de trouver l'argent et les acheteurs.

— Je veux bien, concéda-t-elle. Mais comment expliques-tu les mains coupées du premier spectre ?

— Sullivan était chargé de se débarrasser des cadavres. Il a dû s'apercevoir que le type n'avait pas de casier et décidé de se faire un peu de fric. Il a sûrement gardé de nombreux contacts en prison.

Vicki fit la moue.

— Ce ne sont que des hypothèses.

— Peut-être, mais, de toute façon, là n'est pas l'important. Cette histoire de mains coupées nous a entraînés sur une fausse piste dès le départ, et je n'ai pas envie que ça recommence.

Henry marcha jusqu'à la baie vitrée. Il réfléchissait toujours mieux en contemplant la ville. Sa ville.

— Je crois que Mike a raison, déclara-t-il finalement. Le Dr Mui a tout organisé. Hier, Swanson était bouleversé en découvrant le corps.

— Tu parles ! railla Vicki, agacée par cette intervention. Il a surtout eu peur que sa petite entreprise soit révélée au grand jour.

— Je ne pense pas.

Il la sentait de plus en plus nerveuse derrière lui. Aussi continua-t-il à regarder les voitures sur Pacific Boulevard en répondant :

— La première chose que lui a demandée le Dr Mui, c'était s'il avait téléphoné la police. Si Swanson avait été au courant des assassinats, elle ne lui aurait même pas posé la question. Une fois certaine qu'il n'avait prévenu personne d'autre, elle a commencé à élaborer un plan pour se couvrir.

— Le Dr Mui avait à la fois un mobile et les moyens d'arriver à ses fins, fit remarquer Celluci.

— Tout ça me paraît mince, marmonna Vicki. Très mince. Je te rappelle que tu étais retenu dans un des bungalows de Swanson.

— Et alors ? Rien ne prouve qu'il savait pourquoi j'étais là. Elle a pu lui raconter n'importe quoi.

— En outre, renchérit Henry, ce qui s'est passé la nuit dernière n'a eu aucun impact sur les fantômes. Ni la mort de Sullivan ni la crise cardiaque de Swanson.

Mui avait prélevé le sang de Mike. Cela suffisait en soi pour que Vicki ait envie de la condamner. Hochant la tête comme si, finalement, elle était convaincue, elle se rassit et déclara d'un ton sec :

— D'accord, le docteur ne serait pas juste un maillon de la chaîne, mais l'instigatrice hypocrite, criminelle et amorale de toute l'affaire. Et si je n'ai pas le droit de la tuer, qu'est-on supposés faire ? La dénoncer anonymement en appelant d'une cabine ? Mettre le nez dans ses comptes et l'obliger à justifier la provenance de ses millions ?

— Elle trouverait sûrement une explication. Cette femme a des cou…

Celluci s'arrêta net face au regard étincelant de Vicki.

— … des ovaires en acier. Elle a réponse à tout.

— Sans compter qu'elle doit avoir placé une bonne partie de sa fortune à l'abri à l'étranger. À mon avis, elle va essayer de fuir, si ce n'est déjà fait.

— Je ne pense pas, intervint Henry, les yeux fixés sur l'allée séparant son immeuble de celui du Dr Mui.

Un camion de la télé vient de s'arrêter en bas et, si je ne me trompe pas, Patricia Chou est en train d'en sortir.

— Parce que vous arrivez à l'identifier d'ici ? lança Celluci.

Il se traita aussitôt d'idiot en se rappelant qu'Henry, comme Vicki, possédait une vision nocturne surhumaine.

— Laissez tomber, dit-il avant d'enchaîner : si Patricia Chou est là, ça signifie que la police l'a chassée du chevet de Swanson. Elle a dû rôder près de lui comme un vautour toute la journée.

Vicki le considéra, l'air faussement surpris.

— Je croyais que c'était une amie ?

— Je ne l'ai rencontrée qu'une seule fois, se défendit-il. Et quand bien même, l'amitié ne m'a jamais empêché de voir les défauts des gens.

Touchée ! Malgré un sourire guindé, Vicki se promit de lui faire payer ça plus tard.

— Donc, si Mlle Chou est là, le Dr Mui a de grandes chances d'y être également. Ce qui me ramène à ma question de départ : qu'est-ce qu'on fait ?

Henry se détourna de la baie vitrée ; son regard avait la couleur de la nuit.

— On se sert de Patricia Chou pour empêcher Mui de sortir de chez elle, et demain soir, on confronte les seuls témoins que nous ayons avec l'accusée. N'est-ce pas ce que prescrit la loi, inspecteur ?

Celluci sentit l'appel des ténèbres, et se ressaisit aussitôt. Il s'était un peu trop écarté de la légalité au cours des derniers jours.

— Non, c'est l'accusé qui a le droit de demander à être mis en présence de ses accusateurs.

— Très bien, acquiesça Henry. Ça me va aussi.

— Écoutez, Fitzroy, vous ne pouvez pas…

— Quoi ? Il existe une loi interdisant de laisser la parole aux morts ?

— Vous savez bien que non. C'est juste que…

— Ça ne marchera pas, Henry, coupa Vicki. Si le rayon d'action de leur pouvoir leur permettait de l'atteindre, ils se seraient déjà vengés. Il faudrait que tu sois près d'elle, ce qui n'est pas possible.

— Si, ça l'est.

— Arrête ! Ils t'apparaissent au moment du coucher du soleil. Tu comptes te rapprocher d'elle pendant qu'il fait jour ?

— Oui.

— Ne dis pas n'importe quoi. Ce serait trop risqué.

— Pas plus que de ne jamais me débarrasser de ces spectres et de devoir poser la bonne question nuit après nuit en sachant qu'en cas d'erreur des innocents mourront.

— Dans ce cas, conduisons-la jusqu'à eux.

— Et comment allons-nous…

«… nous débarrasser de son cadavre ? » s'apprêtait-il à poursuivre, quand un coup d'œil à Celluci l'en dissuada.

— … expliquer ça à la police ? dit-il à la place.

Comme Vicki restait silencieuse, il reprit :

— Mon idée est de mettre Patricia Chou sur le coup. Pour l'instant, elle s'est montrée plutôt efficace, non ?

Celluci grogna son approbation. Se servir des fantômes pour pousser le Dr Mui dans les bras des médias, puis des médias pour informer une fois encore la police, lui convenait parfaitement.

— Et toi, comment comptes-tu survivre à ton superbe plan ? interrogea Vicki.

Malgré son ton ironique, son inquiétude était sincère, cela ne faisait aucun doute. Un véritable miracle, songea Henry en se rappelant leurs « retrouvailles » quelques jours plus tôt.

— Ne me regarde pas avec cet air hébété, Henry. Réponds plutôt à ma question.

Il secoua la tête, s'obligeant à revenir au problème présent.

— Je passerai la journée chez les voisins du docteur, Carole et Ron Pettit.

— Vous les connaissez ?

— Pas encore.

Ignorant le regard perplexe de Celluci, Henry décrocha le téléphone et composa le numéro qu'il avait noté lors de sa dernière visite chez les Pettit.

— Qu'est-ce qu'il fabrique ? s'enquit Celluci à l'oreille de Vicki.

— Tu te souviens de la manière dont Dracula persuadait Lucy de le rejoindre ?

— Il l'appelait depuis le jardin ?

— Eh bien, c'est exactement la même chose.

— Sauf que Dracula n'avait pas de téléphone.

— Les temps changent.

— Allô, Carole ? Carole, j'aimerais que vous me rendiez un service. J'ai besoin que vous laissiez votre porte ouverte, Carole. C'est ça, Carole, vous savez qui je suis.

Soudain, l'atmosphère était devenue étouffante. Celluci s'agita, à l'étroit dans son jean. Quand Vicki se pencha pour lui lécher le lobe de l'oreille, il tressaillit et bondit en arrière.

— Arrête ! s'exclama-t-il d'une voix rauque. Pas ici, pas maintenant.

— Laissez la porte ouverte, Carole, et préparez-vous à m'accueillir. Ce n'est pas grave si vous n'êtes pas seule. C'est ça, Carole, ne fermez pas la porte. J'arrive bientôt, Carole. Attendez-moi.

— C'est tout ? demanda Celluci après qu'Henry eut raccroché.

Le vampire haussa les épaules.

— Certaines personnes répondent plus facilement à l'appel que d'autres, expliqua-t-il en se souvenant de la gargouille.

Regrettant de ne pas porter un pantalon plus large, Celluci grommela quelque chose d'incompréhensible en essayant de se persuader qu'il n'avait rien ressenti.

Ils accompagnèrent Henry au rez-de-chaussée et le suivirent des yeux jusqu'à l'entrée de l'immeuble d'en face.

— Je suppose qu'il va suggérer à Carole et son compagnon de quitter l'appartement.

— Si c'était moi, je leur demanderais de partir au lever du soleil et de ne pas rentrer avant vingt-quatre heures.

— La nuit est loin d'être terminée, Vicki. Que compte-t-il faire pendant tout ce temps ?

En guise de réponse, elle plongea son regard dans le sien.

Il sentit son visage s'empourprer.

— Peu importe, dit-il. Ce serait mieux que ce soit toi qui parles à Patricia Chou.

— Pourquoi ?

— Parce que tu peux la convaincre de tout oublier, toi et la conversation.

— Je vois. Merci de me rendre la direction de mon enquête, railla-t-elle en lui tapotant la joue.

Sur quoi, elle se dirigea vers la camionnette au logo de la chaîne télévisée avec l'intention de suivre à la lettre le conseil de Celluci.

— Débrouillez-vous pour qu'elle soit toujours chez elle au coucher du soleil.

Même perdue dans les profondeurs argentées du regard de Vicki, Patricia Chou trouva la force de protester :

— Et comment suis-je censée procéder ?

— D'après ce que j'ai cru comprendre, la moitié de la ville préférerait s'enfermer plutôt que d'avoir à vous affronter.

— Eh bien, elle ne va jamais à la clinique le vendredi...

— Comment le savez-vous ?

— Je sais presque tout et me démène pour découvrir le reste. C'est pour ça que tout le monde me déteste, ajouta Patricia Chou en souriant.

Vicki connaissait ce sourire. Elle avait vu le même se refléter dans les pupilles dilatées de terreur de Bynowski et Haiden juste avant leur mort trois nuits plus tôt. Manifestement, Patricia Chou adorait son métier. Dire qu'Henry s'inquiétait de devoir partager son territoire avec moi !

Henry s'engouffra dans le couloir, frôlant au passage la femme qui l'attendait sur le seuil.

Une fois en sécurité à l'intérieur, il reprit son souffle et l'appela doucement par son prénom.

Elle pivota. La quarantaine avancée, elle arborait un bronzage éclatant qui, ajouté à quelques kilos de trop, réduisait à néant ses tentatives pour se fondre dans le décor pseudo-gothique de l'appartement.

— Venez, Carole. Et fermez la porte.

Le désir monta en réponse à celui qu'il lut sur ses traits.

Elle finira bien par en avoir marre et s'en aller. Ou un autre scandale l'attirera ailleurs. Le front appuyé sur la vitre du solarium, le Dr Mui contempla une fois encore la camionnette garée sur le parking en contrebas ; le rectangle jaune se détachait sur le bitume noir avec une clarté exaspérante. À moins que quelqu'un lui ne balance un objet lourd sur la tête…

Patricia Chou l'avait obligée à modifier totalement le programme de la journée.

Après avoir réglé un maximum de choses depuis son ordinateur en fin de matinée, elle était sortie dans l'intention d'effectuer les dernières démarches pour organiser son départ du pays dans les meilleures conditions. Mais à peine avait-elle tourné la clé de contact de sa décapotable que le van jaune de Patricia Chou venait se ranger derrière elle.

Certaine que la journaliste ne manquerait pas de deviner ses intentions si elle se rendait à la banque ou à l'agence de voyages, elle s'était donc résolue à rentrer chez elle après une course sans conséquence et à attendre un moment plus propice pour sortir.

Sauf que le temps passait et que Patricia Chou ne décollait pas du parking.

De toute façon, elle va bien s'en aller à un moment ou un autre, se rassura-t-elle. Il suffit d'être patiente. Presque tout est réglé, il n'y a aucune raison de paniquer. Je ne risque rien tant que je reste calme. Ses ongles crissèrent sur le verre quand elle serra les poings. Bon sang, si seulement un poids lourd pouvait foncer dedans et l'écrabouiller !

Tout l'après-midi, elle regarda Patricia Chou interviewer ceux et celles qui entraient ou sortaient de l'immeuble.

La journée lui parut interminable.

— Patricia, je t'en prie, gémit Brent en frottant ses yeux rougis de fatigue, levons le camp. On n'aura rien de plus aujourd'hui, et je suis mort.

— Il n'y en a plus pour longtemps.

Le cameraman se laissa retomber sur un sac de matériel en soupirant.

— Ça fait au moins une heure que tu me dis ça.

— Cette fois, c'est vrai.

Elle passa la tête par la vitre pour regarder les premiers rayons du couchant à travers les nuages.

— Attends juste que le soleil soit couché.

— Pourquoi ? Que va-t-il se passer à ce moment-là ?

Entre deux battements de cœur, un éclat argenté glissa devant ses yeux.

— Je ne sais pas...

— Alors, pourquoi... ?

— ... mais on m'a promis un scoop.

7 h 43. Celluci se tourna vers la fenêtre. Les couleurs du crépuscule incendiaient l'immeuble d'en face. Quoi qu'il arrive, cela ne se produirait pas avant cinq minutes. Il avait encore le temps de l'empêcher.

Du pouce, il caressa la minuscule cicatrice au creux de son coude gauche.

Quatre minutes.

Encore possible.

Trois minutes.

Il ne bougea pas. Ce n'était pas à cause des deux garçons dont l'esprit hantait Henry ni de ce qu'elle lui avait fait personnellement, se dit-il. Non, ce qu'il ne pardonnait pas au Dr Mui, c'était d'avoir profité de l'espoir de ceux auxquels il ne restait plus que ça pour vivre.

Deux minutes.

La loi pouvait punir les crimes, mais s'il interdisait aux spectres de se venger, qui la punirait d'avoir tué leur espoir ?

La faille de son raisonnement lui apparut à 7 h 47. Mais il était trop tard.

Henry avait passé la journée allongé sur le sol du dressing, enveloppé dans un grand rideau noir de théâtre. Malgré leur totale complaisance, les Pettit avaient eu du mal à se laisser convaincre de partir. Il avait eu juste le temps de gagner son sanctuaire et d'en bloquer la porte avant d'être englouti par le jour.

7 h 48. L'heure du coucher du soleil.

Ils étaient là. Il sentit leur présence avec encore plus d'intensité que d'habitude. L'atmosphère autour de lui était glaciale. Quand il inspira, l'air emplit difficilement ses poumons, déposant une sorte de film épais et froid à l'intérieur de sa gorge.

Armoise et bile, identifia-t-il avec une grimace de dégoût.

Il actionna l'interrupteur. Les deux fantômes se tenaient juste devant ses pieds, entourés de dizaines d'autres silhouettes mouvantes, trop floues pour qu'il distingue leurs traits. Là, une jeune femme avec un piercing sur la lèvre, ici, une mèche de cheveux… Des visages, des corps… Le chœur invisible matérialisé.

Et partout, la peur.

Elle émanait d'eux comme une fumée épaisse, saturant l'espace jusqu'à le rendre irrespirable.

Le Dr Mui se détourna du parking pour scruter la pénombre de son appartement. Elle leva une main, comme une réaction involontaire face à l'impression soudaine de ne plus être seule.

— Je devrais allumer.

Sa voix resta coincée dans sa gorge, incapable de briser le silence.

Elle fit un pas en arrière. Deux.

Son dos cogna contre la vitre.

— Qui est là ?

Ils se rapprochaient, elle le sentait.

— Il y a un coffret dans le dernier tiroir de mon bureau. Prenez l'argent et laissez-moi.

Le dernier mot se transforma en gémissement.

Le docteur essayait toujours de reculer. Le verre se fendit sous la poussée.

Il sentait sa vie. Elle n'était pas dans la pièce adjacente, mais cela ne changeait rien. Le cœur du médecin frappait si fort qu'il aurait pu l'entendre depuis l'autre immeuble si les battements du sien n'en avaient assourdi le son.

Je suis Henry Fitzroy, ancien duc de Richmond et de Somerset, comte de Nottingham et chevalier de la Jarretière. Mon père était roi et je suis devenu la Mort. Je ne tremble pas devant les défunts.

La sauvagerie monta en lui, repoussant l'effroi et lui donnant la force de se mettre debout. Il plissa les yeux.

— Alors, demanda-t-il, comptez-vous la laisser s'en tirer comme ça ?

À cette question, bien sûr, il n'y avait qu'une réponse.

Le Dr Mui avait abordé la mort et la vie avec le même pragmatisme brutal, protégée de la mauvaise conscience et des remords par une épaisse armure d'égoïsme. Le regard accusateur des donneurs, lorsqu'ils comprenaient que leur moyen d'échapper à la misère était beaucoup plus définitif qu'ils ne l'avaient cru, ne l'avait jamais touchée.

Cela ne la concernait pas.

Jusqu'à cette nuit.

Les morts hurlèrent. Ils hurlèrent leur espoir trahi, leur humiliation et leur vie méprisée, déniée, arrachée, le meurtre perpétré sur eux sans même l'excuse de la passion.

Le docteur se cogna l'arrière du crâne encore et encore. La vitre résista, mais des rosaces écarlates apparurent à chaque impact.

Le désespoir lui ferma les yeux, la bouche, le nez, expulsa l'air de ses poumons, se referma autour d'elle comme de la terre humide sur un linceul.

Elle tomba à genoux, cherchant son souffle; ses cheveux ensanglantés dessinaient de grandes zébrures rouges sur ses joues.

— Je... ne... mourrai pas... comme ça.

Une forteresse construite sur tant d'arrogance ne s'effondrait pas aussi facilement.

— Je suis vivante, articula-t-elle avec difficulté. Et vous êtes morts.

Triomphante, elle releva la tête et vit les ténèbres frémir. Découvrit les deux derniers garçons, celui qu'ils n'avaient pas utilisé, celui qu'ils avaient jeté sans plus de cérémonie dans le port, et tous les autres...

Ils la regardaient.

Et ils étaient morts.

Leurs bouches s'ouvrirent. Ils crièrent leur désespoir, leur colère, leur vengeance.

La forçant à reconnaître ses crimes.

Le corps s'écrasa sur le toit de la camionnette dans un bruit flasque. Une jambe tomba mollement sur le côté, se balança d'avant en arrière, puis s'immobilisa.

À quelques mètres de là, miraculeusement indemne malgré la pluie de verre, Patricia Chou s'agrippa de toutes ses forces au bras de son cameraman.

— Tu as filmé ? s'enquit-elle, la gorge encore irritée par la puissance de son cri.

Plus tard, elle se demanderait si ce hurlement était une réaction au choc ou visait à couvrir celui, empli d'épouvante, de la défenestrée. Mais pour l'instant, elle avait d'autres chats à fouetter.

— Tu as filmé ?

L'œil toujours collé à la caméra, Brent hocha la tête.

— Je croyais que les baies vitrées étaient en verre sécurit.

— Même le sécurit peut se briser si l'on y met suffisamment de force.

— Ah ouais ? Et celui-là a été cassé avec quoi ?

Ils avaient vu les débris de verre et le corps, encore vivant au moment de la chute, mais aucun objet susceptible d'avoir causé le drame.

Journaliste et cameraman restèrent un moment immobiles sans rien dire, puis, après avoir tendu son portable à Brent pour qu'il prévienne la police, Patricia Chou se dirigea vers la camionnette en se demandant qui appeler en premier et comment profiter au mieux des dernières lueurs du jour.

— Enfin, une bonne histoire, murmura-t-elle en se penchant pour prendre le micro.

— On savait tous comment ça se terminerait, affirma Celluci, les paumes pressées sur la vitre. On le savait.

Vicki l'écarta de la fenêtre et le fit pivoter vers elle.

— Non, dit-elle doucement.

— Bien sûr que si. Les fantômes avaient déjà tué auparavant.

— Elle a sauté à travers une vitre en verre sécurit, Mike. Ils ne l'ont pas poussée.

— On le savait, répéta-t-il en secouant la tête. On le savait.

Vicki lui prit le visage entre les mains et l'obligea à la regarder. Ses prunelles argentées étincelaient.

— Non, on ne savait pas, décréta-t-elle.

Quand la police vint prendre leur déposition – en même temps que celle de tous les habitants de l'immeuble – ils eurent une agréable surprise.

— Michael Celluci ? Ce nom me dit quelque chose, fit le jeune policier en fronçant les sourcils. Vous ne vous êtes pas fait voler votre camionnette ?

— Pas la sienne, la mienne, corrigea Vicki en passant devant Celluci.

Elle préférait être prudente : il risquait d'oublier que la police n'était pas forcément de leur côté.

— Il m'a dit qu'il savait où elle était, mais s'était retrouvé à l'autre bout de la ville et comptait aller la rechercher plus tard.

— Ce n'est pas la peine qu'il se déplace, elle n'y est plus. Deux collègues sont intervenus au moment où une bande de jeunes commençaient à la dépouiller. Le seul renseignement qu'ils aient trouvé à l'intérieur, c'est un morceau de papier dans la boîte à gants avec Michael Celluci marqué dessus. À l'heure qu'il est, ils vous ont probablement identifiée grâce aux plaques minéralogiques, mademoiselle...

L'officier de police consulta son calepin.

— ... Nelson. Mais j'imagine qu'on n'a pas pu vous localiser.

— Ils m'ont probablement identifiée, répéta Vicki d'un ton sardonique.

Il rougit, et se sentit obligé de se justifier comme s'il n'était encore qu'un simple bleu :

— On a eu pas mal à faire avec la guerre des gangs dernièrement, vous comprenez. En plus, le système informatique est resté bloqué pendant presque deux jours, ça ne remarche que depuis ce matin.

— En tout cas, mon van était en bon état ?

— Oui. Du moins d'après ce que j'en sais.

— Très bien.

Quand elle lui sourit, il fut soulagé d'avoir gardé son carnet sur ses cuisses. Il y avait chez elle un je-ne-sais-quoi qui lui donnait envie de se rouler sur le dos en remuant la queue pour qu'elle lui caresse le ventre.

— Maintenant, euh, à propos de la femme qui s'est défenestrée...

— Nous n'avons rien vu.

— Rien du tout.

— On était occupés.

— Occupés ?

Il s'empourpra de nouveau.

— Oh.

Il prit congé peu de temps après, avec une pointe d'envie pour l'inspecteur Celluci. Celui-ci avait une sacrée chance d'avoir une petite amie pareille. Même si, à son âge, il avait intérêt à posséder un cœur à toute épreuve.

— Le monde ne cesse de rajeunir, grommela Celluci une fois la porte refermée derrière l'espèce de jeune punk en uniforme bleu. Ça ne me plaît pas beaucoup.

Vicki l'enlaça et posa la tête sur son torse.

— Peu importe puisque tu te bonifies avec le temps.

— Arrête ton char, grogna-t-il en l'obligeant à le regarder droit dans les yeux.

— Quoi ?

Tu n'as jamais su mentir, et pourtant ce garçon a gobé tout ce que tu lui as dit.

— Mike ?

— Rien, soupira-t-il. Je me sens juste vieux.

Elle se serra plus fort contre lui jusqu'à ce qu'elle résonne au rythme de son cœur.

— Donc, Henry et toi allez vous, euh…

Celluci baissa les yeux sur sa salade d'épinards. N'y trouvant aucun secours, il les releva pour s'apercevoir que, face à lui, Tony souriait.

— Qu'est-ce qu'il y a ?

— Vous vivez avec un vampire, Celluci. C'est autrement plus étonnant que deux hommes habitant ensemble, non ?

— On ne vit pas vraiment ensemble. Mais tu as raison. C'est un peu ridicule, je te l'accorde.

Il piqua sa fourchette dans un truc vert inidentifiable. Bon sang, pourquoi ne lui avait-on pas servi des frites avec son hamburger ? On ne pouvait pas commander un plat à Vancouver sans se retrouver avec un de leurs foutus légumes diététiques. Vivement qu'il soit à Toronto !

— Mais tu n'as toujours pas répondu à ma question.

— Je m'en vais, mais nous restons amis.

— Ce qui signifie que tu ne vas pas quitter Vancouver ?

Tony haussa les épaules.

— Ma vie est ici maintenant. J'y ai un boulot, des amis, je suis des cours. Je n'ai aucune raison de partir.

— Il habite là, rappela Celluci en se penchant vers lui. Tu auras l'impression de le voir à chaque coin de rue.

— Malgré les apparences, je ne lui appartiens pas, inspecteur. Il est temps pour moi de m'en aller, il le sait aussi bien que moi.

Tony joua un moment avec le contenu de son assiette, ouvrit la bouche pour ajouter quelque chose, la referma, avant de finalement lâcher à toute vitesse :

— C'est moins difficile que ça en a l'air. Vous aussi, vous pourriez le faire.

Il y eut un bref silence, puis Celluci secoua la tête, se rappelant tous les jours avec Vicki et toutes les nuits qui avaient suivi.

— Non, je ne le pourrais pas.

— Ils ne sont même pas revenus te remercier ?

— Non, et c'est aussi bien comme ça.

Les fantômes s'étaient tus à l'instant où le cœur du Dr Mui avait cessé de battre. Et uniquement son cœur. Car, cette fois, malgré l'intensité de leurs hurlements, aucun innocent n'était mort. Sur la fin, la vengeance s'était avérée d'une précision chirurgicale. Henry, à cause de sa proximité géographique ou mentale avec eux, avait été la seule autre victime. Hoquetant et tremblant, il avait dû faire appel à toute sa volonté pour ne pas sortir en rampant du placard. Il n'avait aucune difficulté à comprendre pourquoi Mui avait plongé du onzième étage dans le but d'échapper aux cris.

Percevant la profondeur de l'épreuve qu'il venait de traverser, Vicki lui effleura le poignet. Sidéré, il regarda sa propre main, puis leva les yeux vers elle. Moins d'une semaine plus tôt, un tel geste lui aurait donné envie de lui sauter à la gorge. Aujourd'hui, il regrettait que le contact ne puisse se prolonger. En six nuits, elle avait réussi à changer la vision qu'il avait de lui-même et de ses semblables depuis quatre cent cinquante ans.

— Tu réinventes toujours les règles ?

— Seulement si elles sont mauvaises.

Il secoua la tête.

— Je me demande comment on s'est débrouillés pour se tromper à ce point pendant des siècles. Dire que, sans toi, on serait tous restés dans l'erreur au moins aussi longtemps.

— Sans nous, rectifia Vicki.

— Sauf que moi, je n'ai rien remis en cause. C'est toi qui m'as entraîné à le faire.

— Peut-être parce que tu t'es transformé à dix-sept ans. Je suis arrivée à l'âge adulte, ça me donnait plus de recul.

— N'empêche, tu n'es encore qu'une enfant dans cette vie.

Vicki sourit, amusée.

— Ne prends pas cet air dépité, Henry. Ce n'est déjà pas très glamour chez un mortel, alors chez un immortel…

— Des siècles de tradition…

— … continuent à agir, le coupa-t-elle. Nous sommes toujours des chasseurs solitaires, même si, désormais, nous en connaissons la raison. L'odeur du sang des nôtres nous rend fous. Si nous ne restions pas à distance les uns des autres, nous tuerions aveuglément jusqu'à ce que nos carnages révèlent notre existence aux mortels. Alors, malgré notre force, nous serions vaincus par leur nombre. Pour notre propre sécurité, nous devons chasser séparément, mais avec du temps, il est néanmoins possible de passer outre les impératifs territoriaux.

Henry leva une main, paume tournée vers elle. Elle l'imita ; leurs doigts se rapprochèrent sans jamais se toucher.

— Presque possible, dit-il avec un sourire triste en laissant retomber son bras.

Vicki opina, l'air peut-être plus contrit que triste.

— Presque, acquiesça-t-elle. Avant que Mike revienne, je voulais te remercier de ce que tu as fait dans le parc chez Swanson.

Elle se rembrunit au souvenir de cette nuit-là, de ce qu'elle avait failli détruire.

— J'étais incapable de m'arrêter. J'aurais tué Sullivan même si Mike avait dû me haïr à cause de ça.

— Je sais. Tu es peut-être entrée adulte dans cette vie, mais tu n'y es encore qu'une enfant. Tu apprendras de mieux en mieux à te maîtriser avec le temps. C'est l'enjeu le plus difficile pour nous tous. Ça, et comment cacher aux autres ce que nous sommes sans devenir moins que ce que nous sommes, ajouta-t-il en contemplant la ville, sa ville, en contrebas.

Il marqua une pause, avant de reprendre d'un ton grave:

— Ne montre pas ce dont tu es capable à Celluci, Vicki. Il ne le supporterait pas.

— De quoi parles-tu ? Il sait…

— Non, il croit savoir, c'est différent. Dis-moi, qu'as-tu ressenti cette nuit-là dans l'entrepôt ?

— Tu devrais t'en douter. C'est toi qui me procurais ces sensations.

— Vicki !

Les bras croisés, elle secoua la tête.

— Je n'aime pas y repenser.

Il plongea les yeux au fond des siens.

— Qu'as-tu ressenti ?

— Je ne sais pas.

— Bien sûr que si.

Elle soutint son regard un moment, puis déclara d'un ton posé:

— Libre. Je me suis sentie libre.

— Il pourrait supporter ça ?

Sans attendre de réponse, Henry poursuivit:

— Ils ne sont pas nombreux ceux à qui nous pouvons dire ce que nous sommes, et plus rares encore ceux à qui nous pouvons le montrer.

— Tu étais un mystère pour moi… se rappela-t-elle.

— Alors, sois un mystère pour lui.

— Tu ne nous accompagnes pas jusqu'à la camionnette ? demanda Vicki tandis que Celluci jetait son sac sur l'épaule.

Henry secoua la tête.

— Non. Je préfère commencer à ranger un peu avant de rendre les clés.

— Eh ! J'ai nettoyé !

— Tu as nettoyé ? ! intervint Celluci d'un ton outré.

Vicki lui envoya un coup de coude dans les côtes.

— Je t'ai aidé, non ?

— Je suis sûr que tu l'as fait, intervint Henry avant que les choses ne dégénèrent entre eux. Je veux juste m'assurer qu'il ne reste rien susceptible de m'attirer des questions.

— Tu ne me fais pas confiance ?

— Ce n'est pas une affaire de confiance, Vicki, mais de responsabilité. Mon territoire, ma responsabilité. Si je viens te voir à Toronto, c'est à toi que reviendra cette charge.

Celluci le considéra, effaré.

— Vous n'êtes pas sérieux, Fitzroy ? Je vous rappelle qu'elle défendait son territoire bien avant de se transformer.

— Du calme, Mike, il blaguait intervint Vicki en défiant Henry du regard de la contredire. Salut, papy, je t'appelle en arrivant.

Henry opina et répondit du même ton léger :

— Prends soin de toi, gamine. Essaie de te rappeler que tu ne sais pas tout.

Elle sourit.

— Pas encore. Allez, Mike, on y va.

— Une minute. J'ai quelque chose à dire à Fitzroy.

Comme elle s'arrêtait, il précisa en lui faisant signe de s'éloigner :

— Seul.

— Une discussion entre hommes ? s'étonna-t-elle en les dévisageant tour à tour.

Henry arborait une expression énigmatique, ce qui n'avait rien de surprenant. Ce qui l'était plus, en revanche, c'était l'air belliqueux de Celluci. Mais comment croire à ce qu'Henry et elle avaient accompli si elle ne leur faisait pas confiance ?

— D'accord, lâcha-t-elle à contrecœur. Je t'attends dans la camionnette.

Après son départ, ils demeurèrent un moment sans rien dire, puis Henry annonça :

— Elle est dans l'ascenseur.

— Attendons d'être certains qu'elle y reste, répondit Celluci.

Quand son compagnon, après plusieurs secondes, hocha la tête, il reprit :

— Je voulais juste vous poser une question. La nuit dernière, dans la clairière, pourquoi avoir tué Sullivan ?

— Il fallait l'empêcher de parler.

— Pourquoi ? Que pouvait-il raconter au Dr Mui sinon que je m'étais échappé ? Ce qu'elle a appris de toute façon quand Swanson a découvert son cadavre.

— Cadavre sans lequel Mlle Chou n'aurait rien eu pour son reportage.

— Sauf si Sullivan avait été encore vivant pour témoigner, rappela Celluci avec un petit sourire. Alors, pourquoi l'avez-vous tué ?

— Ce n'est pas ça que vous désirez savoir, inspecteur, déclara soudain Henry en laissant tomber ses manières de prince des Ténèbres. Mais je ne vous dirai rien, Mike. Vous allez devoir demander à Vicki.

— Elle me répondra ?

— C'est un vampire. Une créature de la nuit.

— Comme vous.

Henry faillit sourire, et l'aurait sans doute fait si Celluci n'avait pas eu l'air si grave.

— Non, dit-il avec douceur. Pas comme moi. Ni comme aucun de nous, j'ai l'impression. Mais elle est toujours la femme dont vous êtes tombé amoureux.

— Et vous aussi, pas vrai ?

« L'émotion qui nous unit, l'amour, si vous préférez, qui nous pousse à offrir notre sang à un mortel ne survit jamais à la transformation. » Ces mots, il les avait dits à Vicki lors de leur première conversation. Il ouvrit sa bouche pour les répéter, au lieu de quoi il s'entendit déclarer :

— Oui.

Surpris, il vit alors Celluci lui tendre la main.

— Au revoir, Fitzroy. Merci.

Henry la lui serra et se retrouva bientôt seul dans l'appartement désert, enveloppé dans le parfum de Vicki. Elle lui manquait déjà, mais aujourd'hui, l'avenir qu'il avait toujours envisagé comme le prolongement immuable des quatre cent cinquante ans précédents lui paraissait rempli de possibilités.

Elle n'avait eu besoin que de sept nuits, juste une semaine, pour faire voler en éclats ce qui depuis la naissance de leur espèce était considéré comme une caractéristique intrinsèque de leur nature.

Sept nuits.

Il était impatient de découvrir ce qu'elle réaliserait en une éternité.

Ils roulèrent en silence un bon moment en écoutant une radio locale. Le bulletin d'information leur apprit que quatre cadavres avaient été découverts dans la clairière où l'on avait retrouvé Ronald Swanson ; la police continuait les recherches. Suite au reportage de Patricia Chou, diffusé sur les principales chaînes de télévision, les finances et les agissements du Dr Mui étaient apparus au grand jour. La météo annonça un temps chaud et clair pour les jours à venir.

Enfoncé dans le siège passager, Celluci regarda le paysage défiler derrière la vitre ouverte. Comme d'habitude, elle conduisait trop vite.

— Vicki ?

« Mais je ne vous dirai rien, Mike. Vous allez devoir demander à Vicki. »

— Si Henry n'avait pas tué Sullivan, tu l'aurais fait ?

La route parut s'étrécir d'une manière impossible. Vicki garda les yeux fixés sur la ligne jaune tandis que la nuit se resserrait autour du faisceau des phares.

— Vicki ?

Il ne désirait pas la vérité. Pas vraiment. Elle n'avait pas besoin qu'Henry le lui dise pour le savoir. Elle sentit la peur emplir l'habitacle tandis qu'il attendait sa réponse.

— Non. Bien sûr que non. Tu ne le voulais pas.

Un vampire. Une créature de la nuit.

« Elle est toujours la femme dont vous êtes tombé amoureux... »

— Mike ?

À son tour de lui poser une question.

— Tu me crois, n'est-ce pas ?

— Oui, évidemment. Tu n'as jamais su mentir.

À la radio, le bulletin sportif prit fin : Seattle avait battu les Jays de neuf à trois au Skydome.

— Vous écoutez CHQM, annonça le DJ. Et voici une chanson pour les amants maudits...

« Sois un mystère pour lui. » Non, les choses ne fonctionnaient pas ainsi entre eux. Quittant la route des yeux, elle sourit à Mike.

— Tu crois qu'on est concernés ?

— ... Leur amour ne paie peut-être pas le loyer, mais ils sont là l'un pour l'autre. *I Got You Babe* de Sonny and Cher.

Elle tendit le bras pour éteindre, mais il l'arrêta dans son geste.

— Non, laisse. Je crois que je commence à l'apprécier. Ce qui prouve qu'avec un peu de temps on se fait à tout, ajouta-t-il en lui prenant la main pour la porter à ses lèvres.

— À presque tout, corrigea-t-elle quelques secondes plus tard en grimaçant. S'il te plaît, Mike, ARRÊTE DE CHANTER.

Retrouvez votre détective favorite dans *Le prix du sang*, le premier tome des aventures de Vicki Nelson !

Les aventures de Vicki Nelson – 1 – Le prix du sang

Un hurlement retentit et les anciens réflexes de Vicki se réveillent : elle se précipite… trop tard : Une victime, la gorge déchiquetée, et une silhouette qui fuit dans les tunnels sombres du métro…
Ancien flic devenue détective privée, Vicki se lance sur les traces de créatures bien plus dangereuses que tout ce qu'elle a pu affronter…

N° 8236

Retrouvez votre détective favorite dans *Piste sanglante*, le deuxième tome des aventures de Vicki Nelson !

Les aventures de Vicki Nelson – 2 – Piste sanglante

Depuis que Vicki connaît Henry, vampire et bâtard royal de son état, son quotidien a changé du tout au tout. Menu du jour : rencontre avec une famille de loups-garous en danger et escapade campagnarde. À tout prendre, elle préférerait rester couchée…

N° 8350

Retrouvez votre détective favorite dans *Frontière sanglante*, le troisième tome des aventures de Vicki Nelson !

Les aventures de Vicki Nelson – 3 – Frontière sanglante

Des vampires, des démons, des loups-garous, passe encore.
Mais des momies se réveillant au XXIe siècle pour se faire aduler comme des dieux, ça non !
Momie contre vampire... cette fois encore, Vicki a du boulot !

N° 8417